U0660194

子夜霜 京涛 屈平 主编

演讲卷

激荡 寰宇 的 呐喊

一颗露珠，折射着缕缕情思；
一片枫叶，飘洒着绵绵思绪；
一粒沙子，磨砺出串串遐想；
一个微笑，传递的是拳拳善意；
一道风景，蕴涵的是深深哲理；
一段经典，演绎的是精神盛宴……
点点读点，激发你的艺术灵光；
处处批注，打开你的智慧锦囊；
篇篇妙文，点燃你的人生梦想……
这辑美文呦，是天下最美最鲜的心灵鸡汤，
品悟它吧，你一生心里有滋养……

文心出版社

《品读经典》编委会

主编：

子夜霜　京　涛　屈　平

执行主编：

子夜霜

副主编：

梁　娜　吕李永

编委（以姓氏笔画为序）：

丁　武	万爱萍	王　臻	王连仓	王崇翔	左保凤
仲维柯	刘　宇	刘道勤	吕李永	孙云彦	孙维彬
曲明城	朱诵玉	许喜桂	吴潇枫	张　煜	张大勇
张金寿	李　燕	李荣军	杨七斤	杨刚华	杨景涛
杨新成	汪　明	汪茂吾	肖优俊	苏先禄	陈百胜
陈学富	陈锦才	周　红	周礼华	周宇航	周波松
周流清	罗　胤	范小彤	姜全德	柯晓阳	贺秀红
唐仕伦	夏发祥	徐宜超	殷传聚	聂　琪	贾　霄
贾少阳	贾少敏	戚　智	梁　娜	梁小兰	黄德群
曾良策	程　琪	舒　晓	蒋秋雁	韩蓉悦	鲁　瑞
解立肖	詹长青	鲍海琼	臧学民	蔡　静	樊　灿
戴汝光	魏秋雨				

与 书 结 缘

诸君嘱我为"品读经典"书系作序,颇为难。非名人亦非什么专家,作序于售书似无益;亦非权威,谈不出什么高深玄论,会让读者失望;学养有限,阅历又浅,啰里啰唆的,徒费学子寸金时光,深恐有负众望……辞几次,拗不过,只得鸭子上架了。

从何说起,我犹豫了颇久,还是从与书结缘谈起吧。

很小的时候,我不怎么读书,就是想读书,识字也不多呀。倒是在畅快淋漓地读大自然这部大书,常常"忙"些城里孩子做梦都艳羡的事儿,丛林里听鹊儿莺儿蝉儿唱歌啦,草丛里看蚂蚁抬青虫啦,小溪里捕鱼网虾啦,点煤油灯炸螃蟹啦,抽青藤编花环啦,追逐点点流萤啦,藤蔓上荡秋千啦,采山菌摘野果啦,竹林里捉迷藏啦,山岭上看夕阳白云啦,葡萄架下听故事啦……一切都是那么的有趣!

不过,也常常伴着危险。山林若是走得深了,会遇到狼,大人也跑不过狼,小孩子得就近赶快爬到树上,呼喊人们来救援。有时也会捣蛋地逗引公牛斗架,观战须格外留神,那硕壮的牛蹄子踢一下腿,轻则骨折,要是牛角剚着了肚子,那可就呜呼哀哉了。翻石块捉蝎子风险小一些,不过有时会突然蹿出一条蛇来,骇得你出一身冷汗。采野果安全些,但也会因不辨果性而中毒。有一种植物俗名叫红眼子,学名我至今也没有弄清楚,果实与刺莓很相像,味道也是酸甜的,只是红眼子有毒性,吃多了会出人命的。不过,眼珠子滴溜溜转的孩子是能区分的，红眼子枝干粗壮而无刺，刺莓茎蔓细弱而多刺。采药的时候，小腿胳膊脸啦，被划伤是家常便饭，最让你防不胜防的是蜂子的袭击，我就曾遭遇一群小拇指大小的土蜂的围攻。我刚碰到荆棘丛那株诱人的柴胡，忽地从地下旋出一群土蜂，我没作片刻犹豫，就地滚出数丈远。但蜂子仍如战斗机般地紧追不舍。山里曾发生过公牛被土蜂活活蜇死的事，我想自己是要死了，冒出了玉皇大帝、阎王爷还有菩萨究竟是什么样子的念头。蜂子蜇了我几下，我立刻清醒了，绝不能动，即使再蜇几下也绝不能还击，否则，蜂子攻击会更疯狂，而且还会有更多的蜂子飞来。蜂子绕着我尖叫着，十来分钟后便飞走了。结果我中了九毒针，三天都吃不下饭。土蜂留给我的纪念——九个褐色斑直到四五年后才消失……一切都是那么惊险而又刺激，男孩子的探险、坚毅、无畏也许就源自大自然吧。

父亲爱读书看报。他回家后的第一件事便是搬把圈椅放在老楸树下的石桌旁，沏杯菊花茶——野菊花山里多的是，坐在圈椅里读起来。嬉闹是孩子的天性，尤其是像我这样天不怕地不怕的顽童。不过，父亲读书的时候，我是不敢疯的。一边悄悄地玩耍，一边偷偷瞄几眼父亲，渐渐地，我发现父亲读得很陶醉，在书上画着批着什么的。其实，疯玩是影响不了父亲的，只是我那时并不晓得。父亲有时还微笑，父亲虽然不曾打骂过我们，却是个极严肃的人，我寻思，书里究竟有啥稀奇居然能让父亲笑？溜进书房，翻翻父亲刚刚读过的书，都是黑乎乎的字，这些字也"可笑"？这字里一定有什么不可告人的秘密，于是我自觉不自觉地开始认字了。

认字稍多些的时候，我渐渐从只言片语的小故事里沉醉到长篇里去，到生我养我的这片土地之外的神奇世界漫游了。我读的第一部长篇是儒勒·凡尔纳的《十五小豪杰》，大概是小学二年级吧。书中讲的是15个孩子流落荒岛，后来用风筝飞离荒岛，历尽艰险，最后成了一群小豪杰的故事。书是繁体字，那时简体字我也没认几个，读，不过是结结巴巴连猜带蒙的，主人公的机智勇敢，我倒还能深深地感受到。

这本书情节离奇，加上"看官"之类评书味道的语言，我第一次真切地悟到，这世界上有比玩耍还有趣的事情。就这样，我迷上了书，吃饭时读，路上也读，蹲茅厕也读，被窝里也读。放牛时候，如果遇到雨天，我把牛赶进山洼里，然后冲到山头，寻一块平坦的巨石，把化肥袋子铺在上面，盘着脚，在伞下读了起来。那时候探险、推理、科幻、传奇的书读得多，读得如痴如醉，后来被声嘶力竭的嚷嚷声惊醒，原来牛进了庄稼地。牛糟蹋了那么多庄稼，回到家里，教训是免不了的了，但我没有敢辩说是因为读书。读书实在是一件妙不可言的事。有人说读书"如雨后睹绚烂彩虹，如江岸沐温馨春风，如清晨饮清爽香茗"，这可能是年龄稍大的孩子或成年人读书的感觉吧，我那时读书，感觉就像是踩着彩虹桥去跨在弯弯的月亮上摇啊摇的。

父亲是个教书先生，在盆地里也算个小有名气的作家了。他教语文，教自然，也教美术，他的大书柜自然也是个杂货铺。我与语言文字打交道，就是从与这杂货铺结缘开始的。杂货铺里有《格林童话》《钢铁是怎样炼成的》《从地球到月亮》《唐诗选》之类的文学书，也有《东周列国志》《三国演义》《说岳全传》之类的演义书，也有《上下五千年》《史记》之类的历史故事书，也有《十万个为什么》《趣味数学》《新科学》《本草纲目》之类的科学书，等等。这些书，有的我一翻就入迷了，有的翻来翻去也不懂，便不感兴趣了，不过，有外人在跟前我还是煞有介事地读的。《本草纲目》是一部医学书，小孩子自然不感兴趣，但在随便翻翻中，我知道了李时珍写这部书很不容易，花了三十多年，中国人读它，外国人也读它。奇怪的是，我没有从医，却莫名其妙地懂一点医道，大概是与此有关吧。

我不怎么热乎书的时候，书柜好像没有落锁，迷上了书后，好像是突然落了锁。这书柜就像一块巨大的磁力方石，越是上锁就越有魔力。忽然发现，锁没有直接锁在门扣上，倒是门扣用一条松弛的链子穿过，再用锁锁着链子，可以"偷"书的哟！手伸进柜缝，能取出中间的书，但取两边的书就不容易了。我想了一个法儿，用铁丝钩想看的书。书钩出来容易，要还回去就不那么容易了。有次把书弄破了，心里打鼓了一两天，很快察觉打鼓是不必要的，父亲只是看了看那本书，就把它放到里面去了。

不久，我又发现，隔几天书柜中间总摆着一些我没有读过的书。有时书柜也不落锁，再后来就彻底不锁了，倒是父亲时常提醒我，专心读书是好事，但读上二十来分钟，眼睛要向周围望望，多看看绿叶啦青草什么的。有朋友说我读书写文章没明没夜的，却总不见我近视，很是嫉妒也很是纳闷。这可能得益于这一习惯吧。现在想想，书柜的落锁与开放，那是父亲教子读书的苦心与智慧。

有时，我也和父亲坐在老楸树下读书。父亲引导我怎么读书，起初让我点点画画一些词呀句呀段落呀的，后来让我写写自己的想法。父亲爱惜书是有名的，有个亲戚还书时不小心把书散落到泥地上，父亲心疼了好一阵子，但他从不在意我在书上画呀圈呀的。就这样，快上中学的时候，书柜里的书我几乎读了遍，尽管许多我还似懂非懂的，却隐隐约约感觉到有些知识老师似乎没有我懂的多。

父亲也让我读些报刊，给我订有《文学故事报》《中国少年报》《少年文艺》《少年科学》《向阳花》，等等。书是文明的沉淀，报刊虽不及书厚重，却是一扇通向新世界的窗口，读读报刊能呼吸到清新的空气。父亲读报有个习惯，哪篇文章写得精彩了，就把它剪下来，那时候山里没有复印机，若背页也有不错的文章，父亲就把它抄下来，然后，剪裁的和抄写的文章都贴在不用的课时计划里。父亲挑选的这些文章，更多的是让我们兄妹读。我迷上文学，可能就与父亲剪裁《文汇报》里的连载故事有关吧。

父亲爱写点东西，在我刚上小学二年级时，也硬让我开始写。那时候，我连"观察""具体"之类观念都还弄明白，不过，写的无论长短，父亲都要细细看的，哪处写得好或不妥，都一股脑儿指出来，批改的比我写的还要多。不知不觉，我想什么就能写什么了。父亲从来没有给我买过作文书，但我的作文向来都不差。老师评讲作文时，大多是读我的作文，学校出校刊也常常有我的"大作"。语文老师在我日记、作文里批语说"有很好的文学素养""希望将来能成为什么什么"的。我因此陶醉了。

感觉良好的我，很快就得到了教训。我写了一篇两万余字的小说，自以为非常完美，寄给了父亲，"谦虚"地让他给提点意见。父亲读了三遍，没有改一个字，只是在文末批了四个字："华而不实！"要知道，那篇小说班里超过三分之一的同学都抄在笔记本里，连写作老师也大加赞赏。看到批语，我是多么沮丧啊！父亲料到我会失落，随批寄来一封信，信中说："孩子，浮躁是成不了大器的！曹雪芹披阅十载，增删五次，写就《红楼梦》，'字字看来皆是血'……福楼拜著《包法利夫人》，一天只写几百字，千锤百炼，字斟句酌，字字如珠……这些作品都是可以传世的。语言可以写得华丽，但不能没有思想，缺乏思想深度的语言，就像一件陈列在商店里而永远售不出去的漂亮衣服，好看而无用。缺乏思想沉淀，无论语言和技巧如何绝妙，无论长短，那就是废纸一张……大学里的书很多，你可以多读些经典。经典是有灵魂的，灵魂就是那不朽的思想。不想做蹩脚的作者，就要使你的作品有影响人的灵魂的思想；不想做平庸的批评家，就要使你的评论具有独到的前瞻的震撼人的观点……"看似说教，对我的影响却是刻骨铭心而深远的。

当下，出版业可谓繁荣，就我国而言，不说报刊、互联网、电子书、手机阅读，单是出版纸质新书，2000~2012年就达1890375种，全球历年出版的新书就更多了，加上流传下来的"古书"，数量之巨是无法想象的。不说读了，就是一本一本地数，我们一辈子恐怕也数不清楚。繁荣的背后，是品质的良莠不齐，浩瀚书海不乏有让你手不释卷的佳作，但更多的书是你不需要读的，或者就是粗制滥造，根本就不值得读。不知什么时候，国民迷上了出书，于是乎，但凡能写几个字的会说几句的都能出书了！这样的书，能读吗？生命是有限的，时间是宝贵的。作为学子，我们要选择那些必读的学业性书和能使我们受益无穷的经典书来读。

"品读经典"的入选作品，很早时候，编写者就寄给我了，这些作品就像白玉盘里颗颗璀璨耀眼的珍珠，许多作品令我沉吟至今。我不想刻意溢美"品读经典"，但编写者的两句话的确吸引了我："读经典，给心灵痛痛快快洗个澡；品经典，让审美如痴如醉做个梦！"这话说到了点子上。经典就像一泓思想圣水，浸润其中，给心灵痛痛快快洗个澡，灵魂就会得以升华。用经典滋养灵魂，那可没准儿，你也能成为一代大家的。

驻笔时，我想起了冰心赠给读者的话："读书好，多读书，读好书。"读者读经典，往往不觉其美，或不知其所以美，若读了"品读经典"，你会觉其美，也知其所以美。于是乎，我觉得冰心赠语也可以这么说："读书好，好读书，多读书，读好书，会读书！"

是为序，与学子共勉。

汗青　于静心斋
2013年5月22日

目　录

自由精神

不自由，毋宁死

◇[美国]帕特里克·亨利

读点

观点鲜明，态度坚定，逻辑性强，说理透彻。
充满激情，情绪随着演讲的推进而激愤，富有鼓
动性。

演讲背景：

帕特里克·亨利，美国独立战争时期的自由主义者，美国革命时期杰出的演说家和政治家。著名的《独立宣言》的主要执笔者之一。

18世纪中叶，北美要求独立的呼声越来越高，英国政府采用各种手段，力图维持它与北美殖民地的宗主国关系。1770年3月5日，英军在波士顿向手无寸铁的市民开枪，制造了震惊北美的"波士顿惨案"。1775年3月，英国军队在波士顿街道上又制造了屠杀市民的暴行。然而，殖民地某些人由于在利益上与英国有联系，主张效忠英国；有些人对未来漠不关心，他们愿意向任何一方出售商品，谁给的价钱高就卖给谁；有些人对于反抗英国感到悲观，极力主张和解。

北美殖民地正面临历史性抉择——要么拿起武器，争取独立；要么妥协让步，甘受奴役。弗吉尼亚州为向第二次大陆会议派出代表而召开了一次议会。1775年3月23日，亨利在会上发表了这篇著名演说，亨利以敏锐的政治家眼光，饱满的爱国激情，以铁的事实驳斥了主和派的种种谬误，阐述了武装斗争的必要性和可能性。

主席先生：

没有人比我更钦佩刚刚在会议上发言的先生们的爱国精神与见识才能。但是，人们常常从不同的角度来观察同一事物。因此，尽管我的观点与他们截然不同，我还是要毫无顾忌、毫无保留地讲出自己的观点，并希望不要因此而被认为是对先生们的不

批："没有人比我更"，表明钦佩之情，为表明自己观点服务。

批："截然不同""毫无顾忌""毫无保留"，鲜明表达态度，并强调必须讲出自己的观点。

敬。此时不是讲客气话的时候，摆在各位代表面前的是国家存亡的大问题，我认为，这是关系到享有自由还是蒙受奴役的大问题。鉴于它事关重大，我们的辩论应该允许各抒己见。只有这样，我们才有可能搞清事物的真相，才有可能不辱于上帝和祖国所赋予我们的伟大使命。在这种时刻，如果怕冒犯各位的尊严而缄口不语，我将认为自己是对祖国的背叛和对比世界上任何国君都更为神圣的上帝的不忠。

批：阐明问题的严重性，为听众接受自己观点作铺垫。"我"的演讲事关国家存亡的大问题，就不能再顾忌对他人的不敬而"缄口不语"。演讲可谓入情入理。

主席先生，沉湎于希望的幻觉是人的天性。我们有闭目不愿正视痛苦现实的倾向，有倾听女海妖（注：女海妖，指希腊神话中的海妖塞壬三姐妹，人身鸟足，她们常用美妙的歌声引诱过往船员，待船只触礁后，把他们化为牲畜）的惑人歌声的倾向，可那是能将人化为禽兽的惑人的歌声。这难道是在这场为获得自由而从事的艰苦卓绝的斗争中，一个聪明人所应持的态度吗？难道我们愿意做那种对这关系到是否蒙受奴役的大问题视而不见充耳不闻的人吗？就我个人而论，无论在精神上承受任何痛苦，我也愿意知道真理，知道最坏的情况，并为之做好一切准备。

批：用女海妖歌声惑人的传说，形象写出了人们不愿正视痛苦现实的天性。

批：连用两个反问句，起到了警醒听众和突出的作用，表达了沉湎于幻想和不愿正视痛苦现实不是我们应持的态度。

批：只有敢于承受痛苦并知晓有关情况，才能做好准备。

我只有一盏指路明灯，那就是经验之灯，除了以往的经验以外，我不知道还有什么更好的方法来判断未来。而即要以过去的经验为依据，我倒希望知道，十年来（注：十年来，自1765年英国通过《印刷税法案》以对北美十三州殖民地加强压榨与控制以来，双方争执与谈判进行了十年）英国政府的所作所为中有哪一点足以证明先生们用以欣然安慰自己及各位代表的和平希望呢？难道就是最近接受我们请愿时所流露出的阴险微笑吗？不要相信它，先生，那是在您脚下挖的陷阱。不要让人家的亲吻把您给出卖了。（注：典出《圣经·新约·马太福音》26章，47~49节。耶稣的门徒犹大在带领犹太的祭司长等人前去逮捕耶稣时，犹大先上前假惺惺

批：通过反问，揭示了英国政府和平外衣掩盖下的各种阴谋和卑劣行径，引导听众清醒理智地认识现实，不要再执迷不悟。

批：化用《圣经》中的典故，形象地撕开英国政府的阴险嘴脸，给听众以警醒。

地给了耶稣一吻,作为暗号,以使捕捉的人知道谁是耶稣)请诸位自问,接受我们请愿时的和善微笑与这如此大规模的海、陆战争准备是否相称?难道舰艇和军队是对我们的爱护和战争调停的必要手段吗?难道为了解决争端,赢得自己的爱而诉诸武力,我们就应该表现出如此的不情愿吗?我们不要自己欺骗自己了,先生,这些都是战争和征服的工具,是国君采取的最后争执手段。主席先生,我要向主张和解的先生请教,这些战争部署究竟意味着什么?如果说其目的不在于迫使我们屈服的话,那么哪位先生能指出其动机所在?在我们这块土地上,还有哪些对手值得大不列颠征集如此规模的海陆军队吗?不,先生,没有其他对手了。一切都是针对我们而来,而不是针对别人。英国政府如此长久地锻造出的锁链要来桎梏我们了,我们该何以抵抗?还要靠辩论吗?先生,我们已经辩论十年了,可辩论出什么更好的抵御措施了吗?没有。我们已从各种角度考虑过了,但一切均是枉然。难道我们还要求救于哀告与祈求吗?难道我们还有什么更好方法未被采用吗?无须寻找了,先生,我恳求您,千万不要自己欺骗自己了。我们已经做了应该做的一切,来阻止这场即已来临的战争风暴。我们请愿过了,我们抗议过了,我们哀求过了,我们也曾拜倒在英国王的宝座下,恳求他出面干预,制裁国会和内阁中的残暴者。可我们的请愿受到轻侮,我们的抗议招致了新的暴力,我们的哀求被人家置之不理,我们被人家轻蔑地一脚从御座前踢开了。事到如今,我们再也不能沉迷于虚无缥缈的和平希望之中了。希望已不能存在!假如我们想得到自由,并拯救我们为之长期奋斗的珍贵权力的话;假如我们不愿彻底放弃我们长期所从事的,曾经发誓不取得最后的胜利而决不放弃的光荣斗争的话,那么,我们必须战斗!我再重复一遍,必须战斗!

批:几个问句明确指出了英国政府采取武力的敌对实质。

批:用反问和陈述相结合的句式,十分鲜明地告诉听众,靠辩论没有用,靠哀告和祈求也没有用。

批:用铁的事实证明一切和平手段都已经无济于事,再谈和平解决问题那都是自己欺骗自己,我们再也不能沉迷于虚无缥缈的和平希望之中。

批:旗帜鲜明地表明自己的主张,强调我们"必须战斗",使自己的观点更突出。

我们的唯一出路只有诉诸武力，求助于战争之神。

主席先生，他们说我们的力量太单薄了，不能与如此强大凶猛的敌人抗衡。但是，我们何时才能强大起来呢？是下周，还是明年，还是等到我们完全被缴械，家家户户都驻守着英国士兵的时候呢？难道我们就这样仰面高卧，紧抱着那虚无缥缈的和平幻觉不放，直到敌人把我们的手脚都束缚起来的时候，才能获得有效的防御手段吗？先生们，如果我们能妥善利用自然之神赐予我们的有利条件，我们就不弱小。如果我们三百万人民（注：三百万人民，这是1775年13个州居民的总数，而当时英国的人口则10倍于此）在自己的国土上，为神圣的自由事业而武装起来，那么任何敌人都是无法战胜我们的。此外，先生们，我们并非孤军作战，主宰各民族命运的正义之神，会号召朋友们为我们而战。先生们，战争的胜负不仅仅取决于力量的强弱，胜利永远属于那些机警的、主动的、勇敢的人们。况且，我们已没有选择余地了。即使我们那样没有骨气，想退出这场战争，也为时晚矣！我们已毫无退路，除非甘愿受屈辱和奴役！囚禁我们的锁链已经铸就，波士顿草原上已经响起镣铐的叮当响声。（注：波士顿市为当时反英情绪最激烈的地区。1773年以抗议英国对殖民地课茶税为目的的波士顿茶党事件爆发后，英军以武力占据了该城市，并以之为据点向殖民地各州进击）战争已不可避免——那么就让它来吧！我再重复一遍，就让它来吧！

回避现实是毫无用处的。先生们会高喊：和平！和平！但和平安在？实际上，战争已经开始，从北方刮来的大风都会将武器的铿锵回响送进我们的耳鼓。我们的同胞已身在疆场了，我们为什么还要站在这袖手旁观呢？先生们希望的是什么？想要达到什么目的？生命就那么可贵？和平就那么甜美？甚至不惜以戴锁链、受奴役的代价来换取吗？全能的

批：摆出另一种错误观点，树起批驳的靶子。

批：以反问的方式提出不抵抗的严重后果。

批：指出"我们"的有利条件，说明"我们"的力量并不单薄。

批：有地利，更有人和，而且得道多助，那么必将战胜一切敌人。

批：无路可退，就必须战斗！

批：战争不可避免，那么我们就勇敢地迎接战争！

批：设问反问交错运用，语气急促，再次将严峻的形势摆在听众面前，那么，我们必须选择战斗。

上帝啊,阻止这一切吧!在这场斗争中,我不知道别 <u>批:表达"不自由,毋宁死"的主张。</u>
人会如何行事,至于我,不自由,毋宁死!

(王立志/译)

丢掉幻想,准备战斗

　　帕特里克·亨利(Patrick Henry,1736年5月29日~1799年6月6日),美国独立战争时期杰出的政治家、演说家和领导人。曾任弗吉尼亚州州长,深受爱戴,被誉为"弗吉尼亚之父"。在反英斗争中发表过许多著名演说。《不自由,毋宁死》这篇脍炙人口的演说在美国革命文献史上占有特殊地位。当时,北美殖民地正面临历史性抉择,要么拿起武器,争取独立;要么妥协让步,甘受奴役。亨利以敏锐的政治家眼光、饱满的爱国激情,以铁的事实驳斥了主和派的种种谬误,阐述了武装斗争的必要性和可能性。从此,"不自由,毋宁死"的口号激励了千百万北美人为自由独立而战,这篇演说也成为世界演说名篇。

　　在议员中,主张效忠英国的人虽然是少数,但对这极少数人,要靠言辞来打动他们,使他们转变立场,几乎是不可能的。相比之下,主张与英国妥协、避免武力冲突的议员较多,这部分议员是演讲争取的对象。他们主张和解,反对战争的理由主要有两点:一是对英国抱有各种各样的幻想;二是认为英国武力强大,自己势单力薄,万一战争爆发,后果不堪设想。

　　对此,亨利看得很清楚,他的演讲就是针对保守派和温和分子的,目的是让人们丢掉幻想,准备斗争。为了使议员们接受自己的主张,争取到各方面的理解和支持,他十分注意策略,采用了后发制人、逐层推进的方法。先对发言人的爱国精神和见识才能表示钦佩,接着话锋一转,说明自己的不同观点,不是不敬和冒犯,而是在论及国家大事时不能缄口沉默。他先指出保守派的"沉湎于希望的幻觉""不愿正视痛苦现实"的心理倾向,以历史事实和英国大兵压境的现实,对他们进行批驳。接下来针对"力量太单薄"、不能与敌人"抗衡"的观点展开说理。随着演讲的逐层展开,语调越来越坚决,言词越来越激烈,最后以"不自由,毋宁死"之警句来表达誓为自由而战的坚定决心。

芳草地　　　　　　　自由与生命

　　8月的一天下午,天气暖洋洋的,一群小孩在十分卖力地捕捉那些色彩斑斓的蝴蝶,我不由自主地想起童年时代发生的一件印象很深的事情。那时我才12岁,住在南卡罗纳州,常常把一些野生的活物捉来放到笼子里,而那件事发生后,我这种兴致就被抛得无影无踪了。

我家在林子边上,每当日落黄昏,便有一群美洲画眉鸟来到林间歇息和歌唱。

那歌声美妙绝伦,没有一件人间的乐器能奏出那么优美的曲调来。

我当机立断,决心捕获一只小画眉,放到我的笼子里,让她为我一人歌唱。

果然,我成功了。她先是拍打着翅膀,在笼中飞来扑去,十分恐惧。但后来她安静下来,承认了这个新家。站在笼子前,聆听我的小音乐家美妙的歌唱,我感到万分高兴,真是喜从天降。

我把鸟笼放到我家后院。第二天,她那慈爱的妈妈口含食物飞到了笼子跟前。

画眉妈妈让小画眉把食物一口一口地吞咽下去。当然,画眉妈妈知道这样比我来喂她的孩子要好得多。看来,这是件皆大欢喜的好事情。

接下来的一天早晨,我去看我的小俘虏在干什么,发现她无声无息地躺在笼子底层,已经死了。我对此迷惑不解,不知发生了什么事,我想我的小鸟不是已得到了精心的照料了吗?

那时,正逢著名的鸟类学家阿瑟·威利来看望家父,在我家小住,我把小可怜儿那可怕的厄运告诉了他。听后,他作了精辟解释:"当一只母美洲画眉发现她的孩子被关进笼子后,就一定要喂小画眉足以致死的毒莓,她似乎坚信孩子死了总比活着做囚徒好些。"

从此以后,我再也不捕捉任何活物来关进笼子里。因为任何生物都有对自己自由生活的追求,而这种追求无疑是值得肯定的。

[美国]索尔·贝洛/文,兰斌/译

品 读

索尔·贝洛(Saul Bellow,1915 年 7 月 15 日~2005 年 4 月 5 日),美国当代成就卓著的小说家,1976 年诺贝尔文学奖得主。在 60 余年的创作生涯中,他以丰富而深刻的文学佳作,赢得辉煌荣誉,被评论界视为继福克纳、海明威之后最伟大的当代美国作家。

母美洲画眉宁愿放弃孩子的生命,也不愿意让它做囚徒,这足以反映自由对于生物是多么的重要。一种很平常的叙述结构,按时间顺序,把小男孩一天的见闻展现在读者面前。小说的最后却不平常,让人眼睛一亮的,不仅是故事的结局出人意料,而且结构的方式也突然。点明小说的主题,让读者从中领悟自由和生命的关系。

故事告诉人们动物也有它们的自由,我们不应该为了自己的快乐剥夺动物的自由。同时,鸟儿的悲剧还告诉人们另一个真理,美是无私的,任何企图将美据为己有的行为都是无耻而徒劳的。

只有民主的波兰才能获得独立

◇[德国]马克思

读点

对话式的精彩演讲,生动事例的广泛引用,再现了一代伟大导师的政治智慧。

演讲背景:

克拉柯夫位于波兰南部,克拉柯夫起义时的波兰,处于欧洲三个最反动的强国普鲁士、奥地利和沙皇俄国的统治之下。不堪忍受国土沦丧和民族奴役之苦的波兰人民举行了包括克拉柯夫起义在内的一次又一次的英勇起义。

克拉柯夫起义原拟在俄、普、奥三区同时发动,但因俄属区管制较严,并未波及。普属区管制较宽,且经济、社会和文化较为发达,起义原设想自普属区开始,但由于波兰人领袖被捕,被迫改变计划,把起义地点移到奥属区。1846 年 2 月底,起义获得暂时成功。起义迅速传播至东邻的加里西亚,俄、奥立即派兵镇压,3 月起义失败。奥地利乘机将"克拉柯夫大共和邦"兼并。

本文是 1848 年 2 月 22 日马克思在布鲁塞尔民主协会为纪念波兰克拉柯夫起义两周年而举行的大会上发表的演说。

先生们!

历史上常常有惊人的相似之处。1793 年的雅各宾党人成了今天的共产主义者。1793 年俄罗斯、奥地利、普鲁士瓜分波兰的时候,这三个强国就以 1791 年的宪法为借口,据说这个宪法具有雅各宾党的原则因而遭到一致的反对。

1791 年的波兰宪法到底宣布了什么呢? 充其量也不过是君主立宪罢了,例如宣布立法权归人民代表掌握,宣布出版自由、信仰自由、公开审判、废除

批:语出惊人,引人思索,点明演讲的中心。把一次没有成功的斗争放在历史的长河、国际环境和全人类的社会问题中去评价其作用和意义,既告慰了亡者,又启示了生者。

批:抓住听众的心理,听众也想知道波兰宪法到底有什么内容。

农奴制等。所有这些当时竟被称为彻头彻尾的雅各宾原则！因此，先生们，你们看到了吧，历史已经前进了。当年的雅各宾原则，在现在看来，即使说它是自由主义的话，也变成非常温和的了。

三个强国和时代并驾齐驱。1846 年，因为把克拉柯夫归并给奥地利而剥夺了波兰仅存的民族独立，他们把过去曾称为雅各宾原则的一切东西都说成是共产主义。

克拉柯夫革命的共产主义到底是什么呢？是不是由于这革命的目的是复兴波兰民族，因而就是共产主义的革命呢？要是这么说，欧洲同盟为拯救民族而反对拿破仑的战争何尝不可以说成共产主义的战争，而维也纳会议又何尝不可以说成是由加冕的共产主义者所组成的呢？也许由于克拉柯夫革命力图建立民主政府，因而就是共产主义的革命吧？可是，谁也不会把共产主义意图妄加到伯尔尼和纽约的百万豪富身上去。

共产主义否认阶级存在的必要性；它要消灭任何阶级，消除任何阶级的差别。而克拉柯夫革命家只希望消除阶级间的政治差别；他们要给不同的阶级以同等的权利。

到底在哪一点上说克拉柯夫的革命是共产主义的革命呢？

也许是由于这一革命要粉碎封建的锁链，解放封建劳役的所有制，使它变成自由的所有制，现代的所有制吧！

要是对法国的私有主说："你们可知道波兰的民主主义者要求的是什么？波兰民主主义者企图采用你们目前的所有制形式。"那么，法国的私有主会回答说："他们干得很好。"但是，要是和基佐（注：基佐，生于 1787 年 10 月 4 日，卒于 1874 年 9 月 12 日，是一名政治家，于 1847～1848 年任法国首相）先生一同再去向法国

批："竟"字既点出出乎意料，又包含对侵略者的嘲讽和鞭挞。

批：侵略者打着共产主义的幌子，试图把他们侵略扩张、奴役人类的反动之举说成是合法的。

批：以设问句式提出论题，然后以反问句式作比较分析。反问中列举了欧洲同盟为拯救民族而反对拿破仑的战争和维也纳会议等尽人皆知的例子，来加强否定的逻辑力量，说服力强。

批：先明确指出共产主义的本质特征，澄清了是非，辨明了道理；接着回答了上段提出的论题。

批：同是说波兰民主主义者所要建立的所有制形式，但法国私有主作出了截然不同的反应，以对比方法鲜明地表明了克拉柯夫革命的本质。

私有主说:"波兰人要消灭的是你们1789年革命所建立的、而且如今依然在你们那里存在的所有制。"他们定会叫喊起来:"原来他们是革命家,是共产主义者! 必须镇压这些坏蛋!"在瑞典,废除行会和同业公会,实行自由竞争现在都被称为共产主义。《辩论日报》还更进一步,它说:"剥夺20万选民出卖选票的收益,这就意味着消灭收入的来源,消灭正当获得的财产,这就意味着是一个共产主义者。"毋庸置疑,克拉柯夫革命也希望消灭一种所有制。但这究竟是怎么样的所有制呢? 这就是在欧洲其他地方不可能消灭的东西,正如在瑞士不可能消灭分离派同盟一样,因为两者都已不再存在了。

谁也不会否认,在波兰,政治问题是和社会问题联系着的。它们永远是彼此不可分离的。

但是,最好你们还是去请教一下反动派吧! 难道在复辟时期,他们只和政治自由主义及作为自由主义的必然产物的伏尔泰主义这一沉重的压力战斗吗?

一个非常有名的反动作家坦白承认,不论德·梅斯特尔或是博纳德的最高的形而上学,最终都可以归结为金钱问题,而任何金钱问题难道不就是社会问题吗? 复辟时期的活动家们并不讳言,如要回到美好的旧时代的政治,就应当恢复美好的旧的所有制,封建的所有制,道德的所有制。大家知道,不纳什一税(注:《圣经·利未记》记载:"地上所有的,无论是地上的种子,还是树上的果子,十分之一是耶和华的,是归于耶和华为圣的。"基督教会向当地居民征收什一税供宗教事业之用。后来,西欧各国先后普遍实行这种税制),不服劳役,也就说不上对君主政体的忠诚。

让我们再回顾一下更早的时期。在1789年,人权这一政治问题本身就包含着自由竞争这一社会问题。

批:赞扬了克拉柯夫革命的做法:把政治问题和社会问题联系起来,而且两者不可分离。

批:以反问句强调上述观点的正确性,反面论证。

批:由一个有名的反动作家的言论印证了政治问题和社会问题永远是紧密联系的,不能割裂开来。明确指出复辟时期的活动家们所要建立的所有制是封建的所有制。

批:综上所述,作者以充分的实例和有力的证据指明了这些讨论已久的政治问题,其实质就是在英国又发生了什么呢？从改革法案开始到废除谷物法为止的一切问题上，各政党不是为改变财产关系而斗争又是为什么呢？他们不正是为所有制问题、社会问题而斗争吗？

就在这里，在比利时，自由主义和天主教的斗争不就是工业资本和大土地所有制的斗争吗？

难道这些讨论了 17 年之久的政治问题，实质上不正是社会问题吗？

因而不论你们抱什么观点（自由主义的观点也好，激进主义的观点也好，甚至贵族的观点也好），你们怎么能责难克拉柯夫革命把政治问题和社会问题联系在一起呢？

领导克拉柯夫革命运动的人深信，只有民主的波兰才能获得独立，而如果不消灭封建权利，如果没有土地运动来把农奴变成自由的私有者，即现代的私有者，波兰的民主是不可能实现的。要是你们使波兰贵族去代替俄罗斯专制君主，那只不过是使专制主义改变一下国籍而已。德国人就是在对外的战争中也只是把一个拿破仑换成了 36 个梅特涅的。

即使俄罗斯的地主不再压迫波兰的地主，骑在波兰农民脖子上的依旧是地主，诚然，这是自由的地主而不是被奴役的地主。这种政治上的变化丝毫也不会改变波兰农民的社会地位。

克拉柯夫革命把民族问题和民主问题以及被压迫阶级的解放看作一回事，这就给整个欧洲作出了光辉的榜样。

虽然这次革命暂时被雇佣凶手的血手所镇压，但是现在它在瑞士及意大利又以极大的声势风起云涌。在爱尔兰，证实了这一革命原则是正确的，那里狭隘的民族主义政党已经和奥康奈尔一起死亡，而新的民族政党首先就要算是改革派和民主派的政党了。

社会问题。

批：高度总结了波兰革命的方向和目标。

批：克拉柯夫革命及精神之所以值得纪念、发扬，就在于与欧洲其他地方的革命有着本质的区别。至此演讲达到了高潮。

批：克拉柯夫革命虽然失败了，然而它的历史意义是深远的。

波兰又重新表现了主动精神,但这已经不是封建的波兰,而是民主的波兰,从此波兰的解放将成为欧洲所有民主主义者的光荣事业。

批:至此,演讲纪念克拉柯夫革命两周年的意义已明确,目的也已达到。给情绪高昂的波兰人民及欧洲其他被压迫的民族点燃起了民族解放的星星之火。

整个欧洲的光辉榜样

卡尔·海因里希·马克思(Karl Heinrich Marx,1818年5月5日~1883年3月14日),马克思主义创始人,第一国际的组织者和领导者,全世界无产阶级和劳动人民的伟大导师。犹太裔德国人,政治家、哲学家、经济学家、社会学家、革命理论家、记者、历史学者。主要著作有《资本论》《共产党宣言》等。

马克思在演讲一开始就提出了一个发人深省、富有哲理的警句:"历史上常常有惊人的相似之处。"这样,他从一开始就把听众带入历史的情境之中。

克拉柯夫革命距此时刚两年,无须详加介绍,只要稍加提示,那些场景,听众便可记忆犹新的,而那些场景背后的东西却往往需要杰出的思想家引导人们去思考。所以,马克思在把听众带入历史情境之中后,便开始了犀利的剖析。他把历史的、现实的、正面的、反面的种种事实巧妙地联系在一起,通过反复对比,让事实自己说话,有力地反驳了当时种种对克拉柯夫起义的诬蔑歪曲之词,同时也对起义的性质作了精彩的分析。

马克思的这篇讲演还有三大特点:第一,他把克拉柯夫起义放在广阔的空间加以考察、比较。他不仅谈到是俄、普、奥三强的瓜分压迫波兰造成了这次起义,而且考察了当时法国、英国、瑞士、意大利、爱尔兰的情况,揭示了它们之间的内在联系。第二,他把这次起义放在历史发展的时间里来考察。比如,把克拉柯夫革命与共产主义相比较。第三,尖锐的提问,反诘促人思索。这篇演说在每段的首尾频繁地采用了设问句和反问句,这样就使每个问题都能醒人耳目,强烈吸引了听众的注意力。正如日本学者池田德真认为的那样,宣传的诀窍在于提问,在于让大众去想。马克思在这种场合的设问是深得此中三昧的。(屈平、贾少敏)

智慧树 失败本身就包含着胜利

先生们!

今天我们纪念的这次起义并没有获得成功。在几天的英勇抵抗以后,克拉柯夫陷落,波兰的血淋淋的幽灵一度在它的凶手的眼前出现,现在又进入了坟墓。

克拉柯夫革命结果是失败了,这次失败是非常惨痛的。让我们对牺牲的英雄们致以崇高的敬意,并对他们的失败深表惋惜,对因这次失败而遭受更大奴役的2000万波兰人民,表示我们深切的同情。

　　但是,先生们,难道我们应该做的就只有这些吗? 在不幸的国家的墓地上痛哭一场,并发誓永远痛恨奴役波兰的人,同时却毫无作为,难道这就算完事了吗?

　　不,先生们! 克拉柯夫起义的纪念日不仅是悲痛的日子,对我们民主主义者来说,这也是一个庆祝的日子,因为失败本身中就包含着胜利,而且这一胜利的果实我们已经巩固地取得,失败只是暂时的。

　　同时,这个胜利也是年轻的民主的波兰对老朽的贵族的波兰的胜利。

　　是的,在波兰为反对外国奴役者进行最后的斗争以前,波兰内部就已进行着隐蔽的、秘密的,但又坚决的斗争,这是被压迫的波兰人反对压迫的波兰人的斗争,波兰的民主政治反对波兰的贵族政治的斗争。

　　比较一下1830年和1846年,比较一下华沙和克拉柯夫吧。1830年波兰的统治阶级在立法会议上表现得那样自私、狭隘和怯懦,但在战场上却又表现得那样富有自我牺牲的精神,满怀着坚毅和勇气。

　　1830年的波兰贵族所希望的是什么呢? 就是保卫已得的权利不受帝王方面的侵犯。贵族把起义局限于维也纳会议乐于称为波兰王国的一块不大的地区;不让波兰其他地方也爆发起义;农民的农奴身份原封未动,依旧过着非人的牛马生活;犹太人依旧处于屈辱的地位。如果在起义过程中,贵族不得不向人民让步,那也只是在最后,当起义已经注定要失败了的时候。

　　直截了当地说,1830年的起义既不是民族革命(波兰的3/4没有卷入起义),也不是社会的或政治的革命;这次起义一点也没有改变人民的内部状况;这是一次保守的革命。

　　可是在这次保守的革命的内部,就在国家的政府中,有人尖锐地批判了统治阶级目光短浅。他提出一些确实是革命的措施,这些大胆的措施使议会里的贵族感到惶恐。他号召整个旧波兰拿起武器,把波兰独立战争变成欧洲战争,赋予犹太人及农民以公民权利,把土地分给农民,在民主与平等的基础上改造波兰——他通过这些号召摸索着变民族斗争为争取自由斗争的道路;他力图使一切民族的利益和波兰人民的利益等同起来。这个人的天才订出了如此广泛而又简单的计划,要不要提一下他的名字呢? 这人就是列列韦尔。

　　1830年,多数派贵族利令智昏,总是拒绝这些建议。但这些思想在15年之久的奴隶生活考验下成熟起来,而且得到了进一步的发展,我们看到克拉柯夫起义的旗帜上就写着这些原则。在克拉柯夫,显然已经没有什么可能经受巨大损失的人了;那里已经完全没有贵族了。每一个既定步骤都具有民主勇气,这种勇气,我可以说,很像无产阶级的勇敢。无产阶级除了贫困以外,什么也不会失去,而得到的则是整个祖国、整个世界。这里没有任何犹豫和怀疑的余地。三个强国立刻发起进攻,宣布农民的自由、土地改革、犹太人的公民平等,绝不因为这会触犯一些贵族利益而踌躇不前。

克拉柯夫革命既不想恢复旧波兰,也不想保持外国政府还原封不动地保存着的古代波兰制度;这次革命既不是反动的,也不是保守的。

不,克拉柯夫革命敌视波兰本身,敌视这个以奴役大多数人民为基础的陈旧的、野蛮的、封建的、贵族的波兰,更甚于敌视波兰的外国压迫者。克拉柯夫革命绝不是要恢复这陈旧的波兰,而是要彻底消灭它,并且在它的废墟上依靠完全新的阶级,依靠广大人民,建立新的、现代的、有文化的、民主的、不愧于19世纪的波兰,要波兰真正成为捍卫文明的先进战士。

1830年和1846年之间存在着差别;遍地血腥,任人宰割的极端不幸的波兰有了巨大的进展;投入祖国压迫者怀抱的波兰贵族完全和波兰人民分离;波兰人民坚定不移地转到民主方面;在波兰,正如在我们这里一样,出现了阶级斗争这一整个社会进步的原动力——克拉柯夫革命的民主胜利就在于此,起义的结局就在于此,而当起义者为失败而雪耻时,目前的结局还会带来更多的果实。

是的,先生们,由于克拉柯夫起义,波兰问题已由过去的民族问题变成各国人民的问题,已由过去的同情对象变成与一切民主主义者有切身关系的问题。1846年以前,我们应该对罪行报仇;而现在,我们应该拥护同盟者,而且我们一定会这样做。

我们德国首先应该为波兰涌起的民主浪潮而高兴。我们自己在最近期内也将完成一次民主革命;我们将要同奥地利及俄罗斯的野蛮匪帮进行斗争。在1846年以前,我们还可以怀疑,如果德国发生民主革命,波兰将站在哪一边。现在,克拉柯夫革命把一切疑虑都打消了。从今以后,德国人民和波兰人民便紧密地联结在一起。我们有着共同的敌人,共同的压迫者,因为俄罗斯政府也像压迫波兰人一样地压迫着我们。无论是解放德国,无论是解放波兰,其首要条件是从根本上改变德国目前的政治状况,推翻普鲁士和奥地利,把俄罗斯逐出德涅斯特尔河和德维纳河之外。

因而,我们两个民族的同盟既不是什么美梦,也不是什么幻想;不,先生们,这个同盟是我们两个民族的共同利益所绝对必要的,而且由于克拉柯夫革命,它已成了一种必然的东西了。迄今为止,德国人民对自己事业的热心几乎只表现在口头上。为了我们波兰兄弟的利益,现在应该见诸行动了;并且像我们在座的德国民主主义者向波兰民主主义者伸出手来一样,所有德国人民将庆祝在第一次战斗的战场上同波兰人民结成的同盟,因为在这次战斗中,我们共同的力量将战胜我们共同的压迫者。

[德国]恩格斯/文,佚名/译

品 读

弗里得里希·冯·恩格斯(Friedrich Von Engels,1820年11月28日~1895年8月5日),德国哲学家,马克思主义的创始人之一。恩格斯是卡尔·马克思的挚友,他为马克思创立马克思主义提供了大量经济上的支持,在马克思逝世后,帮助马克思完成了其未完成的《资本论》等著作,并且领导国际工人运动。

这是 1848 年 2 月 22 日恩格斯在布鲁塞尔举行的 1846 年克拉柯夫起义两周年纪念大会上发表的演说。

这次演讲的突出特色是以辩证的观点、对比的手法,阐明了波兰 1830 年和 1846 年两次革命的性质、特点、目的、作用。

恩格斯在这篇演说中,指出克拉柯夫起义的失败是暂时的,其失败中包含着胜利。因为这次起义代表着正确的方向。恩格斯指出:"比较一下 1830 年和 1846 年,比较一下华沙和克拉柯夫吧。"接着他运用辩证的分析比较的方法,对两次革命目的、作用等方面的差别进行了分析,指出:1830 年的起义"既不是民族革命,也不是社会的或政治的革命",而是一次"保守的革命";而克拉柯夫革命则把 1830 年起义没有做到的原则写在了自己的旗帜上,它"绝不是要恢复这陈旧的波兰,而是要彻底消灭它,并且在它的废墟上依靠完全新的阶级,依靠广大人民,建立新的、现代的、有文化的、民主的、不愧为 19 世纪的波兰,要波兰真正成为捍卫文明的先进战士"。

恩格斯高瞻远瞩地指出,革命民主主义的斗争已不是哪一个国家本身的问题,各国人民必须"紧密地联结在一起",与"共同的敌人"进行斗争,从而战胜"共同的压迫者"。

克拉柯夫起义的纪念日不仅是"悲痛的日子",也是一个"庆祝的日子",因为起义"失败本身中就包含着胜利","失败只是暂时的"。恩格斯正确分析了局势,发出各民族人民团结斗争的号召。无疑,这是对全世界无产者的巨大鼓舞。

争取人类自由的最后一战

◇[英国]埃米琳·潘克赫斯特

读点

女权运动的"独立宣言",为妇女在选举权方面争取获得与男子完全平等的地位起到了有力的推动作用。

演讲析理入微,让人难以拒绝。

演讲背景:

埃米琳·潘克赫斯特,是英国女权运动家和政治家。她于 1903 年创建妇女社会和政治联盟,积极倡导妇女选举权运动,并采取一些激进政策。经过其不懈努力,英国国会终于在 1918 年通过妇女投票案,随后,美国等其他国家也逐渐允许妇女投票。到 1928 年,妇女在选举权方面获得了与男子完全平等的地位,从而取得了女权运动史上的巨大胜利。

这篇演讲于 1912 年 1 月 14 日在加拿大发表。

妇女们素来只有在被对手向后推了一把之后才肯向前迈进一步。我们并不在乎他人的嘲笑,只要笑过之后让我们去投票。可是那些对我们的诘难拒不答复的政客们不也受到这些人的嘲笑了吗?政客们都是一些严肃人物,本不应受到嘲笑,可是王国的首席大臣不也头披马鞍布悄悄从后门溜出,或绕过地道走到邮局,这才经包裹通道偷偷溜出去吗?难道他们就不失尊严吗?从这以后,别人才开始重视起我们来。阿斯奎特先生造访伯明翰时,某大报当即电告当地的记者说:"先不要管首相,还是看看那些争取妇女参政权的人们想要干些什么吧!"

批:点明妇女争取女权的被动局面。

批:点明要争取的权利——选举权。

批:揭示政客、大臣的狼狈之态,鼓励妇女不要怕被人嘲笑,勇敢地争取自己的权益。

批:女权运动引起人们的关注度甚至超过了首相,可见影响之大。

我们下一步就是去拉票，把带有我们特色的妇女提纲带到广大民众之中。我们的口号是："对不允许妇女投票的政府投反对票。"也许其他的候选人会不高兴，认为我们的活动夺走了他们的观众，我们的答复是，这是一个自由的国度，要想吸引更多的听众，那就回去把演讲词改得更有些文采。

批：明确女权运动的目标、措施和口号。

批：对反对者的嘲讽和蔑视。

在工人阶级聚集的地方，我们获得了极大的发现，每当我们谈到有关妇女领域的社会问题时，那些对政党术语模棱两可却富于同情心的男人们总会明确表明他们的支持态度。就这样，我们在选举的队伍之中形成了一股不小的力量，我们所反对的那些政府候选人纷纷因此而败北……

批：工人阶级对妇女问题予以支持。

批：女权运动已经取得了初步成效，鼓舞士气。

最近有不少人都在谈论，给那些即将步入新婚殿堂的男女公民制定一部新的立法。作为婚约的一个组成部分，妇女同样应该拥有发言权。因为这里面牵扯到离婚和儿童教育的问题，试问又有谁会比妇女更加了解这些问题呢？目前已经有一些行业和专业对妇女们敞开了门户。对涉及我们的立法拥有发言权是理所应当的事情。我们已经听到不少对于英国离婚法的非议，这对文明国家而言简直就是一种耻辱。唯一值得庆幸的是大多数男人的行为要比法律所能允许的更加检点一些。可是对于那极少的一部分，法律应该给予严厉的惩罚。如果法律没有足够的约束力，他们的行为会更加肆无忌惮。如果妇女在政界拥有力量，那么情况就会好得多。她们一定会请求大家对这一类全民福利的问题多加重视。围绕着应不应该设立离婚法，大家纷纷表明自己的观点，如果真的要设立的话，它一定要把男女问题放到平等的位置上来看待。除非妇女们有投票权，否则我们在这方面根本就没有任何保障而言。此外，还有已婚者的法律地位问题。虽然按自然法则来说孩子有双亲，可是法律却只承认其中的一方，

批：从家庭关系入手，剖析争取自由平等权利的重要性，易于博取听众同情，抓住听众的心。

批：单纯靠个人约束自己的行为，而不从法律上予以约束，那样，对不当的行为就缺乏约束力。

批：男女平等，这是最基本的权利要求。

批：妇女们没有投票权，那么，男女平等就是空谈。

批：目前的法律总是不平等地偏袒男性的权利。

即合法婚姻中的子女的父亲或者是非合法婚姻中子女的母亲。这是由男人制定的法规，而我们所期盼的则是这些法规能够最大限度地与自然法则相一致……

批：再次强调争取女权是遵循"自然法则"的，让听众无法抗拒。

放眼世界，除非这个世界能让妇女们了却自己的心愿，否则幸福、安逸、满意的妇女根本就无处可寻。男人们如果任由现状继续维持下去，他们就应承担起相应的责任。妇女完全有自立的能力，可是在目前的立法下，女人遭到侵犯、孩子受到伤害一类的事情一律都要由男人来承担。我不愿意承担这种责任，在这样的立法之下，无论如何我也不愿身为男人。如果到时候男人女人都没有做好，那么责任将由男女共同承担。既然男人们无法收容、保护我们，为什么不让妇女们和他们一起分担责任呢？用我们自己的力量使妇女成为参与者，这倒不是为了骑在男人头上作威作福，而是为了分担统治责任，如果连这一点都做不到，那么真正的代议制度则更无实现的可能。我们这一仗所要争取的就是提高妇女地位，争取男人所无法给予她们的更高的福利。现在的立法院里清一色都是男人。我们希望将男女的智慧会聚到一起，共同完成拯救子孙后代的任务。这样的世界一定比过去更加美好，人类也一定会因此而进入到一种更高的境界之中。我们一定会赢得人类自由的最后一战，继阶级差别消失之后，让性别差异也成为历史的记忆，这样，只靠男人所无法实现的更加美好的东西才会得以实现。

批：站在男性的立场上分析问题，表明替男性分担责任的勇气，易于获得男性听众的认可和支持。

批：面对责任，男女应共同承担，而不是只由某一方承担。

批：再次点明女权运动的目的。

批："清一色都是男人"，不仅男女不平等，也不能会聚男女智慧，因而也无法实现更加美好的东西。

批：将男女平等上升到"人类自由"的高度；男女智慧会聚，才能实现更加美好的东西。

争取妇女权利的战斗檄文

这是一篇充满战斗性的演讲稿，语言充满了魅力，有很强的感召力，称得上是一篇战斗檄文。

潘克赫斯特旗帜鲜明地提出了女权运动的目的，"我们这一仗所要争取的就是提高妇女地位,争取男人所无法给予她们的更高的福利";论述了妇女拥有投票权的重要,"除非妇女们有投票权,否则我们在这方面根本就没有任何保障而言"。演讲的语气无可辩驳,"对涉及我们的立法拥有发言权是理所应当的事情。我们已经听到不少对于英国离婚法的非议,这对文明国家而言简直就是一种耻辱"。潘克赫斯特表现出妇女为了争取胜利而无所畏惧的勇气,"我们并不在乎他人的嘲笑,只要笑过之后让我们去投票"。最后潘克赫斯特充满自信地预言:"我们一定会赢得人类自由的最后一战,继阶级差别消失之后,让性别差异也成为历史的记忆,这样,只靠男人所无法实现的更加美好的东西才会得以实现。"

埃米琳·潘克赫斯特是妇女选举权的积极倡导者,她掀起了一场英国历史上绝无仅有的激进的妇女参政运动,在她充满激情的煽动下,女权运动终于取得了一定的胜利。1918年2月,英国政府规定,30岁以上女性获得选举权。1928年,潘克赫斯特去世前一个月,政府通过法案,英国妇女终于赢得了和男子同等的选举权。随后,美国等国家也逐渐允许女性投票。

2009年,"大英百科"评选近百年影响世界的十大事件。潘克赫斯特领导的争取妇女选举权运动被排在首位。一位女性谈到为何投票给潘克赫斯特时,很干脆地说:"因为她给予我们投票权。"(京涛、周流清、陈学富)

芳草地 妇女从未想到会恨生为女儿身

我们女人是两性中的弱者。(笑声)人们总说我们单是忙家事、做母亲就忙不过来了。要是平时,我们可有得好辩的,既然是战时,也只好任男人这么说了。男人跟我们说:"仗由我们来打。女人不适合打仗。我们保护女性,替你们打。生活中的困苦忧患由我们来顶着。"此刻是男女同样接受考验的时代,我们相信诸位男士的话,男人有责任尽其所能履行其对妇女的承诺。就因为是女人,我们从来连自卫的准备都没能做过。("好,好……")

过去几天我一直在感谢上帝,幸亏我不是超人,(笑声)又没有生花妙笔,或尖酸刻薄的幽默感(注:影射文豪萧伯纳,他曾有《人与超人》一作),我不必附庸风雅,效法暴君尼禄在罗马焚城时仍有闲情逸致吟诗作乐。此时此刻,对那些自己一知半解却还奢谈外交、战争起因及罪责的人,我真不知道怎么严加谴责才好。倒是今后若是情况发展不对头我知道应该怪谁。就怪那些有公民权的人,就该怪萧伯纳之流,(叫好,笑声)他们声称政治管理只适合男性。到国家大难临头、存亡攸关之际,他们就开始在报上大放厥词,让敌人可以在比利时街头张贴其言论。我们的统治者干得不好是选他们上台的老百姓的不是。战争结束了才是解决这些外交问题的时候。目前我们在打仗,我们的荣誉、名声和存在与否都悬系于此战的成败。现在要提只能提积极意见，否则最好三缄其口。对男人有一肚子意见的女人都可以忍住不发一言，其他人应该也可以做得到吧。（叫好）爱国者对待错误的办法应该是默默地让事情走上正轨，这样才对，才合适……

我一贯坚持的意见如今我仍然坚持，没有比侵略战争更可怕的事了。然而我相信，不论过去我们有过什么不是，眼前这一仗确是正义之战。虽然我热爱和平，有时候仗还是该打。我要正告年轻人：今天有不少妇女从未想到会恨生为女儿身，但在这件事情上她们可是很愿意自己是男子汉的。（叫好）

[英国]埃米琳·潘克赫斯特/文，朱敬文/译

品　读

　　埃米琳·潘克赫斯特（Emmeline Pankhurst，1858 年 7 月 15 日～1928 年 6 月 14 日），妇女选举权的积极倡导者，她开展了 40 年的女权运动在她去世那年彻底取得了成功，当时英国妇女在选举权方面获得了完全平等的地位。

　　这是埃米琳 1914 年 11 月 30 日在伦敦发表的演讲。演讲者的幽默给听众留下了深刻的印象，整篇演讲词仅仅几百字，却不断被叫好声打断，语言准确精练，鲜明地表达了演讲者的思想感情。

我们已遍地燃起自由的希望

◇[古罗马]西塞罗

读点

激发罗马人民为自由而战的乘胜追击动员令。
激情洋溢,善于捕获听众之心的演讲典范。

演讲背景:

公元前44年,安东尼在执政官任期届满时提出要得到高卢行省的统治权,西塞罗和元老院中的大多数人都看穿了安东尼这一要求的目的是想控制罗马政局,没有批准。

公元前43年1月,在西塞罗发表了《对敌人不能心慈手软》的演说后,罗马元老院并没有根据他的意见把安东尼表决为祖国之敌。元老院做了两手安排,一方面派出代表与安东尼谈判,一方面加强军事上的准备。但是和谈的希望很快便化成了泡影,元老院于2月2日宣布了战争状态。到3月,屋大维正式向安东尼开战。受此鼓舞,西塞罗感到制伏安东尼已指日可待,重建共和也为期不远了,于是他于公元前43年3月发表了这篇演说。

罗马人!在今天这次盛会中,你们遇见了这么多人,比我记忆中所见过的都要多,这种场面令我急切地渴望去保卫自己的国家,内心燃起重新把它建立起来的伟大希望,虽然我的勇气一直未曾衰竭过。最令人难熬的时刻,就是像现在——黎明前的微曦时,我恨不得立刻在保卫自由的阵线上,挺身而出成为一位领导者。然而,即使以前我有这种想法并可以去实践,可现在却已不是那种时代了。因为像今天,罗马的子民们(也许你们不相信,这种场面只是我们所面临许多事务中的一些琐事罢了),我们已替未来的行动打下了基础。元老院不再是口头上把

批:*以饱满的激情呼吁为保卫自己的国家而战斗,奠定演讲的情感基调。*

批:*激发听众起来为保卫自由而战斗。*

批:*"然而",由保卫国家和自由自然过渡到当前的形势,即人们视安东尼为敌人。*

批:*团结元老院,统一战线。*

"安东尼"视为敌人，而是以实际的行动表示他们已把他视为一个敌人。直到现在，我心里还一直觉得很高兴，相信你们也一样，我们能够在这样完全一致、鼎沸的气氛中，一致认为他是我们的敌人，并通过了这项宣言。

批：明确共同的敌人，才能同仇敌忾。

罗马人，我赞美你们——是的，我非常赞美你们。当你们激起那令人可喜的意志，跟随那最优秀的年轻人（注：年轻人，指的是屋大维），或者甚至说他只是个孩子。他的名字是年轻人，那是由于他的岁数，他的行为已属于永恒而不朽。我曾收集到许多事迹，我曾听过许多事的情节，我也曾读过许多故事，但是在这整个世界上，在漫长的历史中，却不曾见闻过这样的事。当我们被奴隶制度所压迫，当恶魔的数量与日俱增，当我们没有任何保障，当我们深恐马尔库斯·安东尼采取致命性的报复手段时，这个年轻人承袭了没有人愿意去承担的冒险计划，他以超越所有我们所能想象的方式来解决问题，他召集了属于他父亲（注：他父亲，指恺撒，屋大维是恺撒的甥孙及养子）的、一支所向无敌的军队，使安东尼想用武力方式造成国家不幸的那种最不仁义的狂乱遭到了阻力。

批：盛赞屋大维，给人们以鼓励。

批：排比，渲染战斗的迫切性和必要性。

批：屋大维担当起抗击安东尼的重任，称其对安东尼之战的正义性，实际是号召人们支持屋大维的军事行动。

只要是在这里的人，谁不看得非常清楚！要不是多亏了恺撒（注：恺撒，这里是指屋大维）所召集的军队，安东尼的报复不是早将我们夷为平地？因为这次他的回来，意志里燃烧着对所有人仇恨的火焰，身上更沾染着屠杀过市民的血腥，在他的脑海里除了全然地予以毁灭的意念之外，什么也容不下。如果恺撒没有组成这一支他父亲的最勇敢的军队，你们的安全保障和你们的自由靠谁来保护？为了表示对他的赞美和崇敬——为了他如神一般不朽精神的表现，他已被冠以最神圣而不朽的荣耀——元老院已接受了我的提议，通过了一项政令，将把最早的最好

批：以恺撒指代屋大维，勾起听众对恺撒辉煌时代的怀念，利于拉拢人心，而给人们以信心，进而支持屋大维。接着，再说安东尼的仇恨和屠杀，这样人们自然会坚定地支持屋大维。

批：盛赞屋大维军队的勇敢和屋大维至高无上的荣耀，意在号召民众拥护屋大维。

的头衔委任于他。

马尔库斯·安东尼啊！你还能玩弄什么坏主意呢？恺撒对你宣战，实在是应该受到极力称赞的。我们应该极尽最美丽的言辞来赞美这支队伍，也由此离弃你。这完全是因为你的缘故，如果你不是选择做我们的敌人而是成为议会的一员，这全部的赞美，全是你的。

罗马人！你们面对的不是一个放荡邪恶的人，而是一头没有人性、凶暴的野兽。现在，他既然跌落陷阱之中，就在此地将其焚毁吧！要是让他逃了出来，你们就再也难逃暗无天日、苦闷的深渊。然而，他现在正被我们已出发的大军围困，四面紧紧地包围了起来。近日，新的执政官将派出更多的军队去支援。像你们目前所表现的，继续献身于此壮烈之举。在每一次为理想而战的战役中，你们从未表现出比今天更加协同一致，你们从未与元老院之间有过如此诚挚的配合。再也不要彷徨，今天的问题已不再是生活条件的抉择，而是我们如不能全然光荣地活着，就是面临放荡与耻辱的毁灭。

虽然凡人皆难免一死，此乃天性，然而，勇士们却善于保护自己，除去属于不逊或残酷的死。罗马的种族和名称是不容被夺取的，罗马人！我由衷地恳请你们——去保护它！这是我们所留下的产业和象征。虽然每一事物都是易流逝的，暂时而不确定的，唯有美德能够深深地扎下它的根基。它永不为狂暴所中伤、侵蚀，它的地位永远无法动摇。你们的祖先，正是靠了这种精神，才能首先征服了意大利，继而摧毁迦太基、打败诺曼底，在这个帝国的统领下，消灭了那最强悍的国王和最好战的国家。

不久的将来，由于各位与元老院之间史无前例完美而和谐的配合，以及我们的战士和将领们的英勇的表现和幸运的引导，你们可以看到那甘冒风险

批：语气调侃，表达对安东尼的蔑视。

批：安东尼虽系恺撒的支持者，但屋大维是恺撒的继承人，对安东尼宣战，无疑是有利的。

批：人称的变化，宣泄对安东尼的不满。

批：用"不是……而是"的句式，强调安东尼的凶恶与可怕。

批：演说的目的，是促使人们行动起来、乘胜追击，置安东尼于死地。

批：展现不同的两种结局，意在号召并激励听众继续献身于反对安东尼的战斗。

批：从人死的意义和价值的角度，号召人们起来为自己而战、为民族而战、为荣誉而战，具有极强的鼓动性。

批：叙述罗马人的祖先的光辉业绩，号召人们发扬光荣传统，为保卫自由的国家而战。

批：展望战斗胜利的前景和美好自

沦为盗贼的无名小子安东尼被打败。现在显示：很久以来，这是第一次的盛举，我们已遍地燃起自由的希望。

由的未来，激励人们加入战斗的行列。

（佚名/译）

极富鼓动性的演讲

西塞罗曾概括其演讲依据的三条原则，其中之一是，影响听众的意志并激励他们去行动。这篇演说可以说是这一原则的具体体现，它好像是一篇战前激动人心的动员令，又像是慷慨激昂地声讨敌人的一篇檄文，演说洋溢着一股乐观的激情，激发起人们的斗争精神，具有很强的鼓动力。

在这篇演讲中，首先，西塞罗即景生情，将把听众的注意力从应该保卫自己的国家、保卫自由引到安东尼是"我们"的敌人。这样的开场白自然、顺畅，易于在较短时间内激发起听众对安东尼的仇恨情绪。

紧接着，西塞罗先赞美罗马和恺撒的继承者屋大维，引出如果让安东尼的计划得逞，罗马将因之毁灭的结论。这就无异于在听众对安东尼的仇恨情绪上点起烈火。再盛赞屋大维军队的勇敢和屋大维至高无上的荣耀，意在号召民众起来拥护屋大维。

这里，西塞罗对屋大维和安东尼进行了对比性的形象刻画：颂扬屋大维为"最优秀的年轻人"，"他的行为已属于永恒而不朽"，同时，又极力丑化安东尼，称其为"一头没有人性、凶暴的野兽""沦为盗贼的无名小子"，对其表现出极度的蔑视。反差如此强烈的对照，就把正义与邪恶、强大与渺小展示得清清楚楚，仿佛在伟大的屋大维面前，安东尼真的成了跌入陷阱的野兽，对他完全可以手到擒来。这无疑有助于激励人们加入到战斗的行列中去。由于安东尼手握兵权，而元老院又无军队，西塞罗要反对安东尼，必须借掌有重兵的屋大维，元老院和屋大维的结盟是反对安东尼的基本条件。这便是西塞罗在演讲中对屋大维和安东尼这两个人物一褒一贬的根本原因。

在演讲中严峻地指出："再也不要彷徨，今天的问题已不再是生活条件的抉择，而是我们如不能全然光荣地活着，就是面临放荡与耻辱的毁灭。"展现不同的两种结局，置死地而后生，面临抉择的听众也自然会听从西塞罗的呼吁，而毫不犹豫地投身于反对安东尼的战斗之中。

最后，西塞罗描述了不久的将来将取得的胜利，号召听众继续献身于反对安东尼的战斗。"现在显示：很久以来，这是第一次的盛举，我们已遍地燃起自由的希望。"全篇以此结语，不仅回应开篇的保卫国家、保卫自由的主题，而且展现了美好的自由之景，这更能激励人们加入自觉战斗的行列。（子夜霜、陈学富）

对威勒斯的控告

芳草地

对威勒斯的控告

各位元老，长时期以来，存在着这样的见解：有钱人犯了罪，不管怎样证据确凿，在公开的审判中总是这样安然无事。这种见解对你们的社会秩序十分有害，对国家十分不利。现在，驳斥这种见解的力量正掌握在你们手中。

在你们面前受审的是个有钱人，他指望以财富来开脱罪名，但是在一切公正无私的人们心中，他本身的生活方式和行为就足以给他定罪了。我说的这个人就是凯厄斯·威勒斯。假如今天他不受到罪有应得的惩处，那不是因为缺乏罪证，也不是因为没有检察官，而是因为司法官失职。威勒斯青年时放荡无行，后就任财务官时，除为恶之外，又岂有其他？他虚耗国库；他欺骗并出卖一位执政官；他弃职逃离军队，使之得不到补给；他劫掠某省；他践踏罗马民族的公民权和宗教信仰权！

威勒斯在西西里任总督时，更是恶贯满盈，使他的劣迹遗臭万年。他在这期间的种种决策触犯了一切法律、一切判决先例和所有公理。他对劳苦人民的横征暴敛无法计算。他把我们最忠诚的盟邦当作仇敌对待。他把罗马公民像奴隶一样施以酷刑处死。许多杰出人士不经审讯就被宣布有罪而遭流放，暴戾的罪犯却用钱行贿得以赦免。

威勒斯，我现在要问你对这些控告还有什么辩解的话，不正是你这个暴君，胆敢在意大利海岸目力所及的西西里岛上，将无辜的不幸公民帕毕列阿斯·加弗斯·柯申纳斯钉在十字架上，使他受辱而死吗？他犯了什么罪？他曾表示要向他国家的法官上诉，控告你的残酷迫害！他正要为此乘船归来时，就被捉拿到你面前，控以密探之罪，受到严刑拷打。虽然他宣称："我是罗马公民，曾在卢西乌斯·普列蒂阿斯手下工作。他现在在盘诺马斯，他将证明我无罪！"这个声明毫无用处，你对这些抗辩充耳不闻，你残忍至极、嗜血成性，竟下令施以酷刑！"我是罗马公民！"这句神圣的话，即使在最僻远之地也还是安全的护身凭证。但柯申纳斯语音未绝，你就将他处死，钉在十字架上！

啊，自由，这曾是每个罗马人的悦耳乐音！啊，一度是神圣不容侵犯的神圣的罗马公民权，而今却横遭践踏！难道事情真已至此地步？难道一个低级的地方总督，他的全部权力来自罗马人民，竟可以在意大利目力所及的一个罗马省份里，任意捆缚、鞭打、刑讯并处死一位罗马公民吗？难道无辜受害者的痛苦叫喊，旁观者的同情热泪，罗马共和国的威严以至畏惧国家法制的心理都不能制止那残忍的恶人吗？那人恃仗自己的财富，打击自由的根基，公然蔑视人类！难道这恶人可以逃脱惩罚吗？诸位元老一定不可以这样做啊！这样做了，你们就会挖去社会安全的基石，扼杀正义，给共和国招来混乱、杀戮和毁灭！

[古罗马]西塞罗/文，石幼珊/译

马尔库斯·图利乌斯·西塞罗(Marcus Tullius Cicero,前106年1月3日~前43年12月7日),古罗马杰出的政治家、演说家、法学家、哲学家。公元前76年,西塞罗被选举为财务官,正式开始了他的政治生涯。随后他以财务官的身份前往西西里行省西部任职了大约一年。

当时罗马统治阶级内部民主派和贵族派斗争激烈,西塞罗先是归附民主派,后转而归附贵族派。公元前64年,西塞罗击败了著名的民主派人物喀提林,当选次年的执政官。公元前63年,西塞罗挫败了喀提林企图推翻罗马共和国的阴谋,挽救了共和制国家,被授予"祖国之父"的崇高称号。公元前43年,屋大维与西塞罗归属的元老院公开决裂,大批元老被杀死。安东尼和屋大维相互勾结,安东尼派人刺杀了西塞罗。

这篇演讲是针对当时罗马官员普遍贪污的指控,是西塞罗于公元前70年在元老院控告威勒斯发表的。威勒斯公元前73年出任西西里总督,贪赃枉法,令人发指。对威勒斯的控告篇幅并不长,但内容充实,突出威勒斯令人发指的罪行,终于胜诉。以后威勒斯流亡在外,公元前43年被处死。

西塞罗的这篇演说出色地运用了例证法,论据充分,使论证无懈可击。西塞罗在演说开头首先把威勒斯的种种恶行列举而出,在第三段举柯申纳斯无辜被杀,这一典型例子。举例详略有致,有"点"有"面",既避免了事例的罗列,又使人对威勒斯的罪行有全面的了解,从而无可辩驳地揭露了威勒斯的真面目。其次,这篇演说巧妙运用排比、反问等修辞手法并且将各种修辞手法有机地融合在一起,或陈述事例,或抒发义愤之情,或阐述道理。这篇演说以事为基础,以情感人,以理服人,具有不可抗拒的雄辩力量。

美丽家园

我 要 发 言

◇[加拿大]珊文·铃木

读 点

让世界为之沉默的6 分钟演讲。

让成年人汗颜的美好愿望与思想境界。

设身处地的情感感染,饱含对贫困者的同情心。

以子之矛攻子之盾的论辩艺术。

演讲背景:

联合国环境与发展会议于 1992 年 6 月 3 日~14 日在巴西里约热内卢召开。这次大会是在全球环境持续恶化、发展问题更趋严重的情况下召开的。这是继 1972 年 6 月瑞典斯德哥尔摩联合国人类环境会议之后,环境与发展领域中规模最大、级别最高的一次国际会议,有 183 个国家代表团、70 个国际组织的代表参加了会议,有 102 位国家元首或政府首脑到会发表讲话。

1992 年 6 月 11 日,在这次联合国关于地球环境高峰会议上,年仅 12 岁的加拿大女孩珊文·古立斯－铃木,在冠盖云集的世界各国领导人和科学家们面前,发表了这篇仅有 6 分钟的演说。

她的演说要求大人们对于环保要说到做到,否则就是对下一代的不负责任。她的演说简单扼要却直指人心,一开始大家觉得这只是漫长会议中的一个有趣的插曲而已,随着她大声说出的每一句话,会场开始变得安静。坐在听众席上的各国领导和科学家们,有的表情尴尬,有的似乎被什么击中,有的开始擦眼泪,还有许多人低下了头,不知道该怎么与这个小孩对视。

大家好,我是珊文·铃木,代表 ECO(注:儿童环保团体)来这里发言。

批:点明发言的立场——环保。

我们几个是十二三岁的加拿大儿童团体:凡妮莎·苏堤、摩根·盖斯勒、米歇尔·奎格和我,我们是为了改变世界的现状而来的。我们完全靠自己筹旅费,从加拿大到巴西,经历了 5000 英里(注:1 英里

批:年龄虽小,但理想崇高,他们不为自己,而是为改变世界。

批:自筹旅费,不远万里而来,就是为了改变现在的世界,孩子尚

=1.609344公里）的旅程来到这里,是想告诉你们大人,你们必须改变现在的世界。

我今天来这里,没有什么隐藏的理由,我从事环保运动,是为自己的未来而奋斗的。失去自己的未来,并不像输掉一场竞选,或者失去股市上几个点数,我来这里是为了所有活在未来的孩子们。

我是为世界上所有饥饿的小孩讲话,因为他们的哭声没有人听到。我是为地球上正在死去的数不清的动物讲话,因为它们几乎已经无处容身了。

你们大人必须有人听听我们的声音。

我现在不敢出去晒太阳,因为臭氧层出现了空洞。我现在害怕呼吸空气,因为我不知道里面有什么有害化学物质。我曾经和爸爸一起在温哥华钓鱼,直到近几年前,我们发现鱼得了癌症。现在每天我们几乎都会听到动植物灭绝的消息——它们再也活不过来了。

我这一生当中有个梦想,希望有一天能看见大片的茂盛的丛林,那里有成群的野生动物,到处是鸟类和蝴蝶在飞舞。可是,到了我们的下一代,我不知道他们还能不能拥有这样的梦想。

你们大人像我这么大的时候,是否曾经担心过这样的问题呢?

这些事情都在我们的眼前发生,并且如此严重,可是我们却假装我们有无穷无尽的时间和办法去解决这些问题。我只是个小孩,坦白地说,我还不知道该如何解决这些危机,但是,我们这些孩子希望你们明白,你们大人不能说没有办法!

你们没有办法去修补臭氧层的空洞。

你们没有办法让三文鱼回到已经干涸的河流。

你们没有办法让灭绝的动物重新出现。

你们也没有办法让已经变成沙漠的地方重新成为森林。

批:且如此,大人岂不动容?

批:为自己实际是为更多的人。

批:"失去自己的未来"比损失金钱更可怕,会让所有的孩子失去未来。

批:小孩在饥饿,数不清的动物在死亡,这都是由于环境遭到破坏而引起的恶果。

批:现状堪忧,不容大人们推辞。

批:现状一,臭氧层遭到破坏。

批:现状二,空气被污染。

批:现状三,河流被污染。

批:现状四,环境被破坏,不断造成物种灭绝。

批:美好的梦想更能激起人们行动起来保护环境、治理环境、改善环境。

批:并非谴责,但是以让大人们深思环境是怎么变得糟糕的。

批:"假装",道出了大人们在解决现实环保问题时的虚伪性——缺乏实质性的行动。

批:先以四个排比段落指出许多破坏是难以甚至是不可弥补的,再以"如果……就……"的句式提请大人们"别再继续破坏下去",极有说服力。

如果你们没有办法去恢复去拯救，就请你们别再继续破坏下去吧！

在座当中，你们也许是政府、企业、团体组织的代表，也许是记者或者政治家，但是，你们也是别人的父亲和母亲、兄弟和姐妹、叔叔和阿姨，而且，你们每个人同样也都是你们父母的孩子。

我还是个小孩，可是我知道我们在场的每个人都是一个大家庭里的一员，我们是拥有 50 亿以上人口的大家庭，不，其实这个大家庭还有 3000 万个物种，我们共享着同样的空气、水和土壤。无论国界和政府如何将我们区隔，但这个事实永远改变不了。我还是个小孩，但是我明白，我们大家身为这个大家庭的一员，就必须为相同的目标一起努力。

然而事实让我很愤怒，但我很清醒。我虽然害怕，但我敢于把我的真实感受告诉全世界。在我们的国家，我们制造了太多的垃圾，我们买了又随之扔掉，然后再买再扔掉。如此浪费物资的北方国家，却根本不会将资源分享给那些贫困的国家。甚至，当我们拥有的物资远远超出我们自身需要的时候，我们还是怕失去自己的财富，不愿与人分享。在加拿大，我们过着特权般的生活，享有充足的饮食生活用品和宽敞的房子。钟表、汽车、各种电器、奢侈品，等等，要数遍我们所拥有的东西，大概需要好几天吧！

但是，在巴西，我被两天前见到的情景震惊了。那时我遇到了一群无家可归的流浪儿，其中有个孩子说："我真希望我有钱，如果我有钱，我会给所有无家可归的孩子饭吃，给他们衣服、医疗、住房，以及爱与温暖。"一个流浪儿在自己一无所有的时候都能愿意分享，为什么拥有一切的我们却又如此贪婪呢？

我永远不能忘记这些和我同龄的孩子。我们出生在不同的地方，却有着天壤之别的人生。我可能也会是生活在里约贫民窟的孩子之一，也可能是索

批：无论在座的是什么身份，但都是别人的亲人、自己父母的孩子，拉近在座的与演讲者及孩子的关系，利于感染听众，并响应自己的呼唤。

批：人类同处在地球家园，同属一个大家庭，我们应该为相同的目标而努力。"我还是个小孩"就明白这样的道理，言外之意，"你们大人"更应该明白这样的道理。这为下文所陈述的事实作铺垫。

批：不遮掩"家丑"。浪费资源却不去分享，不去帮助需要帮助的人们，毫无怜悯心！

批：批评自己国家的人们拥有大量财富却"不愿与人分享"的自私自利行为。此段写自己国家的富有反衬下文其他国家的贫困，意在提醒人们，富有的国家应该帮助贫困的国家。

批：流浪儿的爱心，反衬"拥有一切的我们"的贪婪和不愿意分享。流浪儿尚且如此，富有者又该作何感想呢？是否仍然无动于衷呢？

批：演讲者不仅富有同情心，而且设身处地地为这些贫苦儿童着想，这样更能激起富有者行动

马利亚的终日饿着肚子的儿童，也可能是中东战争的牺牲品，又或许是印度的小乞丐。我虽然是个小孩，我却很清楚，如果要是把花在战争上的钱，全部用在解决环境与贫穷问题上，这个地球将会变成一颗非常美丽的星球啊！

在学校，甚至是在幼儿园，你们大人就教我们如何处世，告诉我们不要打架，要谦让，要尊重对方，要清理弄脏的地方，不要伤害动物，要分享，而不贪婪。那么，你们大人为什么却在做着不让我们做的事情呢？

不要忘了你们为何来参加会议，为谁来参加——我们是你们的孩子，你们正在决定着我们将在一个什么样的环境里成长。父母安慰孩子的时候会说："一切都会好的""我们正在尽力"和"这不是世界末日"，但是，我不能再相信这样的话了。你们大人真的还把我们这些孩子放在头等重要的位置吗？我的爸爸总是说："你所做的才代表着你，而不是你所说的。"

然而，你们所做的事情，让我在夜晚哭泣。你们大人说你们爱我们，我不会再相信了。我恳请你们言行一致，这是找回信任和未来的唯一方法。

谢谢大家的倾听！

（佳佳/译）

起来帮助这些贫苦儿童。

批：不仅道出美好愿望，还指出实现愿望的办法。不是解决不了环境与贫穷问题，而是没有把用于战争的钱用在这些方面。

批：以大人教育孩子的具体思想内容与大人与其教育思想相悖的所作所为对照，极有说服力。这可以说，大人被孩子教育了。

批：强调此次会议的目的，意在希望会议能达到这一目的。

批：父母的话意在说明保护环境关键在于要有实际行动。没有行动，一切目的、希望都是没有结果的。

批：说到做到，才能得到孩子们的信任，才能给孩子一个美好的未来。

批：演讲多有批评大人做得不够之处，以感谢倾听结束演讲，批评但不失礼。

从我做起，说到做到，才能改变世界

珊文·古立斯－铃木（Sevonl Cullis－Suzuki，1979 年 12 月 30 日～），日裔加拿大人。此次演讲一年后，她在中国北京获得联合国环境规划署颁发的"全球五百精英荣誉奖"。珊文的父亲是加拿大遗传学家与环保人士大卫·铃木博士，她从小深受父亲环保思想的影响，9 岁时她与一些热爱环保事业的同龄孩子成立了儿童环保团体，12 岁时在联合国地球环境高峰会时发表演讲，现在她是加拿大著名的环境活动家、演讲者、电视节目主持人和作者。

　　珊文·铃木的此次演讲仅有 6 分钟,却让整个联合国会场足足静默了 6 分钟,让人们大受感动。她的演讲迅速在全球广为流传,被人们称为"6分钟里约的传奇演讲"。那么,她的演讲中是什么深深打动了听众以及现在我们这些读者呢?

　　主要有以下三点:

　　一是关注并投身于环保事业的精神感染了人们。她和几个孩子为了呼吁大人们行动起来保护环境,自筹旅费,不远万里来到巴西里约热内卢,其环保的务实精神令人感佩。

　　二是以关注孩子的未来为基点阐述自己的环保主张。到会的大人们都有自己的孩子,地球环境是人们共同享有的,保护环境,改善环境,不仅能给别人的孩子一个美好的未来,也能给自己的孩子一个美好的未来。环保于人于己都是有好处的。大人们也曾经是孩子,他们那个时候环境是十分美好的,但现在的环境由于大人们的人为破坏而变得十分糟糕,而有的环境破坏是无法弥补的,为了孩子的未来,大人们应立即停止对环境的破坏。

　　三是以对比手法说服大人接受自己的环保主张。

　　小孩与大人的对比,小孩关注环保且有行动,而大人只是说说而已,没有什么实际行动,这一对比意在让大人们行动起来,切实做一些利于环保的事情;大人在孩子时生活环境美好,时下孩子们生活环境糟糕,这一对比启示大人深思时下环境是怎么被破坏的;大人教育孩子的思想与其自身教育思想矛盾的行为形成对比,大人们言行不一,不仅会让孩子对大人失去信任,也对未来失去信心等。

　　富有者(包括国家)与贫困者(包括国家)的对比,北方国家浪费物资,却不会将资源分享给贫困的国家;富有者拥有无数的财富而肆意浪费甚至扔掉,而有些地方还有无家可归的流浪儿;流浪儿愿意将来富有时帮助无家可归的孩子,而"拥有一切的我们"却不对贫困者施以援助之手;"我们"这些孩子生活是富有的,而诸如索马利亚等地区的孩子却在挨饿甚至面临死亡等。这些对比不仅仅是为了说明贫富差别,更重要的是为了表达富有者应该去帮助贫困者的思想。

　　珊文·铃木的此次演讲已经过去 20 余年了,而今的自然环境不仅没有得到大的改善,而且有的地区破坏得相当严重。关爱地球环境是每一个人的心声,但是,我们什么时候才能真正突破国家、种族、利益的界限,从意识层面走向真正的行动呢?珊文·铃木的演讲其实已经告诉了我们,那就是:改变这个世界,保护我们的地球,不仅是各国政府的责任,更是每个人的责任,仅仅意识到这一点还远远不够,更为重要的是,每个国家、每个人都必须行动起来,从"我"做起,说到做到,言行一致,才能改变世界,才能给自己更给我们的后代一个美好的未来。(子夜霜)

人类环境宣言

联合国人类环境会议于 1972 年 6 月 5 日至 16 日在斯德哥尔摩举行,考虑到需要取得共同的看法和制定共同的原则以鼓舞和指导世界各国人民保持和改善人类环境,兹宣布:

1. 人类既是他的环境的创造物,又是他的环境的塑造者,环境给予人以维持生存的东西,并给他提供了在智力、道德、社会和精神等方面获得发展的机会。生存在地球上的人类,在漫长和曲折的进化过程中,已经达到这样一个阶段,即由于科学技术发展的迅速加快,人类获得了以无数方法和在空前的规模上改造其环境的能力。人类环境的两个方面,即天然和人为的两个方面,对于人类的幸福和对于享受基本人权,甚至生存权利本身,都是必不可缺少的。

2. 保护和改善人类环境是关系到全世界各国人民的幸福和经济发展的重要问题,也是全世界各国人民的迫切希望和各国政府的责任。

3. 人类总得不断地总结经验,有所发现,有所发明,有所创造,有所前进。在现代,人类改造其环境的能力,如果明智地加以使用的话,就可以给各国人民带来开发的利益和提高生活质量的机会。如果使用不当,或轻率地使用,这种能力就会给人类和人类环境造成无法估量的损害。在地球上许多地区,我们可以看到周围有越来越多的说明人为的损害的迹象:在水、空气、土壤以及生物中污染达到危险的程度;生物界的生态平衡受到严重和不适当的扰乱;一些无法取代的资源受到破坏或陷于枯竭;在人为的环境,特别是生活和工作环境里存在着有害于人类身体、精神和社会健康的严重缺陷。

4. 在发展中的国家中,环境问题大半是由于发展不足造成的。千百万人的生活仍然远远低于像样的生活所需要的最低水平。他们无法取得充足的食物和衣服、住房和教育、保健和卫生设备。因此,发展中的国家必须致力于发展工作,牢记他们优先任务和保护及改善环境的必要。

为了同样目的,工业化国家应当努力缩小他们自己与发展中国家的差距。在工业化国家里,环境一般同工业化和技术发展有关。

5. 人口的自然增长继续不断地给保护环境带来一些问题,但是如果采取适当的政策和措施,这些问题是可以解决的。世间一切事物中,人是第一可宝贵的。人民推动着社会进步,创造着社会财富,发展着科学技术,并通过自己的辛勤劳动,不断地改造着人类环境。随着社会进步和生产、科学及技术的发展,人类改善环境的能力也与日俱增。

6. 现在已达到历史上这样一个时刻:我们在决定在世界各地的行动时,必须更加审慎地考虑它们对环境产生的后果。由于无知或不关心,我们可能给我们的生活和幸福所依靠的地球环境造成巨大的无法挽回的损害。反之,有了比较充分的知识和采取比较明智的行动,我们就可能使我们自己和我们的后代在一个比较符合人类需要和希望的环境中过着较好的生活。改善环境的质量和创造美好生活的前景是广阔的。我们需要的是热烈而镇定的情绪，紧张而有秩序的工作。为了在自然界里取得自由，人类必须利用知识在同自然合作的情况下建设一个较好的环境。为了这一代和将来的世世代代，保护和改善人类环境已经成为人类一个紧迫的目标，这个目标将同争取和平、全世界的经济与社会发展这两个既定的基本目标共同和协调地实现。

7. 为实现这一环境目标，将要求公民和团体以及企业和各级机关承担责任，大家平等地从事共同的努力。各界人士和许多领域中的组织，凭他们有价值的品质和全部行动，将确定未来的世界环境的格局。各地方政府和全国政府，将对在他们管辖范围内的大规模环境政策和行动，承担最大的责任。为筹措资金以支援发展中国家完成他们在这方面的责任，还需要进行国际合作。种类越来越多的环境问题，因为它们在范围上是地区性或全球性的，或者因为它们影响着共同的国际领域，将要求国与国之间广泛合作和国际组织采取行动以谋求共同的利益。会议呼吁各国政府和人民为着全体人民和他们的子孙后代的利益而作出共同的努力。

这些原则申明了共同的信念：

1. 人类有权在一种能够过尊严和福利的生活的环境中，享有自由、平等和充足的生活条件的基本权利，并且负有保护和改善这一代和将来的世世代代的环境的庄严责任。在这方面，促进或维护种族隔离、种族分离与歧视、殖民主义和其他形式的压迫及外国统治的政策，应该受到谴责和必须消除。

2. 为了这一代和将来的世世代代的利益，地球上的自然资源，其中包括空气、水、土地、植物和动物，特别是自然生态类中具有代表性的标本，必须通过周密计划或适当管理加以保护。

3. 地球生产非常重要的再生资源的能力必须得到保持，而且在实际可能的情况下加以恢复或改善。

4. 人类负有特殊的责任保护和妥善管理由于各种不利的因素而现在受到严重危害的野生生物后嗣及其产地。因此，在计划发展经济时必须注意保护自然界，其中包括野生生物。

5. 在使用地球上不能再生的资源时，必须防范将来把它们耗尽的危险，并且必须确保整个人类能够分享从这样的使用中获得的好处。

6. 为了保证不使生态环境遭到严重的或不可挽回的损害，必须制止在排除有毒物质或其他物质以及散热时其数量或集中程度超过环境能使之无害的能力。应该支持各国人民反对污染的正义斗争。

7. 各国应该采取一切可能的步骤来防止海洋受到那些会对人类健康造成危害的、损害生物资源和破坏海洋生物舒适环境的或妨害对海洋进行其他合法利用的物质的污染。

8. 为了保证人类有一个良好的生活和工作环境，为了在地球上创造那些对改善生活质量所必要的条件，经济和社会发展是非常必要的。

9. 由于不发达和自然灾害的原因而导致环境破坏造成了严重的问题。克服这些问题的最好办法，是移用大量的财政和技术援助以支持发展中国家本国的努力，并且提供可能需要的及时援助，以加速发展工作。

10. 对于发展中的国家来说,由于必须考虑经济因素和生态进程,因此,使初级产品和原料有稳定的价格和适当的收入是必要的。

11. 所有国家的环境政策应该提高,而不应该损及发展中国家现有或将来的发展潜力,也不应该妨碍大家生活条件的改善。各国和各国际组织应该采取适当步骤,以便就应付因实施环境措施所可能引起的国内或国际的经济后果达成协议。

12. 应筹集资金来维护和改善环境,其中要照顾到发展中国家的情况和特殊性,照顾到他们由于在发展计划中列入环境保护项目而需要的任何费用,以及应他们的请求而供给额外的国际技术和财政援助的需要。

13. 为了实现更合理的资源管理从而改善环境,各国应该对他们的发展计划采取统一和协议的做法,以保证为了人民的利益,使发展同保护和改善人类环境的需要相一致。

14. 合理的计划是协调发展的需要,和保护与改善环境的需要相一致的。

15. 人的定居和城市化工作必须加以规划,以避免对环境的不良影响,并为大家取得社会、经济和环境三方面的最大利益。在这方面,必须停止为殖民主义和种族主义统治而制订的项目。

16. 在人口增长率或人口过分集中可能对环境或发展产生不良影响的地区,或在人口密度过低可能妨碍人类环境改善和阻碍发展的地区,都应采取不损害基本人权和有关政府认为适当的人口政策。

17. 必须委托适当的国家机关对国家的环境资源进行规划、管理或监督,以期提高环境质量。

18. 为了人类的共同利益,必须应用科学和技术以鉴定、避免和控制环境恶化并解决环境问题,从而促进经济和社会发展。

19. 为了更广泛地扩大个人、企业和基层社会在保护和改善人类各种环境方面提出开明舆论和采取负责行为的基础,必须对年轻一代和成人进行环境问题的教育,同时应该考虑到对不能享受正当权益的人进行这方面的教育。

20. 必须促进各国,特别是发展中国家的国内和国际范围内从事有关环境问题的科学研究及其发展。在这方面,必须支持和促使最新科学情报和经验的自由交流以便解决环境问题;应该使发展中的国家得到环境工艺,其条件是鼓励这种工艺的广泛传播,而不成为发展中的国家的经济负担。

21. 按照联合国宪章和国际法原则,各国有按自己的环境政策开发自己资源的主权;并且有责任保证在他们管辖或控制之内的活动,不致损害其他国家的或在国家管辖范围以外地区的环境。

22. 各国应进行合作,以进一步发展有关他们管辖或控制之内的活动对他们管辖以外的环境造成的污染和其他环境损害的受害者承担责任和赔偿问题的国际法。

23. 在不损害国际大家庭可能达成的规定和不损害必须由一个国家决定的标准的情况下,必须考虑各国的现行价值制度和考虑对最先进的国家有效,但是对发展中国家不适合和具有不值得的社会代价的标准可行程度。

24.有关保护和改善环境的国际问题应当由所有的国家,不论其大小,在平等的基础上本着合作精神来加以处理,必须通过多边或双边的安排或其他合适途径的合作,在正当地考虑所有国家的主权和利益的情况下,防止、消灭或减少和有效地控制各方面的行动所造成的对环境的有害影响。

25.各国应保证国际组织在保护和改善环境方面起协调的、有效的和能动的作用。

26.人类及其环境必须免受核武器和其他一切大规模毁灭性手段的影响。各国必须努力在有关的国际机构内就消除和彻底销毁这种武器迅速达成协议。

1972 年 6 月 5 日于斯德哥尔摩通过

品读

《人类环境宣言》的全称是《联合国人类环境会议宣言》,也叫《斯德哥尔摩宣言》。

1972 年 6 月 5 日,国际人类环境会议在瑞典首都斯德哥尔摩召开。此次大会共有 113 个国家和地区的 1300 多名代表出席,100 多位国家元首和政府首脑及联合国机构和国际组织的代表与会。这是一次史无前例的大聚会,也是人类环境与发展史上影响深远的一次盛会。

《人类环境宣言》是保护环境的一个划时代的历史文献,是世界上第一个维护和改善环境的纲领性文件。它郑重宣布联合国人类环境会议提出和总结的 7 个共同观点和 26 项共同原则。

会议还通过了将每年的 6 月 5 日作为"世界环境日"的建议。会议把生物圈的保护列入国际法之中,成为国际谈判的基础,而且,第三世界国家成为保护世界环境的重要力量,使环境保护成为全球的一致行动,并得到各国政府的承认与支持。

这次会议的意义在于,它促使一个传统的对待人类生存环境观念的终结,使人们意识到:不能对自然环境,对地球再肆意糟践了。人类必须与环境处于和谐与平衡之中,共存共荣。毕竟人类只有一个地球。在这一号召与呼声下,人们才逐渐在环境与发展问题上取得共识。

这次会议的意义还在于,它是世界各国政府第一次共同讨论环境与人的会议,在共同的心愿下,世界各国跨越了地域和社会制度的区别而联合起来。共同面对环境对人类的挑战,共同面向人类未来。由于人类命运紧紧联系着地球命运,各国政府都意识到自身具有责无旁贷的责任,环境污染不分制度、不分党派、不分国界,对环境的治理必须进行长期的、广泛的国际合作。这次会议提出和总结出的共同观点和共同原则也成为各国共同遵循的准则,从而为各国承担应有责任和广泛进行合作、采取共同行动提供了依据。

地球的极限

◇[意大利]奥雷利奥·佩西

读点

观点发人深省,内容丰富生动。
灵活引用名人名言、故事传说,既能论证观点,
又生动有趣。

演讲背景:

罗马俱乐部是由意大利学者、工业家奥雷利奥·佩西(Aurelio Peccei)发起并于1968年4月8日成立的。罗马俱乐部宗旨是通过对人口、粮食、工业化、污染、资源、贫困、教育等全球性问题的系统研究,提高公众的全球意识,敦促国际组织和各国有关部门改革社会和政治制度,并采取必要的社会和政治行动,以改善全球管理,使人类摆脱所面临的困境。

罗马俱乐部1972年发表的第一个报告《增长的极限》引起了公众的关注,这份报告是有关环境问题最畅销的出版物。它预言经济增长不可能无限持续下去(当然此报告忽略了生态经济等可持续发展经济模式的因素),因为石油等自然资源的供给是有限的,1973年的石油危机更加强了公众对这个问题的关注。

此文选自罗马俱乐部的报告《增长的极限》。

中国古书《韩非子》云:"今人有五子不为多,子又有五子,大父未死而有二十五孙,是以人民众而货财寡,事力劳而供养薄。"

批:引用中国古书中的名言,引出增长的话题,说服力强。

指数的增长,确可以产生惊人的结果。有一个著名的波斯故事,传说一个聪明的朝臣献给他的国王一个精美的棋盘,并请求国王给他在这棋盘的第1个方格上放1粒米,在第2个方格上放2粒,在第3个方格上放4粒,如此类推作为报答。国王立刻同

批:棋盘方格放米粒的故事,生动地说明了"指数的增长,确可以产生惊人的结果"。故事既生动形象,又非常有趣,很能说明问题。

意了,并下令从他仓库里取米。岂料到第40个方格时,必须从仓库里取出10000亿粒米;还没有达到第64个方格之前,国王仓库里储备的全部米粒都耗尽了!

还有一个法国的儿童谜语说明了指数增长的另一方面,即它可以突然接近一个固定的极限。假定你有一个生长着一朵水百合花的池塘。这种植物的体积每天按2倍的速度生长。如果允许这种水百合不受限制地生长,在30天里就会完全覆盖住这个池塘,闷死水中的其他生命。在很长的时间里,这种水百合花似乎很小,所以直到它覆盖住这池塘的一半时,你决意不必为修剪它担心。究竟有多少天呢?当然是29天。可是你只剩下一天时间来挽救你的池塘了。

指数增长是一种动态现象。这就是说,它所包括的各种因素是随时间变化的。现在几乎所有的人类活动,从化肥的施用到城市的扩大,都可以用指数增长曲线来表示。如果在世界人口、工业化、污染、粮食生产和资源消耗方面按现在的趋势继续下去,这个行星上增长的极限有朝一日将在今后一百年中发生。最可能的结果将是人口和工业生产力双方有相当突然的和不可控制的衰退。这些难以权衡的因素,都是由一个简单的事实引起的——地球是有限的,任何人类活动愈是接近地球支撑这种活动的能力限度,对不能同时兼顾的因素的权衡就变得更加明显和不可能解决。

乐观主义者希望技术能够改变或扩展人口和资本的增长极限的能力。美国大城市中心的所有土地,最终被挤满了。物质的极限已经达到,城市的经济增长似乎将要停止。对此,技术上的回答是发展摩天大楼和电梯,它排除了土地面积这个抑制增长的因素,继续增加了更多的人和更多的商业。随后,一个交通运输的新的强制因素又出现了。解决的办法又是技术上的。高速公路网，大量运输系统，最高建筑物顶上的直升飞机场建设起来。运输极限被克服，建筑物更高了，人口增加了。现在，美国大多数大城市已经停止增加，比较富裕的人有经济条件选择，迁移到正在向城市四周扩大的郊区。城市中心地区喧闹、污染、犯罪、吸毒、贫困、罢工和社会服务崩溃。由于新问题没有技术上的解决办法，城市中心的生活质量下降。因为技术上的解决办法"仅仅需要自然科学技术方面的变革，而无需考虑人类价值或道德观念方面的变革"。即使技术进步把所有期望的事情都付诸实现，也还存在着技术上所不能解决的问题，而这些问题的相互作用的结果，最后会带来人口和资本增长的终结。

支持世界经济和人口增长直到 2000 年甚至以后，将需要什么呢？必须组成的因素：第一类包括维持所有生理活动和工业活动所需要的物质必需品。粮食、原料、矿物燃料和核燃料，以及这个行星上吸收的废料，并使重要的基本化学物质再循环的生态系统，这些原则上是有形的，例如可耕地、淡水、金属、森林、海洋等，它们最终决定这个地球的增长极限。第二类是由社会必要因素构成的。实际上经济和人口的增长还要依赖于诸如和平和社会稳定，教育和就业，以及稳定的技术进步等因素。奥莱里欧·佩切依博士首次提出了未来全球性的人类困境。我们要估计和预测这些因素及其相互作用。如果眼界局限于太小的领域，是令人扫兴而且危险的。全力以赴，力求解决某些刻不容缓的局部问题，结果却发现这种努力在更大范围内发生的事件面前失败了。

地球的限度和人类的活动之间的关系是变化的。按照指数曲线增长的几百万人和几十亿吨污染物质每年加给生态系统。甚至一度看来好像实际上

批：人口增长问题……人口的增长，导致大城市发展的停滞和各种各样的社会问题的产生，最终导致"城市中心的生活质量下降"。列举人口和资本的增长给美国社会带来的种种弊端。"崩溃"，表明这种弊端的严重性。

批：以假设句式，表明技术进步并不能解决所有的问题，尤其是人口和资本增长带来的负面影响。见解全面而深刻。

批：以设问引起下文，衔接自然。

批："第一类"是基本生存要素，"第二类"是社会必要因素。一个是自然因素，一个是社会因素，二者缺一不可。

批："好像"表明并非真的如此，以

是不可穷尽的海洋,也在一个接一个地失去商业上有用的生物品种,如斯堪的纳维亚鲱鱼、大西洋鳕鱼日益变得稀少了。人类似乎并没有认识到正在奔向地球的显而易见的极限。捕鲸业的历史也是一个明证。捕鲸者试图用增加动力和改进技术来克服每一个极限,结果却消灭了一个又一个品种,最终只能是消灭鲸鱼和捕鲸者自己。

我们相信,正如我们下面要说明的,社会的进化有助于发明和技术发展,一个以平等和公平为基础的社会,与其说是在我们今天所经历的增长状态中进化,很可能不如说要在全球均衡状态中进化。在均衡状态中,需要不变的量只有人口和资本。而那些不需要大量不可代替的资源,或不产生最后的环境退化的人类活动,可以无限地继续增长。特别是那些被许多人列为人类的最理想和最满意的活动,如教育、艺术、音乐、宗教、基础科学研究、体育活动和社会的相互影响,是能够繁荣的。这些活动非常强烈地依靠于两个因素:首先是人类对粮食和住房的基本需要已经满足,其次需要闲暇时间。伯特兰·罗素曾经举例说:"某人作出一项发明,靠这项发明,同样数量的人可以制造两倍于以前的别针。但是,这个世界并不需要这么多的别针,在一个明智的世界里,每一个与制造别针有关的人会开始工作四小时,而不是八小时。但是在现实世界里,人们仍然工作八小时,别针太多了,有些雇主破产,与制造别针有关的人一半失业。一半人完全闲着,另一半人仍然过分劳累。按照这种方式,不可避免的闲暇时间肯定到处引起苦难,而不是普遍幸福的源泉。还能想象什么事情是更愚蠢的呢?"

历史表明,没有什么发明是由那些必须把全部精力用于克服生存的直接压力的人们做出来的。原子能是在基础科学的实验室里,由不知道矿物燃料

批:引起听众关注,消除误解。再列举事实,事实胜于雄辩。

批:再以捕鲸业为例,说明海洋正在走向极限,最终会威胁到人类自身。列举事实,论证有力。

批:自然过渡到另一个话题——"社会的进化有助于发明和技术发展"。

批:借伯特兰·罗素的话来论述自己的思想观点——发明本来是为了提高效率和使人们更好地生活,但由于生产的不节制,产品大大地超出人们的需求,结果是发明和技术引起了一些不幸。这样论述更有说服力。

批:再用例证说明发明的"反作用",举例典型,具有很强的说

耗竭的任何威胁的人们发明的。第一个遗传实验是在欧洲宁静的修道院中发生的，一百年后才导致农作物高产。人类的迫切需要已经迫使这些基本发现应用于各种实际问题。但是，只有摆脱需要的影响，才产生了实际应用所必需的知识。

批："迫使"即不得不，语气极为肯定，不容置疑。

人类历史上新发明的长期记录已经导致拥挤，环境退化，以及更大的社会不平等，因为更高的生产率已经被人口和资本的增长吸收了。只要这些目标代替增长成为社会的基本价值，更高的生产率就没有理由不能转化为每个人更高的生活水平，更多的闲暇时间，或更愉快的环境。

批："没有……不能……"，双重否定表示肯定。三个"更"字，突出社会基本价值的增长给人们的生活带来的变化之大。

在人类历史上的这个短暂时刻，人类拥有综合这世界曾经掌握的知识、工具和资源的力量，有创造一个世代相传，完全新型的人类社会必需的一切物质条件。但还缺少两个引导人类走向均衡社会的因素：一个是现实主义的长远目标，另一个是要达到这个目标的人类意志。有了这个目标并承担义务，人类从现在就会准备好开始有控制地、有秩序地从增长过渡到全球均衡。西拉俱乐部的座右铭："不要盲目地反对进步，但是反对盲目的进步。"这也许就是我们观点的最好总结。

批："有控制地""有秩序地"用词严谨。

批：引用西拉俱乐部富有哲理的座右铭点明演讲的主题，并借此巧妙作结，干净利落，收束有力。

（李宝恒/译）

服力。

趣味性与知识性并存

人类正面临着复杂而又相互联系的各种问题，而这些问题是传统的制度和政策所不能应付的，甚至也不能把握它们的基本内容。鉴于这一背景，罗马俱乐部的使命就是要从全球的立场出发，对"世界性的问题"，特别是"人类困境问题"提出忠告。

《增长的极限》是罗马俱乐部集体研究的第一个重要成果，也是人类对高生产、高消耗、高消费、高排放的经济发展模式的首次认真反思。它被西方舆论界称为"具有爆炸性的报告"，像暴风雨一样席卷全球各个角落。

我们"不要盲目地反对进步，但是反对盲目的进步"，盲目的进步往往是以牺牲资源和生态为代价的。知识的发展、科技的进步，使人类沾沾自喜。人类凭此而毫无顾忌地破坏地球的资源和生态系统,为了眼前利益,似乎忘记了资源的限度,忘记了自己应恰当地处理自身发展与生存空间的关系。本文向人们敲响了警钟:人类的短视行为将造成地球支撑人类活动的能力接近极限。

这篇报告之所以深入人心,历久不衰,不仅在于其思想的深刻,也在于它有着生动的趣味性和丰富的知识性。

先说趣味性。开篇即引用中国古书上的话引出"指数的增长,确可以产生惊人的结果"的论断。为了把这个论断阐述得更生动更形象,作者又举古代波斯国的一个传说故事和一个法国的儿童谜语,让听众觉得自己不是在听演讲,而是在听一个幽默风趣的演讲者在讲故事,在不知不觉中愉快地明白并接受演讲者的观点。

再说知识性。当听众渐入佳境时,演讲者言归正传,回到指数的增长对人类社会及地球环境的影响上来。为了让听众信服自己的论断,演讲者列举详实的事例加以佐证。如,列举美国大城市的例子,论述局部问题可以在一定程度上得到解决,但不能解决所有问题。列举鲱鱼、鳕鱼日益消失的例子,论述环境污染对生态的破坏。列举捕鲸的例子,论述人类正在奔向地球的极限。讲到生产率提高,明智的举措是增加闲暇时间,不明智的举措则是使大量工人失业,并引用伯特兰·罗素举的例子作论据。这些例子,不但有力地论证了论点,而且具有丰富的知识性,给听众以有益的启迪。(汪茂吾、京涛)

接纳自然法则

草原上的犀牛是一种最不能让人侵犯的动物,然而,它却整天驮着一群小白鸟。犀牛之所以可以容忍小白鸟,是因为小白鸟在为它清理身上的寄生虫,而小白鸟生活在犀牛的背上,是因为可以获得食物。彼此的关系是生存的需要。

绿虾的一生都是生活在鳊鱼的嘴里,这是非常危险的事。但鳊鱼绝不会把绿虾吞进肚里,因为绿虾会以自己的晃动来吸引其他小鱼为鳊鱼充当食物。

于是,绿虾成了鳊鱼生活的一部分。鳊鱼本能地知道,它不但不能吃掉绿虾,还要好好地保护绿虾,夜晚把绿虾含在嘴里,让它留宿。只是绿虾一旦老了,或是不能再为鳊鱼引诱食物,鳊鱼便会把它赶走,再换另一条年轻有用的绿虾。

自然界中,这种光怪陆离的例子不胜枚举。仔细去想,原来是彼此都有用处。

而不管动物还是植物,一旦有一方失去作用,便会被另一方抛弃。尽管它们没有思想,却足可以辨别对方是否还有用处。

它们互相弃之的原则,就是有用还是没有用,简单得泾渭分明。

自然界的这种现象，给人以极大的启发，一个人一旦没了用处，就会落入尴尬苍凉的境地。其实这是很客观而又公正的。

好在自然界中，无论哪一方丧失了作用，都会自动离去，绝无怨言。而人却做不到，这正是人的悲哀。作为人，一生中也有有用和无用的阶段。

只可惜，大多数人，并不承认自己已经无用，还要求对方像以往那样优待自己。

生活中许多人落伍，许多人衰老，许多人走下显赫的岗位。这时他们总会抱怨多多，说些世态炎凉的话，却很少去想，原来是自己已经无用。

从物竞天择这个角度看，你就会发现，有些时候，首先是因为我们自己没有了用处，至少已经不再那么重要，而不是对方或社会有意抛弃我们。只是人类社会不允许人在无用的时候被遗弃。

这是人类的高级之处，同时也是人类的不幸，它把自然界中的法则掩盖得不露痕迹，模糊了相互需求的自然关系。人一旦被抛弃，被冷落，就会怨声载道。

从自然界的规律来看，人在无用的时候，是很难再受欢迎的。由此，人会想不通，会把一切都归于某种不公。

从这个角度看，人是最不能接受自然规律的。

不过，也有另一种情况，不管你处在什么境地，不管你已经退休，还是真的已经老了，大家还在抢你，拉你，拽你，需要你。

这时你会发现，那也不是别人对你的恩赐，而是因为你自身还有用处。这不是大家对你的特殊待遇，而是你自身还在放着光芒，你仍存在着巨大的价值。

无论是被人抛弃，还是被社会淡忘，我们都要看看，是不是我们自己已经无用。因此，尽量去做一个对他人、对社会有用的人，你才能活得丰盈、充实和美满。

看看整个自然界的相互关系和作用，你就会少一分抱怨，多一分努力。

因此，能主动去接受充斥在自然界中的种种法则，才是我们的一种明智。真心地去接受自然界中给我们的安排，我们才会甘心。

甘心了，便同样可以获得一种满足。即便我们因无用而被抛弃，只要我们甘心，幸福仍然会在我们手中。

[中国]星竹/文

品 读

大千世界，芸芸众生，彼此依赖，相互关联，同呼吸，共存亡。人虽是万物之灵，但作为自然界的一个分子，理应接纳自然法则。

许多动物之间互相依赖，而彼此共存，相安无事，但，"一旦有一方失去作用，便会被另一方抛弃"，人何尝不是如此？自然法则告诉我们，彼此依存的双方,一旦有一方失去作用,便会被另一方抛弃。既然如此,当我们不受对方欢迎,甚至被对方抛弃的时候,我们不应当怨天尤人,愤愤不平。我们应该反省自己对对方来说是否已经无用了。要么,我们"真心地去接受自然界中给我们的安排",要么我们"少一分抱怨,多一分努力",更新自我。东隅已失,桑榆未晚!

地球意识宣言

◇[匈牙利]欧文·拉兹洛

读点

将责任提升到人类的至高境界,论述层次清晰。
剖析个人与整体的关系,突出人与自然的关系,
观点独到。

演讲背景:

　　欧文·拉兹洛是系统论、广义进化论创始人和全球问题专家、世界一流学者。1932年生于匈牙利布达佩斯。1993年拉兹洛组织布达佩斯俱乐部。拉兹洛主要的研究兴趣集中在科学和哲学的"大问题"上,尤其是宇宙和自然进化、生命和意识进化方向、文化与文明的变化、转型的意义等问题。

　　1996年10月27日,拉兹洛布达佩斯俱乐部宣读了《地球意识宣言》,并获得通过。

　　新思维已经成为负责任的生活与行为的必要条件,这意味着必须培养所有人和全世界的创造力,始能克尽全功(注:克尽全功,竭尽所能去成就功业。克尽,竭尽、尽到;全功,成就功业)。创造力不是遗传,而是人类文化的禀赋。文化与社会瞬息变化,基因改变则异常缓慢:基因禀赋在一个世纪内可产生的变化不到0.5%。我们的基因绝大部分可以回溯到石器时代甚至更早以前,这些基因虽有助于自然丛林里的生活,却不适于文明的丛林生活。今天的经济和科技环境都出于我们的创造,唯有心灵(文化、精神和意识)创造力可以赋予我们应变能力。

　　真正的创造力不会在遭遇异常和突如其来的问

批:点明创造力与克尽全功的关系。

批:意在强调创造力的智力特征。

批:时间对比突出文化社会变化之迅速,而这正源于创造力。

批:说明创造力对人类发展具有重要的作用。

批:"逆境"有时反而会激发创造力。

题时麻木、瘫痪,反而会毫无成见地坦然面对。培养这种创造力是找出让我们迈向全球相互关联的社会的先决条件,于是在这样的社会里,个人、企业、国家和整个民族与国家族群,可以和平相处。

主张责任

在20世纪进程中,全球各地已有许多人认识到自己的权益,以及许多权益不断受到的侵害。这一发展虽然重要,但还不够。我们必须认识到,少了个体和集体责任这个因素,我们的权益和其他价值都无法获得有效的保障。除非我们自己成为负责任的社会、经济、政府与文化行为者,否则不可能发展成和平与合作的人类大家庭。

批:只有认识到个体和集体责任,我们的权益才能得到保障。

我们人类需要的不只是食物、水和栖身之处,甚至不只是有薪工作、自尊和社会认同。我们还需要生活目标:达成理想,接受责任。我们既已知道自己行为所造成的后果,自然也可以必须承担责任。这种责任比许多人所想的更为深入。在今天的世界里,不管身居何处,从事何种职业,人人都应该以下列身份为自己的行为负责,诸如:

批:食物、水等,这都是人们生存的基本需求,有生活目标、有责任意识则是高层次需求。

批:只有人人都为自己的行为负责,人类才能和平共处,共同发展。

★个人

★一国公民

★事业和经济体的合作者

★人类社群成员

★具有心灵和意识的人

批:这五个方面统领下文五段话,条理清晰,重点明确。

身为个人,我们有责任找出符合而不牺牲他人利益与幸福的利益,谴责和避免任何形式的杀戮与残暴;除非自己真正需要和有能力供养,否则不要多生孩子;尊重生命、发展、平等地位和生活在地球上所有儿童、妇女及所有人的尊严。

批:人人都是地球主人,都有自己的责任。作为个人必须有公共意识,有权利追求个人的利益与幸福,但不能以牺牲他人的利益与幸福为代价。

身为一国公民,我们有责任要求国家领导人"折剑为犁"、偃武修文,本着合作精神与他国交往,让他

批:国家间的交往应本着合作精神。

们承认人类大家庭所有社群的合理情愿,不要因短视和私利滥用主权来操纵人民与环境。

身为事业和经济体的合作者,我们有责任确保企业目标不要完全集中在利润和增长上,应该关切产品与服务是否可以符合人类的需要与需求,而不伤害人类和危害大自然;不要满足破坏性的目的和不道德的设计;要尊重所有企业主和在全球市场上公平竞争的企业的权益。

批:企业发展应关注产品是否符合人们需求、是否对人类自然有危害、是否是公平竞争等。

身为人类社群成员,我们有责任推行非暴力,团结,经济、政治和社会平等的文化;促进各民族与国家间的相互了解与尊重,无论彼此间异同;要求全球各地的人,有足够因他们面临这个空前任务的挑战所需要的物质与精神资源。

批:不同的社群应倡导社会平等,彼此尊重,都能享有足够的物质与精神资源。

身为具有心灵和意识的人,我们有责任提倡理解和欣赏各种方式所呈现的人类精神,敬畏和赞叹创造生命与意识的宇宙以及它持续朝向更高层次的见解、了解、爱和慈悲进化的发展性。

批:具有高尚心灵和意识的人才能向人类更高层次迈进。

主张地球意识

在全球大部分地区,人类真正潜能仍处在低发状态。教育子女的方式是压抑他们的学习能力和创造力。年轻人为物质生存奋斗的经历,形成挫折和怨愤,在成人身上则变成各式的补偿、耽溺和强制行为,结果就造成不断的社会与政治压迫、经济战争、对其他文化不宽容、犯罪和对环境的忽视。

批:以获取物质为目的的教育会禁锢人们的创造力,而单纯为物质生存而奋斗的后果是非常严重的。

消弭社会和经济的病态与挫折,须有相当程度的社会经济开发相辅助,若不改善教育、信息和通信,就无法达成,但这些又受制于社会经济开发不足,于是便形成恶性循环:低度开发形成挫折,挫折造成不良行为,阻碍发展。这个循环必须在它的弹性最大的地方被截断,也就是开发人类的精神与意识。达到这个目标无须排除社会发展的经济与技术

批:经济发展必须渗透人类精神,否则会阻碍经济发展,使经济发展难以走出低度开发的怪圈。

资源,只要在精神层面上齐头并进即可。除非精神和意识进化到全球层面,否则压迫全球化社会与自然系统的进程必然会更加强化,产生连续的效应,危及整个转型至和平与合作的全球社会的进程。这不啻是人类的一大挫败,也是每个人的危机。发展人类精神与意识是全体大家庭的第一要务。

地球意识即是了解和感受人类紧密的相互关联而和谐统一,并理智地采纳其中所蕴涵的伦理观和特质,其进化乃是地球人类存亡的基本要义。

（杜默/译）

批:人类的精神和意识必须升华到全球层面,才能加快全球社会的进程。

批:揭示地球意识的内涵及要义。

至高境界的责任

欧文·拉兹洛(Ervin Laszlo,1932 年 5 月 12 日~　),匈牙利科学哲学家、系统理论家、整体理论家、古典钢琴家。罗马俱乐部的重要成员,主编《人类的目标》,独撰《人类的内在限度》,对当代主流文化进行批判性考察。拉兹洛还担任联合国教科文组织科学顾问,主编《多种文化的星球》。拉兹洛是致力于拯救地球的六位科学家之一。

"我们人类需要的不只是食物、水和栖身之处,甚至不只是有薪工作、自尊和社会认同。我们还需要生活目标:达成理想,接受责任。我们既已知道自己行为所造成的后果,自然可以也必须承担责任。"《地球意识宣言》渗透着整体关联的思想,旗帜鲜明地表明人类的责任。

宣言中把责任提到一种高境界来认识,这不是我们通常所理解的工作之类的责任,而是比一般人所想的更为深入。事实上,这是一种超越国界的责任,是一种不分职业的责任,是一种各层次把握的责任。显然,这种责任的含义为大多数人所陌生,但我们有义务了解、熟悉并担负它。

《宣言》所说的责任分五个层次。首先是身为个人的责任;其次是身为一国公民的责任;第三是身为事业和经济体的合作者的责任;第四是身为人类社会成员的责任;第五是具有心灵和意识的人的责任。层次之间又相互关联,这是个人和群体的关系,是局部和整体的关系,也是人类和自然的关系。

《宣言》敲响了人类危机的警钟,也点亮人类征途的明灯。《宣言》促人深省:在人类处在一个"地球村"的今天,各个国家面临越来越多的共同问题,"一损俱损"的现象愈益凸现。为了世界的明天,我们必须超越历史,消除成见,必须要有新的全球意识。我们需要吸取各民族的优秀文化,我们有责任共同推动人类的发展和繁荣,建设美好的家园。（屈平、贾少阳）

兽的宣言

第二届世界动物代表大会的召开尽管迟了些,动物们还是踊跃参加。与首届在诺亚方舟上举行的动物代表大会"与人类共存亡"的宗旨不同,此次大会的宗旨是:"团结起来,战胜人类。"

平时胆小慵懒的蜗牛这次抢先发言:"自从人类把我们蜗牛的位置从谚语中移到餐盘上之后,我们的命运起了灾难性的变化。我们深深体会到:对人类妥协只能导致他们的变本加厉!面对我们动物的头号敌人,我呼吁:团结起来,战胜人类!不生存,毋宁死!"动物们群情激愤,排山倒海般的口号声此起彼伏。

麻雀叽叽喳喳地接过话筒:"我们麻雀的痛苦命运更是令人发指、催人泪下!就是因为我们爱吃点谷子,爱唱几首歌,人类就拿弹弓打我们,用气枪朝我们射击,把我们连同窝里的蛋一块儿吃掉,甚至掀了我们的窝!请问诸位,还有谁比我们麻雀更不幸?"所有动物都落下了同情的热泪。

蛇抬起脑袋开口了:"任何一条蛇都可能被任何一个人以任何一条理由打死。人类骗取我们的毒液,扒下我们的皮,把我们的肉切好炖汤——一句话,我们的每一餐,都有可能是最后的晚餐!我们必须拧成一股绳,才能战胜人类这个丧失了人性的恶魔!"说到这里,它情不自禁地用尾巴挽住了麻雀的翅膀,而所有的动物也都手拉着手,场面激动人心。

野猪喘着粗气开始了它的发言:"我们的生命受到严重威胁仅是因为我们的肉。人类人面兽心地把我们家族的绝大部分成员驯养成家猪,想吃的时候就一刀宰杀。绝不要指望人类对我们发善心。人改不了吃肉!"它握紧双拳捶打着自己的便便大腹,"到了该向人类宣战的时候了!"台下掌声雷动。

老虎的声音震得会场和大家的耳朵都嗡嗡直响:"作为百兽之王,我们老虎的命运竟然比你们好不了多少,死后我有何脸面去见神圣的造物主!我们之所以被人类保护,正是因为我们即将被赶尽杀绝!"老虎停了有一刻钟,为的是把悲愤的控诉转换成有力的命令,"我宣布,从现在开始,动物界向人类宣战!"

所有动物唱着雄壮的进行曲挺进在向人类进攻的路上。这时大家都觉得有点饿了。于是,麻雀吃了蜗牛,蛇吃了麻雀,野猪吃了蛇,老虎吃了野猪。老虎看着自己孤身一人,觉得有点不对劲,便走进了动物园的铁笼子里。

[法国]魏尔伦/文,佚名/译

　　大自然本来就有一条弱肉强食、适者生存的规则，造物者把生物安排在相应的位置上环环相扣，形成一条生物链，人也一样，也是其中的一环，在生存面前人人都是受害者，人人都有哀怨去诉说，可这就是自然界的法则。要想生存，就必须不断地磨炼自己，让自己变得更加强大。

　　《兽的宣言》主要有三个鲜明特点：

　　一、寓意深刻。团结需要共同的基础和利益，鸟兽的共同利益就是为了生存，反对人类，战胜人类。在这一旗帜下，它们集合在一起。然而，一落实到具体行动中，就出现了问题，鸟兽中的不可调和的内部矛盾击垮了这个团队，这个矛盾竟然也是生存！其实这是借物喻人，人类又何尝不是如此呢？

　　二、结构严密。作者选材时，早已为这些动物们设置了一条食物链，极力写它们在大会上慷慨激昂的发言及发言时其他动物的表现，其实一直是在为文章的结尾蓄势，在结尾处重重地摔打它们，以达到更好的讽刺目的，进而起到警醒的作用。

　　三、写法巧妙。渲染铺陈，欲抑先扬。你可能先以为它是一篇讲环保的文章，甚至在倒数第二段老虎发布宣言时，仍会以为作者是想借动物之口控诉人类对环境的破坏，直到文章的结尾，我们才恍然大悟，才明白作者并没有落入俗套，而是在人们常用的题材中另辟蹊径、翻出新意。

保护环境是全世界人民的工作

◇[美国]丽莎·杰克逊

读点

思维的缜密、逻辑的严密体现了演讲官员的才
识。
人称的转换、事件的典型有助于演讲目的的实
现。

演讲背景:

奥巴马就任美国总统后,将新能源和环保问题与医疗、教育改革并列为其任内经济问题的三大挑战。2008年12月,奥巴马提名丽莎·杰克逊担任美国环境保护署署长,杰克逊是担任此职位的首位非裔美国人。杰克逊毕业于普林斯顿大学,拥有化学工程硕士学位。从1986年至2002年,丽莎·杰克逊在美国环境保护署有长达16年的工作经历,曾经在美国环境保护署位于华盛顿的总部和环境保护署驻纽约的地方机构工作,在此阶段,她主要致力于对有害废弃物进行清洁处理,帮助指导地方环保执行部门的工作。

为激起各个阶层的环境保护意识,时任美国环境保护署长的丽莎·杰克逊于2009年5月8日在其母校普林斯顿大学作了关于环境保护人人有责的演讲,希望即将毕业的普林斯顿大学生能够积极投身于环保这项事业。

今天,很荣幸能有机会在这儿见到大家。环境正义(注:环境正义是指在制定、实施和执行环境法律、法规和政策时,全体国民,不论种族、肤色、国籍和财产状况差异,都应受到公平对待并能有效参与。环境正义的实现在于人人在面临环境风险和健康危害时能受到一体保护,并平等参与决策过程)这个话题之所以这么深入我心是有好多原因的。我在新奥尔良第九区长大,那个地方是受卡特里娜飓风袭击最严重的地方之一。我母亲曾在

批:简洁明了,直切正题。

批:联系自身,用全美都知道的存在严重环境问题的新奥尔良第

那次飓风中失去了一切。众所周知，卡特里娜是我国最严重的自然灾害之一。鉴于这种灾难，鉴于受袭击最严重的都是那些穷苦的非裔美洲人，环境正义工作迫在眉睫。而事实上，卡特里娜没发生之前，第九区就已经存在很多严重的环境问题了。历经几代，存在的主要问题有土壤破坏，水资源含有毒化学物质超标，空气污染严重。

九区为例，以激发听众的反思，唤醒听众对环境保护的责任。

这个国家还有很多地区跟第九区一样存在着严重的环境污染和恶化问题，而这些问题带来的灾难又大部分降临在低收入的少数群体身上，具体来说，通常是降临在那些群体中的孩子身上，面对这种不平等现象我们不能再坐以待毙了。作为环保署负责人，我把治理这些区的环境问题当作我分内的事，我要以此向所有美国人证明，这个机构是为他们服务的。这个特殊的时刻真是为我提供了良好的机遇，使我得以把环境正义提升为社会主流思想，变为国家性的话题。继第一位非裔美国总统就职演说之后，我作为环保署第一位非裔美国负责人也作了保证。这将彻底改变美国环保主义的面孔。这也清楚地表明环保主义不是一类人的事情。环保主义不仅仅是指保护那些野生动植物，或者保护极地冰川概貌。它是指保护我们赖以生存的家园。它还指保护我们的城市和郊区以求其清洁和安全，保护我们的孩子可以正常学习，保护我们的工人可以正常工作。我们需要做的是走访各地的人群，让他们真正理解环保的重要性，从而积极参与进来。有时候我们的工作需要超出党派之争。如果我们自己松弛怠慢了，我们不能要求环境变化停下来。我们不能说人类的健康是明年的事情。从尼克松总统开始，就实施了国家环保法令，成立了环保机构。我们今天工作的机构设施都来自于尼克松这位保守党总统。而我的环保署生涯则始于里根总统当任时。那个时

批：环境问题带来的灾难大部分降临在低收入群体的孩子身上。层层推进，逻辑严密。

批：解决环境问题是自己的职责，所以会努力解决好这一问题。

批：改变环保观念，斩钉截铁。

批：明确自己的观点。运用排比的修辞方法，从多个角度说明了"环保主义"，并且，一气呵成，颇有气势，能够激发听众。

批："我们"，将自己和听众连为一体，暗含对听众的期待。

候,如果说你对环保工作感兴趣的话,环保署就是你最好的去处。在我 16 年的任职期间,在我从事环保工作 20 年的时间里,我结识了全国各地形形色色的人群,也同他们一起工作过。他们有着完全不同的政治观念,所以并不是在每件事情的处理上都能达成一致,但是在重要的环境问题上他们放下了党派之争。因此,我并不期盼每一位支持者都标榜自己是"环境保护论者"。

　　我母亲起初也是不理解我为什么会选择环保工作。她想让我成为一名医生。她在卡特里娜中失去了家,她认为飓风之所以这么肆虐,原因之一是用以防护飓风的沼泽地和新奥尔良南部的湿地早已经不顶用了。为什么不顶用了呢?是因为人为铺设油气管道破坏了这些自然防护带。现如今,她常常同专家们讨论人为施工带来的环境影响。她还常常强调保护那些自然隔离带的重要性。如今,不管是不是真正明白环保的含义,母亲俨然已是地地道道的环境保护论者了。或许你是这样一个人,某天发现因为室外空气污染太严重,连邻居的孩子都无法在夏季外出玩耍;或许你是来自于像马萨诸塞州的港口城市新贝德福德或者沿海湾而居的某个渔民,年复一年,你发现当地的经济越来越不景气,因为海水受到了严重的污染。又或许,你是当地的一名官员,你想要一片干净点的海滩来吸引更多的游客,促进当地经济繁荣发展。因此,我们需要走访各地的人群,让他们获得环保的知识。我们需要走访每一个社团,尤其是要走访那些经济发展比较落后的社团,让他们清楚地意识到环保工作关乎他们自身,我们的工作就是他们的工作。当然我们也发现我们当前处在经济危机最严重时期。那些经济落后的社区更能充分感受到经济低迷带来的压力。幸运的是,奥巴马当选总统,并拒绝在绿色环境和绿色经济之间作

批:虽然政治观念、党派不同,但在重要的环境问题上都能达成一致,所以现在不是对环保的"论",而是"行"。

批:对比母亲前后的行为,强调每个人只要愿意,都能成为一名环保主义者,不仅知其然而且知其所以然。

批:运用排比,设想了"你"的种种见闻和想法,以唤起听众的共鸣。这里又变换了代词,用"你",既亲切,又针对性强!

批:强调了工作的重心,指导具体,能达到宣传、引导的演讲目的。

批:联系当下,将问题引向更深的层次。

出错误选择。他以及其他领导人都曾说过，我们的经济前途和环境的未来是密不可分的。这个方针的贯彻为那些急需"绿色"和"工作"的地区创造绿色岗位带来了机遇。复苏法出台了一项中央主动权利，为低收入人群建造御寒住房投放了数十亿美元资金。这项法案将为8万多美国市民提供工作，与此同时每年还将为居民节约数百美元的能源支出费用。除此之外，我们还大幅削减了有害温室气体的排放量。总的来说，社区人民从中受益最大，他们可以享受到高就业率、低电费和更加清新的空气。这么看来，环保对于经济增长和其他相关问题来说都是一个"力量加倍器"。

因为居住环境受污染严重，有些居民会屡次发病，而每次发病又必然会进急诊室接受治疗。这就导致整个系统运行起来成本上升，改革步伐减缓，从而有损我们的经济发展。在学校上课的孩子因为过敏和哮喘而屡次请假，这将有损我们的教育成果和长期的经济发展潜力。这还不算工作的父母常常请假留在家中照顾生病的孩子带来的损失。而在生活周围，环境恶化带来的相关严重问题随处可见。我相信在座的各位都熟悉"破窗理论"，也就是说如果周围有一幢大楼的一扇窗户破了，过不了多久，其余的窗户也会破，长此以往，整幢大楼都会坏掉。同理，在我们生活的社区如果有一片垃圾没人拾起，很可能造成越来越多的人乱扔垃圾。坏上加坏。这个理论也适用于空气质量降低，绿地缺乏，水资源受污染，以及其他类似环境污染现象。企业不会向那些受污染的社区建设投资，除非给他们钱，因此许多自治市以这样或那样的形式自己投资建设。这么一来，经济发展的潜力受限。结果便是，犯罪率升高，暴力事件增多，药物使用泛滥，恶性循环持续不断。出于上述和其他原因，在我就职的第一天我就向环

保署所有职员明确讲了这么一点：我们必须保证去
努力帮助底层人民，帮助高度脆弱的人群。

在未来的岁月里，我希望看到大家对我们的工
作和环境正义这项事业有种全面的认识。这不是一
个边缘性的问题。它应该贯穿到我们每一个决策制
定中，不只是在环保署的决策中。事实上，我们不可
能单独行事。我们需要你们的帮助。上个月，我在
马萨诸塞州的新贝德福德社区遇见了一群积极的环
保主义者，巴蒂就是其中之一。巴蒂是位上了年纪
的非裔美国人，长期以来，他积极投身于社区环境的
正义运动。我到那里时，社区居民给我讲了巴蒂的
事迹。巴蒂因为坚决拥护环保工作而有名。他确实
如此。会议当天，他带着准备好的评论，带着社区熟
人的信件，以及表格和数据来发表了他的观点。他
还带来了他的期望。他站了出来，讲述了他引以为
豪和热爱的社区。提出了社区还有很多问题需要关
注。会后，我走向另外两个也参加会议，但没有发言
的人。我问他们为什么在会议上一直这么安静，不
发一言。其中一位是个老妇人，她眼睛一眨不眨地
看着我说："巴蒂替我们说了。"我这才意识到巴蒂是
多么可贵。而我们全国的社区是多么需要巴蒂这样
的人。巴蒂不仅仅是位非裔美国老汉，也并不仅仅
是一个社区的长期居民。有时，"巴蒂"是位关注孩
子健康成长的母亲。有时，"巴蒂"来自教会，有时，
他又来自商会。有时，"巴蒂"是一位年轻的普林斯
顿大学生。但是，如果我们的社区少了像巴蒂这样
的人为他们说话的话，这将会是多么大的损失。为
了保护地球，我们需要公民积极地参与和保护我们
的社区环境，特别是在困难最大的地方。只有通过
巴蒂这群人的行动——看到问题解决问题——我们
才能保护好我们子孙后代赖以生存的环境。环保署
的宗旨是保障公众健康和环境安全，环境正义对这

批：交代环保的工作对象。

批：用巴蒂事例打动听众。

批：运用排比的修辞手法，从多个
　　方面揭示了巴蒂的身份，意在
　　告诉听众，巴蒂可以是任何一
　　个人。

批：回到"环境正义"上，首尾呼应，
　　自然圆合。

一雄心勃勃的目标的实现起着至关重要的作用。我期待着在今后几个月乃至今后几年内取得真正的进展,我希望你们加入我们的行列。再次感谢你们。

(佚名/译)

做一名坚定的环保主义者

丽莎·佩雷斯·杰克逊(Lisa Perez Jackson,1962年2月8日~),美国化学工程师,2009年1月23日~2013年2月19日任美国环境保护署署长。

放眼我们所处的环境,土壤遭到破坏,水资源含有毒化学物质超标,空气污染严重,各种自然灾害频繁发生而且破坏力度越来越大。2012年虽已远去,但如果我们还不珍爱我们共同的家园,"世界末日"或许在不久的将来真的会降临。请你做一名环保主义者,从自身做起,不浪费资源、不恣意索取自然,向一次性的用具说再见,充分利用每一张纸、每一块橡皮。

演讲还告诉我们,环境恶化将会阻碍经济的发展,而一旦经济停滞,社会就会出现诸如犯罪率升高、暴力事件增多、药物使用泛滥、恶性循环持续不断等问题。这样,我们不但不会幸福,反而会有强烈的不安全感。因此,我们要做一名环保主义者,需要走访各地的人群,让他们获得环保的知识;需要走访每一个社团,尤其是要走访那些经济发展比较落后的社团,让他们清楚地意识到环保工作关乎他们自身,我们的工作就是他们的工作。总之,要以我们自己的行为影响周围人乃至更大范围人的行为。

保护环境,关爱我们的共同家园,不仅功在千秋,更是利在当下。当每天呼吸着清新的空气,当每天吃着无污染的食物、喝着无污染的水,当每天感受着温馨的社会氛围,我们该多幸福! 为着这一天的到来,让我们做一名环保主义者。(吕李永、屈平)

约翰尼遇见的第一场暴风雪

约翰尼·里德是个好奇心非常重的孩子,他经常问他的妈妈这样那样的问题。他住在一个温暖的小村庄里,每天阳光普照大地,到处都是暖洋洋的。田野里也一直散发着迷人的花香,从来没有下过雪。

不知不觉中,约翰尼6岁了,到他这个年龄时,他得去看望他的祖母了。祖母住在一个冬天会下雪的地方。到了祖母那里以后,约翰尼才看到第一场暴风雪。下雪的时候,约翰尼站在窗前看雪,他从来没有见过雪,因此十分新奇。

"噢!妈妈。"他兴奋极了,用天真无邪的声音嚷着,"快来呀,快来看这些从天堂飞下来的小鸟。"

"它们不是小鸟,约翰尼。"妈妈走到他的身边,一边轻轻地抚摸着他的头,一边微笑着说。

"那么,是小天使们正在散落他们的羽毛吗?哦!快告诉我,它们是什么!那是糖吗?让我来尝尝吧。"约翰尼好奇地说。他情不自禁地打开窗户,迎接这漫天飞舞的雪花。他把手伸出窗外,接了一点雪,放到了嘴里。但是当他尝到那雪时,他不由得打了个寒战,它实在是太凉了。

"那就是雪,约翰尼。"妈妈缓缓地告诉他,"这些雪花是从云彩上掉下来的小水滴。但是它们在经过非常寒冷的空气时,冷空气使它们凝结了,于是它们变成雪花降落了下来。"

说着,妈妈从一个橱柜里取出了一顶黑帽子,也把帽子伸出了窗外。"看,约翰尼!我已经捉到了一片落在这顶帽子上的雪花,快用放大镜看看它。你会发现它非常漂亮。"

约翰尼连忙找出放大镜,透过放大镜看着,发现那颗躺着的羽毛般洁白的雪花,就像一颗可爱的小星星。

"闪闪发光的小星星!"他高兴地嚷道,"噢!我要更多的雪花,妈妈。大自然真是太奇妙了!"

[美国]佚名/文,佚名/译

品 读

　　大自然是神奇的,孩子对大自然充满了好奇。约翰尼·里德应该是生活在地球赤道或赤道附近的小村庄里,那里"每天阳光普照大地,到处都是暖洋洋的","从来没有下过雪"。他到祖母家第一次看到了雪,觉得非常神奇,以为雪花是"天堂飞下来的小鸟"或者是鸟的羽毛或者是糖等。这时候,妈妈告诉他那是雪花,科学地解释了雪花是怎么形成的,并且引导孩子去发现雪花的美丽。所以,作为父母,应当正确地引导孩子去认识自然,认识科学。

和平之音

为自由而战斗

◇［美国］卓别林

读 点

紧紧抓住听众的心，发出为自由而战的呐喊。
在矛盾中揭示本质，在残酷现实中揭示真相。

演讲背景：

　　本文是卓别林为影片《大独裁者》中的主人公犹太理发师所写的演说词，被公认为卓别林一生中最精彩的演说。《大独裁者》是卓别林最为成功的电影之一，由他自导自演。影片以第二次世界大战为背景，刻画了企图统治世界的残酷迫害犹太人的大独裁者兴格尔，兴格尔暗喻德国纳粹头子希特勒。卓别林在人物造型上非常明显地模仿希特勒，并巧妙地通过个人演说对他进行了辛辣的嘲讽和鞭挞。在影片结尾，理发师因为与兴格尔十分相像，被错当作独裁者兴格尔，在被占领国首都广场，他发表了这篇长达7分钟的演讲。

　　很遗憾，我并不想当皇帝，因为那不是我要做的事。我既不想统治任何人，也不想征服什么人。假如可能的话，我想帮助每一个人，不论他是犹太人或基督徒，也不管是黑种人或白种人。我希望我们大家彼此互相帮助。人类是应该如此的。

　　我们愿意过那种希望别人得到幸福生活的日子，而不愿意过那种把自己的幸福建筑在别人的痛苦上的日子。我反对彼此仇视和互相侮辱。这个世界上，每个人都应该有他过日子的地方。地球非常宽阔，足够养活全人类。

　　我希望人类的生活道路自由而美好。但是这种生活道路已经丧失了。丑恶的欲望腐蚀了人的灵

批：开篇便连用了一串否定句式表明自己的态度，紧紧抓住了听众的心。

批：幸福和痛苦是每个人在人生历程中都会遇到的一对矛盾。这一人生准则是整篇演讲词的核心和灵魂。

批：既是希望，也是追求。

批：卓别林作为一位现实主义的艺

魂,在全世界筑起了仇视的壁垒。而且,它使我们陷于苦难和杀戮。科学固然发展了,但是我们却无法使我们彼此的意志能够沟通。创造财富和繁荣的机器反而使我们陷于贫困。知识被我们用来做不顾廉耻的事。由于耍弄小聪明,大家反而不能和睦相处,彼此冷漠对待。我们过于计较那些空洞的道理,而感情反倒退化了。我们最需要的不是机器而是人性,最需要的不是小聪明,而是人对人的温暖的感情、亲切的态度。如果没有这一切,那么,人生就会变得残暴,就会失掉一切。

　　飞机和无线电使我们彼此的距离近了,这些发明,本来的目的在于把人的善良愿望,把全世界联结起来,并要求全人类都互相至诚对待。现在,我的话正在打动着全世界上几百万人的良心⋯⋯我的话也飞进那些被逼上绝路的几百万男人、女人、孩子们的心里,而这些人就是随便把无辜的人严刑拷问、关进监狱的那个集体的牺牲者⋯⋯

　　我向听到我讲话的人这么说:"不要感到绝望。"我们现在遭遇的灾难,完全是由于贪婪和狂暴所造成的,那些害怕人类进步的人疯狂地制造灾难,因此带来这种恶果。

　　不久,人类的仇恨将要消失,独裁者将被消灭,被他们夺去的权力将归还给人民,只要我们不怕牺牲,自由是永远不会被消灭的。

　　士兵们,你们不能给那帮野兽当牺牲品。他们侮辱你们,把你们看作奴隶,设法控制你们。他们操纵你们的行动、思想、感情,并且进一步把你们训练成牛马,任他们摆布,给你们不能再坏的食物,把你们当炮灰使用。不能给这些惨无人道的人当牺牲品,因为他们只有机器一样的心和头脑,他们是机器人。

　　士兵们,你们不是机器! 你们不是牛马! 你们

术家,清醒地看到了资本主义制度的种种弊端。

批:用一组组矛盾的现象,揭示了文明社会由物质繁荣所带来的精神饥饿症,催人深思,促人警醒。

批:拉近演讲者与听众之间的距离,这是卓别林的心声,也是所有爱好和平自由的人们的心声,激起强烈的共鸣。

批:尖锐和无情的揭露,入木三分,深刻精警。

批:消灭仇恨与独裁,权力和自由将还给人民。

批:以下连续三段,运用排比句式,强烈呼吁那些因不明真相而为独裁者卖命的战士们赶快醒悟过来,用坚强有力的语言,号召人们不要为奴役为独裁而战,要为自由而战!

是人！你们有人所应有的爱情，只有那些不被人爱的人才仇恨人，只有那些丧失了理性的人才仇恨人。

士兵们，你们不能给别人当奴隶，不要为奴隶主去战斗。为自由而战斗吧。《路加福音》第十七章有这样一句话："天国就在你们中间。"

不是在一个人中间，也不是在几个人的集体中间，而是在你们所有的人中间。

所有的人民！你们是有力量的，你们有创造机械的力量和创造幸福的力量，而且你们是有能力在这个世界上建立起自由和美丽生活，使生活变得光辉灿烂和更有意义的。

批：由"士兵们"拓展为"所有的人民"，号召全体人民团结起来，为"建立起自由和美丽生活"而进行不懈的战斗。

那么，就让我们为了民主而使用这种力量吧。让我们都团结起来，为了一个新的世界，为了一个使人人都有劳动机会的诚实的社会而奋斗吧。这个社会将保证青年人有前途，老年人有安定的生活。

批：给人们一个理想的生活愿景，激起人们对现实的强烈不满，对演讲的强烈共鸣。

野心家答应给人民这些东西，所以他攫得了政权。但这是欺骗，没有实践诺言，以后他们也绝对不会实践诺言。

批：揭露野心家的谎言，让人民保持清醒的头脑。

独裁者"解放"了他自己，可是他却使人民都成了奴隶。让我们为了实现我们的目标而奋斗吧，为解放世界而战斗吧。那时，国境线将要撤销，贪婪、仇恨、偏见将要被抛弃。

批：在矛盾的转化中，抽丝剥茧地揭露独裁者的真面目，热情洋溢地发出自由与和平的呐喊。

让我们为了创造一个理智的世界而战斗吧，为一个将由于它的进步而带给所有的人以幸福的科学世界而战斗吧！

士兵们！为了民主，我们大家团结起来！

哈娜(注：哈娜，影片的女主角，理发师的女友。此刻镜头是哈娜倒在一棵大树下，听着喇叭里传出的演讲声)！你听到我的讲话么？我不知道你现在在哪里。你看看天空！乌云散尽了！太阳开始重现光芒。我们将突破黑暗走向光明，我们将走进一个新的世界。在那里，人们已经不知道贪婪、仇视、残忍，那里是一个心

批："哈娜"也曾是卓别林母亲的名字。这不只是为了纪念自己的母亲，也是在向所有在法西斯铁蹄下呻吟的犹太人及所有的被奴役被压迫的人们发出的呼唤。

地善良的世界。

看吧,哈娜！人类的心灵已经获得解放,而且世界上的人类已经开始站起来了。他们的心灵向往着美丽的彩虹,向往着理想,向往着光辉的未来……将来是属于你的,是属于我的,是属于我们每一个人的……属于所有的人的。

哈娜！你看看天空吧,你抬起头来吧！

(李正伦/译)

批:描绘自由美好的未来,将演讲推向高潮,久久地回荡在人们的心头,振奋了人们的精神,鼓舞着人们的斗志。

为自由而呐喊,为自由而战斗

查尔斯·斯宾塞·卓别林(Charles Spencer Chaplin,1889 年 4 月 16 日~1977 年 12 月 25 日),20 世纪著名的英国喜剧演员,现代喜剧电影的奠基者,在世界范围内享有盛誉。他还是一名反战人士,卓别林的第一部有声电影《大独裁者》,是专门针对阿道夫·希特勒和纳粹主义者所拍摄的。

这篇演讲观点突出,旗帜鲜明,针砭时弊。尤其是演讲结构严谨,讲述充分,感情充沛,直抒胸臆,直率真诚,严肃认真,语言的表达技巧值得我们学习。

演讲一开始就表明态度"我并不想当皇帝""我既不想统治任何人,也不想征服什么人"。紧接就提出"我反对彼此仇视和互相侮辱""我们愿意过那种希望别人得到幸福生活的日子,而不愿意过那种把自己的幸福建筑在别人的痛苦上的日子"的主张。接下来层层剖析了法西斯主义对人类社会正常秩序的毒害和对人性的践踏。用一连串的转折句式把当时人类社会的异化现象揭露得淋漓尽致、发人深省。但是,演讲者号召人们"不要感到绝望",同时指出"只要我们不怕牺牲,自由是永远不会被消灭的",表达出了当时全世界爱好和平和自由的人民的共同心声。演讲者同时也呼吁那些因不明真相而为独裁者卖命的战士们不要为奴役而战斗,而要为自由而战斗。然后又指出"天国就在你们中间""你们是有力量的,你们有创造机械的力量和创造幸福的力量",呼吁人们"为了实现我们的目标而奋斗""为解放世界而战斗""为了创造一个理智的世界而战斗",号召全体人民团结起来,打败那些使人民沦为奴隶的野兽,创造一个美好的世界。演讲的结尾激扬而热情地表达了对美好生活的向往,使演讲充满了激动人心的力量,听来扣人心弦,感染力强。

演讲语言富有文采,深沉隽永,字字珠玑。转折句式安排错落有致,长短合宜,读来朗朗上口,给人以美的享受。(汪明、京涛)

我投反对票

我投票反对这项提案,理由如下:

目前的战争是任何一个参战国的人民都不想要的,它不是为了德国或其他任何国家的人民的利益而发动起来的。这是一场帝国主义战争,一场为了实现资本主义对世界市场的统治、为了从政治上控制运用工业资本和银行资本的主要地区而引起的战争。如果从军备竞赛的观点来看,那么这场战争是德国和奥地利的好战集团在半专制制度日暮途穷、秘密外交逐渐失效的情况下,为了先发制人而挑动起来的。同时,这场战争还是一种企图分化和瓦解日益高涨的工人运动的拿破仑式的阴谋。尽管有人粗暴地歪曲事实,但是过去几个月的情况还是日益清楚地证明了这一点。

德国提出的"反对沙皇制度"这个口号,跟现在英国和法国提出的"反对军国主义"的口号一样,其目的在于利用人民的无比崇高的天性、革命的传统和理想,来煽起民族之间的仇恨。德国是沙皇制度的同谋犯,一直到今天还是政治落后的典型,它不配起各族人民的解放者的作用。俄国人民和德国人民的解放,应当是这两国人民自己的事情。

这场战争对于德国来说并不是什么防御战。这场战争的历史性质和截至目前为止的进程,都不能使人相信资本主义政府的这种说法,即诉诸武力是为了保卫祖国。

目前要求迅速实现一种对任何一方来说都不是屈辱的和平,也就是一种不通过征服而实现的和平。在这方面所作的任何努力,都是值得欢迎的。只有当争取这样和平的力量同时在一切交战国内不断地壮大起来,这场血腥的屠杀才能够在这些国家弄得民穷财尽以前被制止。只有在工人阶级国际团结和各国人民自由的基础上发展起来的和平,才可能是巩固的和平。世界各国无产阶级,即使是在目前战争仍然进行的情况下,也必须从事争取和平这项社会主义的共同事业。

我本来可以同意按所要求的数额拨付紧急预算,在我看来这个数额还是远远不够的。同样地,我会同意为改善我们在战场上的弟兄以及伤病员的不幸遭遇所能做的一切,我对这些人的遭遇是无限同情的。这对于我来说,任何要求都不是过分的。但是,由于我反对战争、反对战争的元凶祸首、反对导致战争的资本主义政策、反对战争所追求的资本主义目的、反对破坏比利时和卢森堡的中立、反对军国主义独裁、反对政府和统治阶级至今仍然在政治和社会方面所表现的那种不负责任的态度,因此,我反对所提出的军费预算。

[德国]李卜克内西/文,佚名/译

品读

卡尔·李卜克内西(Karl Liebknecht,1871 年 8 月 13 日~1919 年 1 月 15

日),德国政治家、律师、著名的无产阶级革命家、德国共产党创始人之一、德国社会民主党和第二国际左派领袖。在 1919 年 1 月 15 日,李卜克内西及罗莎·卢森堡被自由军团的士兵劫持到柏林,被拷打及盘问了几个小时后遭到杀害。

1914 年 9 月,第一次世界大战爆发后不久,德国在德法马恩河大战中战败,原定三个月左右结束战争的如意算盘落空了。初战失败并未使德国军国主义分子清醒。他们一面暗中加强与奥地利等国的秘密外交,一面追加军费,扩充军备,将战争向纵深发展。同时,又以所谓"爱国主义""反对沙皇制度"等口号蒙蔽本国人民,为自己罪恶行径寻找借口。国内的军火商们也乘机贩运军火,牟取暴利,为战争的升级推波助澜。为了揭露和制止战争狂人妄图把国家和人民进一步推向战争深渊的罪恶行径,李卜克内西积极领导德国社会民主党人,同德国军国主义、国内的好战政党进行了坚决的斗争,他发表了一系列演说,严厉抨击德国政府的战争政策,揭露战争贩子的罪恶活动和资产阶级所谓的"爱国主义"的真相。

本篇就是他利用国会议员的合法身份,在帝国议会就第二次增加军费预算案进行表决时(1914 年 12 月 2 日)发表的著名演说。当时,议会 110 名议员投票赞成"增加军费预算案",只有李卜克内西和奥托·吕勒投了反对票。在演说中,李卜克内西明确指出这场战争是帝国主义的战争,德国和英国、法国在自己的国家动员人民参战,不过是"煽起民族之间的仇恨",所以,反对军事拨款就是为了制止战争。

这正是这篇具有高扬的政治激情、高远的思想立场、高标的精神风骨的演讲词的突出特点。同时,它因此而显示出鲜明的风格个性。

演讲词的每一句话都是演讲者思想和政治见解的旗帜鲜明的表达,每一个字都因其沉实刚劲而给人以铿锵有力的印象。也正因为如此,这篇演讲词的信息密度大,思想含量丰富,虽然简短,却又严谨、缜密,具有无可辩驳的、雄浑强劲的风范和环环紧扣、步步为营的逻辑力量。在整个思想主张、政治立场与态度的表达上,因为处在紧急而严峻的形势和情境中,而且演讲者完全处于一种绝对孤立的地位,他的演讲,若因稍有不慎而出现漏洞或疏失的话,其后果不堪设想。但现在我们却极为欣慰而惊喜地看到,这种情形并没有出现;甚至他的思想和政治见解的正确、深刻、严密、高远,令人觉得那种疏漏根本就不可能出现。李卜克内西把这项提案及其背后的帝国主义性质,其内在动因与所必然会引起的极为严重的后果,从正面和反面,由总说到分论,都透析得没有一点可以质疑的缝隙;甚至在末段,他还能够从容、镇定、冷静、客观地说明自己所持态度与立场的情感内容。这种胆识,真应当说是卓越超群的。

最后演说

◇[法国]让·饶勒斯

读点

情真意切,引人深思动情。
技巧娴熟,行文缜密严谨。

演讲背景:

让·饶勒斯是法国和国际社会主义活动家、历史学家、哲学家。1881年毕业于巴黎高等师范学院,曾任教师。1885年当选议员,1903年任众议院副院长。1901年创建法国社会党;1904年创办《人道报》;1905年成为法国统一社会党领袖。曾在议会内外积极反对帝国主义战争,反对军国主义和殖民主义。

1914年7月28日,在第一次世界大战阴云笼罩欧洲的时刻,让·饶勒斯去布鲁塞尔参加社会党国际局为拯救和平而召开的一次大会,29日在皇家马戏场作了生平最精彩的也是最后一次讲演。几千名听众不时报以热烈的掌声。就在发表演说的两天后,他遭到了反动势力的暗杀。他的被害被称为"全世界的灾难"。

外交官们在进行谈判了(注:奥皇太子1914年6月29日在塞尔维亚被刺后,帝国主义各国进行了频繁的幕后外交活动,为第一次世界大战鸣锣开道)。他们对于要塞尔维亚稍稍流点血,似乎感到很满意。因此,我们也可以稍稍休息,以确保安宁。但是欧洲能得到什么教训呢?基督教已经历了20个世纪,人权获得胜利已有100多年,世界上怎么竟然还会有数百万人毫无理由地相互残杀呢?

德国又怎么样呢?如果德国知道奥地利在照会(注:指奥地利向塞尔维亚发出最后通牒),那么它允许采

批:对流点血"似乎感到很满意",语言幽默而又有极强的讽刺力量。

批:反问句式,语气强烈,表达了对战争的厌恶之情。

批:一连串的设问,既拉近了与听众的距离,同时又让听众深思,

取这一举动就是不可宽恕的；如果德国政府不知道，那么它打的是什么主意呢？你与别人签了条约（注：指德奥意三国同盟条约，1882年签订，1910年续订），这个条约管束着你并将你拖入战争，而你居然不知道为何被拖入战争？请问，是谁树立了这样一个混乱政府的榜样呢？（掌声）

然而，各国当局却犹豫不决，我们应当利用这个机会组织起来。我们法国社会党人的任务很简单，我们无须把和平政策强加于政府，因为政府已经在实行这一政策。我一直毫不犹豫地担当起沙文主义者强加给我的罪名，因为我坚决主张并十分希望法德两国握手言和，因此，我有权说法国政府是渴望和平的。（掌声）

法国政府是英国政府争取和平的最好同盟。英国政府在调解中采取了主动态度，并告诫俄国要慎重而耐心。对我们来说，我们的任务是坚持要求政府强硬地对俄国说话，从而使俄国有所收敛。结果很遗憾，俄国并不予理会，那么我们的职责就是声明："我们只知道一个条约，这个条约把我们同全人类联系在一起。"（掌声）

这就是我们的职责。在表达这一职责时，我们发现我们与德国同志是一致的，他们要求本国政府务必使奥地利政府节制其行为，我提到的这份电报，可能部分要归功于德国工人的愿望。任何人都不能违抗400万有知识、有良心的人的愿望。

你们知道无产者是什么样的人吗？他们是热爱和平而痛恨战争的集体。而沙文主义者，民族主义者，则是嗜好战争和嗜好屠杀之流。然而，一旦当他们感到，那些可能会断送资本主义的冲突和战争威胁已迫在眉睫时，他们便会想起，他们还有一些试图降服这一风暴的朋友。但是，对那些控制局势的高层人士来说，大地上已遍布饵雷。在战争初期的令

批："具有感召力。

批："犹豫不决"，写出当时各国当局对待和平的态度。

批：毫不犹豫地担当起"罪名"，表达了作者追求和平的勇气和视死如归的英雄气概。

批：这一段语言明白晓畅，干净利落。最后一句将和平提到全人类的高度上，从而激起更多人的理解和支持。掌声就是很好的证明。

批：突出"400万有知识、有良心的人"，更多地唤起民众的和平意识。

批：战争带来的灾难是什么？是疾

人陶醉的气氛中,沙文主义者和民族主义者还能笼络住群众。可是渐渐地,当疾病完成了枪弹的职能,当死亡和痛苦袭来,这些人便转向德国、法国、俄国、奥地利和意大利当局,询问他们如何对所有的死难者作出解释。于是,突然爆发的革命将会宣告:"向上帝和人乞求慈悲吧。"

病,是死亡和痛苦。发动战争者将会无言以对那些死难者,他们也必将在人们争取和平的革命中得到应有的惩罚。

(佚名/译)

演讲高超的技巧源于真实的情感

最大的技巧就是没有技巧。这篇演讲的主题是激励人民反对战争、保卫和平。饶勒斯预言战争将使"疾病完成了枪弹的职能",使死亡和痛苦向人类袭来。他质问热心于战争的各国当局将"如何对所有的死难者作出解释"。他请大家思考:"世界上怎么竟然还会有数百万人毫无理由地相互残杀呢?"饶勒斯站在全世界人民的立场上,对战争的罪恶进行了无情的谴责,并由此号召"全人类联系在一起"反对战争,保卫和平。

饶勒斯的演讲富有高超的技巧。他从各国当局对战争的态度分析入手,提出了对他们应持的方针策略和自己的职责,字里行间流露出对和平的向往和对战争的痛切之情。他称颂无产者"是热爱和平而痛恨战争的集体",激发了无产者们坚持和平的热情。他在演讲中多次运用反问句式,这使他的思想感情得到有力的表现,它启发人们去思考,去行动。

饶勒斯的演讲技巧是独特的。当他慷慨激昂但仍然井井有条的时候,他的演说往往会像暴风雨中划破长空的闪电一样,突然出现一些富有幽默感和明快感的语句,令人再三玩味,不胜神往;他的每一句话都浸透着他那实实在在的善良的天性和温和的性情,使人感到温暖如春……他的演说如号角,激励人民为反对战争、保卫和平而斗争;似标枪,刺向反动势力和战争狂人的心脏。

言为心声。因为热爱,所以痛恨。(夏发祥、京涛)

芳草地 让人们忘记贫困的古老歌曲

说真的,你们这些人的思想状况实在奇怪。(中间派的席位上发出惊叫声)你们一厢情愿地要给人民制定几项教育法,并通过自由的报刊、学校和自由的集会,反复地激发人民的热情,让他们觉醒起来。你们大概没有想到,无产阶级的全体成员都在同一程度上被你们自己要搞的这场思想解放运动把情绪激发起来了。少数几个人比较活跃,声调特别高,这是难免的。他们不脱离人民,相反,他们生活在人民之中,同人民患难与共,并肩战斗,他们不去向心怀叵测的资本家乞求同情,而是同人民一起准备整个阶级——他们自己也是其中的一员的全面解放,你们竟然异想天开,以为通过几项法律的把戏就可以使他们威信扫地,把他们一网打尽!

你们知道为首分子和煽动分子在哪里吗?他们既不在组织工会——你们正在施展阴谋要把这些工会解散掉的工人里面,也不在社会党的理论家和宣传家当中。不,主要的为首分子,主要的煽动分子,首先在资本家当中,在政府的多数派当中。(极左派热烈鼓掌,中间派抗议)

啊!先生们,你们怎么发昏到这种程度,竟然把各地的发展说成是少数几个人搞起来的。你们是不是被社会主义运动的广泛发展吓破了胆? 这个运动在世界各国同时爆发了。十年来,你们再也不能离开社会党的历史来谈比利时、意大利、德国和奥地利的历史了。美国和澳大利亚的情况也是这样,甚至被你们看成是个人主义避难所的英国也是如此。英国的工联已经参加到社会主义运动中来,他们已不再单纯地闹点工潮,而是参加到政治斗争中来了。他们摆脱了与世隔绝的状态,参加了历次国际代表大会;他们不愿意再做工人贵族,在资本主义制度中为个人谋点私利。他们已经向各个行业开门,向最下层的即所谓最卑贱的人们开门。社会主义思想已经在这个所谓个人主义的国家站住脚。英国工联最近在毕尔法斯特召开的代表大会上甚至通过了社会主义的提案。自由党政府在社会主义思想的压力下不得不提出了社会法。这个政府也干预劳资纠纷,不过不像法兰西共和国的那些部长们借此镇压工人……(大厅极左边的某些席位和极右边的席位热烈鼓掌)而是让纠纷体面地停息下来,这样至少可以暂时缓和一下对立情绪的发展。

当前,世界各国的人民,不论他们的自然环境和政治制度如何,也不论他们属于哪个民族,他们都被这个世界范围的运动圈了进去,你们就是在这种情况下侈谈什么个别人煽动的问题的。因此,总理先生,你们这样指责他们,给予他们的荣誉未免太大了。你们说他们是为首分子,把他们说得也太神通广大了。掀起这样一个大的运动,不是他们所能做到的,少数几个人吹出的气,软弱得很,根本不会掀起世界无产阶级的狂涛巨澜。(上述席位热烈鼓掌)

不,先生们,事实是,这场运动是从事物的深部发展起来的,是人们不堪忍受无数痛苦的总爆发,在此之前,这些人并没有商量过,后来才在自由这个提法中找到了团结起来的共同点。事实是,在我们的共和制法国,这场社会主义运动是从你们建立的共和制和有着半个世纪历史的经济制度中产生出来的。

你们建立了共和制,这是你们的光荣;你们使得它无懈可击,坚不可摧,但你们也因而在我国的政治和经济之间制造了一种令人不能容忍的矛盾。

勒内·戈柏来:说得好!

在这个政治制度中,人民已取得国家的最高权力,他们粉碎了过去各个寡头的统治。但在经济上他们今天还依然受着这类寡头们的统治。附带说一句,总理先生,仅仅对议会说法兰西银行的问题将向议会提出来是不够的,这件事你不说议会也知道;你们应当告诉议会,政府打算怎样解决这个问题。(大厅的极左边和极右边热烈鼓掌)

是的,你们让包括雇佣劳动者在内的一切公民通过普选,通过行使国家主权(共和制就是行使国家主权的最终的必然形式),有了至高无上的权力。法律和政府由他们根据自己的意志来产生;他们可以罢免和撤换特使、立法议员和部长。可是就在这些雇佣劳动者们在政治上享有最高权力的时候,他们在经济上却处于被奴役的地位。

是的! 就在他们可以把部长赶出内阁的时候,他们的工作却毫无保障,被人家从工厂赶了出来。他们的劳动不过是手中握着资本的人爱要就要、爱不要就不要的一种商品罢了。

工厂的规章制度越来越苛刻,越来越没有道理,是专门用来同他们作对、在他们无权过问的情况下制定出来的。他们由于不理睬这些规章制度,随时都遭到被解雇的威胁。

他们完全是听天由命、任人驱使,虽然在政治上享有至高无上的权力,但随时有可能被踢出工厂大门之外。如果他们想行使自己的合法权利,联合起来捍卫自己的利益,大的矿业公司联盟随时会将他们解雇,停发他们的工资,断绝他们的生路。工人们虽然从政治制度上说已不必再向已经被你们推翻的国王付给几百万法郎的俸银,但却不得不从自己的劳动中提取几十亿法郎送给不劳而获的寡头们——主宰全国劳动者的国王。(大厅极左边和极右边的好几排席位长时间热烈鼓掌)

看来只有社会主义能够解决现今社会的这个基本矛盾:因为社会主义主张政治共和必须发展到社会共和;因为它主张不但议会需要共和,工厂也需要共和;因为它主张人民不但在政治上享有最高权力,而且在经济上也享有最高权力,以便铲除不劳而获的资本主义特权;就是由于这些原因,社会主义便从共和运动中产生出来了。因此,共和是最大的煽动分子,共和是最大的为首分子。让你们的宪兵把它带到法庭去接受审判吧!(上述席位又是一阵热烈鼓掌)

其次,你们制定了教育法。既然你们为劳动者在思想上的解放准备了条件,并用法律形式固定下来,你们为什么不愿劳动者在政治上获得解放之后再获得社会上的解放呢? 因为你们不仅想实行普及教育和义务教育,还想使教育世俗化,你们做得很好。(许多席位上的人点头同意,中间派发出喧闹声)

阿道尔夫·都来尔:勒米尔神父刚才为你鼓了掌,不过你一说到"世俗化"他就不鼓掌了。(闹声)

路易·朱尔当:不管怎么说,他做了一个榜样,可惜学他的人并不多。应当像他那样多看一看。(闹声)

坚决反对你们的人常常指责你们毁灭了基督教信仰,但你们并没有毁灭基督教信仰,这也不是你们的目标。你们只是想在学校里建立理性教育罢了。过去的宗教信仰并不是你们毁掉的,而是在你们很久之前被下列因素毁掉的:批判的展开,实证主义和自然主义世界观的形成,以及随着人类知识的扩大,对于其他文化和宗教的了解和接受。基督教同现代思想的生动活泼的关系也不是你们破坏的,而是在你们之前就破坏了。不过你们在建立纯理性的教育制度时,你们所做的,所宣

称的,就是只有理性是以指导每个人的生活。(大厅极左边的某些席位和极右边的席位热烈鼓掌)

勒米尔:说得好!说得好!

费尔迪南·拉梅乐:你忘了,饶勒斯先生,由于把教育世俗化,你已经侵犯了你刚才说的自由。

可是正是这样做的结果,你们使人民的教育同现代思想的成果协调起来了,使人民摆脱了教会和教务的束缚,你们没有破坏我刚才说的那个生动活泼的关系,而是把仅存的那种消极的、习惯的、传统的、老一套的关系破坏了。

你们因此而做了什么呢?啊!我可知道,当时在许多人头脑里存在的东西不是宗教信仰,而是一种习惯势力,而且这种习惯势力对某些人来说简直是一帖镇静剂、一种安慰。可是呢!你们把这首让人们忘记贫困的古老歌曲打断了……(上述席位热烈鼓掌)于是贫困被叫嚷声吵醒,它站立在你们面前,要求你们在自然界的阳光下——这是你们唯一没有玷污的地方——给予它足够的位置。

正如地球上白天积蓄的热量夜间要散去一部分一样,人民的力量过去也有一部分是被宗教扩散到广阔无垠的空间去的。

可是你们把这条宗教扩散的渠道堵死了。这样你们也就把人民的热烈愿望和思想都集中到当前社会方面的要求上来了,是你们自己把无产阶级的革命热情提高了。你们现在惊慌失措,这是你们自己造成的!(极左派和极右派热烈鼓掌)

[法国]让·饶勒斯/文,佚名/译

品读

让·饶勒斯(Jean Léon Jaurès,1859年9月3日~1914年7月31日),法国和国际社会主义的著名活动家和演讲家。1890年公开宣称信仰社会主义,并于1901年起始终代表法国党参加第二国际的各种活动,1902年,参加组建法国社会党。饶勒斯宣扬社会主义,但他始终是一个改良主义者。本文是他1893年12月21日在法国议会上发表的著名自由演讲,集中表现了他的社会主义见解和改良主义思想。

从政治观点上讲,演讲充分体现出饶勒斯之社会主义思想的两个侧面,即马克思主义的一面和改良主义的一面。首先,在无产阶级斗争和社会主义运动产生的根源问题上,饶勒斯从政治和经济两方面分析了社会主义运动的必然性,有力地驳斥了所谓社会主义运动不过是几个野心勃勃的为首分子人为地搞起来的论调。其次,在社会主义运动向何处去以及怎样对待无产阶级革命问题上,又表现出了饶勒斯的改良主义倾向。他主张人民在政治上和经济上的共和,不主张彻底推翻资本主义制度;他反对法国资产阶级借劳资纠纷而镇压工人,但并不排斥英国政府提出的"社会法";他痛斥不劳而获的资本主义特权,却回避了消灭私有制这个无产阶级革命的主题。

这篇演讲具有很高的艺术水平,主要表现在以下几个方面:

其一,单刀直入,一针见血。如何揭示一个重大的科学社会主义命题,如何驳斥"少数论"和"人为论",饶勒斯采取了开门见山的手法,单刀直入地指出,社会主义运动的"为首分子"和"煽动分子""首先在资本家当中,在政府的多数派当中",一语道出实质,把在座的各位议员乃至整个资产阶级和资本主义制度都圈了进去。这就引起了全场的沸腾,使拥护者热烈响应,群情激昂;使反对者虽欲抗议,却又茫然不知所以,在一阵喧嚷之后也只好再听下文。

其二,层层推理,鞭辟入里。首先,谈世界各地甚至包括被看作个人主义避难所的英国参加社会主义运动的情况,以及无产阶级革命由自发向自为阶段发展的事实,并指出了世界无产阶级革命已经形成了狂涛巨澜。接着,深刻地揭示了全篇的主旨。最后,水到渠成地推导出"只有社会主义能够解决现今社会的这个基本矛盾"的结论。严谨的逻辑性,使说理如拨云雾,使听众不得不折服。

其三,语言与情理交融。正因如此,通篇都把深邃的哲理寓于激情的波涛之中,使人在情绪感染和言辞赏析的过程中潜移默化地接受其政治见解,用语言的力量把演讲推上了情理交融的艺术境地。一是语言讲究措辞,充满活力,节奏明快,痛快畅达,极有煽情性和鼓动力量。二是想象丰富,融理于情,驾轻就熟。全篇揭示的是一个重大的历史话题,而演讲者却巧妙地用了一段形象化语言将其推向了高潮:"你们把这首让人们忘记贫困的古老歌曲打断了……给予它足够的位置。"他把已往的政治、经济和宗教等一切桎梏比作古老歌曲,把由此带给无产者的迷惘比作"忘记贫困",这就把听众从现实引向想象,启迪思维,引发情感,产生共鸣,对于烘托情绪、升华立意起到了很好的作用。

论与北美的和解

◇［英国］埃德蒙·伯克

读点

反对轻率镇压，倡导与殖民地和解，顺应时势。精彩纷呈的论证方式，吹来睿智的清风，给人以醍醐灌顶之感。

演讲背景：

1773 年 12 月 16 日，为反对英国殖民地的征税，北美爆发波士顿倾茶事件。埃德蒙·伯克警告英国政府：武力只能逞威于一时，一个长久处于被征服状态的民族，是无法治理的。但在当时并没有受到重视。1774 年，英国议会连续通过了五项强制性法令，激化了双方的矛盾。

埃德蒙·伯克已经意识到使用武力必定会引发北美殖民地的独立，于是，他于 1775 年 1 月 23 日发表了这篇演讲。三个月后，北美独立战争打响了第一枪。

我的观点与其说是赞成诉诸武力，不如说是同意采用精明的管理方式。为了要在一种在我们看来是有益的从属关系中保护一个人数众多、积极主动、日益发展、生气勃勃的民族，我们不仅应当把武力看作令人憎恨的工具，而且应当视为软弱无效的手段。

先生们，首先请允许我指出，武力的作用只能是短暂的。这也许能暂时压制一下，但避免不了需要再次进行镇压；而对一个需要不断征服的民族是无法统治的。

其次，我的异议在于使用武力的不确定性。恐怖并非总是可以通过武力来达到的，而武装力量也不总是意味着胜利。如果你不能获得成功，那你也

批：明确提出主张。

批：开门见山，从"憎恨"和"软弱"的角度，指出武力解决问题的弊端。称诉诸武力是软弱无效的手段，出语不凡。

批：理由之一，武力作用的短暂性，武力之于"需要不断征服的民族是无法统治的"。经常对抗是谈不上统治的，见解独到。

批：理由之二，使用武力的不确定性。在多组对比之中指出武力有时可能无法解决矛盾，甚至

就黔驴技穷,再也使不出别的什么良策了。因为,如果和解失败了,武力手段依然存在。可是,倘若武力无法取胜,那么和解的希望就不复存在了。亲善有时可以带来权力和权威,但是,在穷兵黩武并遭到失败后,就绝不可能通过乞求而得到权力和权威了。

再次,我反对使用武力的理由是:你们为了拥有北美所作的努力而伤害了北美。你们为之奋斗的事业并非就是你们想重新恢复的事业,因为它已在战争中失去了原有的价值,遭受了损害和消耗殆尽。唯有完整无损的北美才能遂人心意。我不愿消耗北美的力量而同时又消耗我们自己的力量,因为从各个方面来看,我们消耗的正是英国的力量。

最后,我们在统治各个殖民地的过程中,尚未有过那种赞成以武力作为统治方式的任何经验。这些殖民地之所以得到了发展并带给我们利益,一向是由于我们采用了截然不同的方法。

先生们,这些就是我对那种未经检验过的武力方法持有不同看法的理由。

许多绅士似乎已深深地被这种采用武力方法的观点所迷住,尽管我对这些绅士们在其他各个方面所持的观点怀有崇高的敬意。可是,除了北美的人口和商业因素外,还有更重要的第三个因素,它促使我形成了关于管理北美应奉行何种政策的观点——我是指北美人的性格与特征。在北美人的这种性格中,热爱自由是最显著的特征。

各殖民地的人民都是英国人的后裔。英格兰珍惜自己的自由,我希望,它仍然尊重这种自由。当这种酷爱自由的性格压倒一切的时候,许多殖民者离开了英国而移居他乡;当他们想摆脱你们控制的时候,他们就具有这种追求自由的倾向。因此,他们不仅献身于自由,而且是依照英国人的理想和原则献身于自由。如同其他纯抽象事物一样,抽象的自

批:断送和解的希望。强调武力是最后的手段。

批:明确指出亲善与穷兵黩武两种对待殖民地的不同方式也会带来不同的结果。

批:理由之三,为了拥有而伤害,拥有的也只能是残破的事物,同时也消耗了自身的力量。也就是说,诉诸武力导致两败俱伤。

批:理由之四,从经验的角度论述武力统治的方式是不可行的。"截然不同"一词旗帜鲜明地指出解决问题的正确方法。

批:总结。

批:谈北美人的性格与殖民地密切相关,北美人热爱自由,如果用武力统治,势必会激起北美人的反抗。

批:扩大论述范围,将观点推行至英国各殖民地的人民与英国人的关系,并自然地将"自由"与"幸福"联系起来。

由是无法找到的。自由根植于某种明智的目标之中，每一个民族都为自己形成了某种特别喜爱的特征。这种特征也就成为他们获得幸福的标准。

先生们，你们知道，在这个国家，争取自由的伟大斗争历来是围绕征税问题展开的。而在古代各城邦，绝大多数斗争主要是针对地方行政官的选举权问题，或者是指向国家各个等级之间力量对比的问题；在他们看来，钱的问题并不是那么迫切的。但英国的情况就不同了，精悍的笔力和雄辩的谈锋无不针对税款问题。这些伟大的精神既能充分发挥作用，又深受其害。

批：将自由与"征税问题"联系起来，在与古代城邦的对比中告诉人们英国的不同情形，并进而分析这一情形的利与弊。

我并不想对这种精神作过分的夸奖，也不想对产生这一精神的道德原因加以赞扬。或许，北美人若拥有一种较为平静和随和的自由精神，将更能为我们所接受。或许，自由思想是值得向往的，但应同我们这种专横的、无限制的权势相和解。或许，我们可以期待殖民地人民能够为我们所说服。即他们在我们（作为他们处于永久性少数民族地位的监护人）的托管之下，他们的自由较之由他们自己所掌握的任何一部分自由都会安全得多。但是，问题并不在于他们的精神是否值得赞扬或应受到指责。那么，以上帝的名义，我们怎样处理这一问题呢？

批：将"自由精神"与"专横的、无限制的权势"结合起来论述，并在此基础上引出处理问题的方法。

我的观点是，在不考虑我们不论是出于权利而作出让步，或者出于行善而予以承认的情况下，我们应当允许殖民地人民具有宪法所赋予的权益，并且，要在议会公告上刊登这种承诺，使他们获得如同上天将能给予的那种强有力的保证。

批："应当"，旗帜鲜明地提出解决问题的方式。"允许殖民地人民具有宪法所赋予的权益"是和解的基础。

至于讲到殖民地对英国的税收、贸易或帝国等方面所作出的贡献，不论是对其中一个方面还是对所有方面所作出的贡献，我对北美在不列颠宪法中所具有的重要性充满信心。我所以支持殖民地，因为这是一种亲密的情感，它产生于相同的姓氏、同源

批：比喻论证，将原本抽象的道理阐述得通俗易懂，"纽带""空

的血缘、相似的利益以及公民在法律上所拥有的平等的监护权。这些就是纽带。虽然它们像空气一样轻盈,却也像铁链一样坚强。殖民地应该永远怀有那种同你们的政府连接在一起的公民权思想;他们将同你们紧密连在一起,天下任何力量都不能破坏他们的效忠。可是,你们应该懂得,政府是一回事,而他们的特权则是另一回事,两者无须相互依存。黏合剂已脱落,凝固力已松懈,一切都在迅速地衰败和解体。只要你们有智慧使我国至高无上的权力始终成为自由的殿堂,成为奉献给我们共同信仰的神圣的殿堂,那么,在上帝选定的种族和英格兰儿子们朝拜自由的任何地方,他们都将转向你们。他们的人数越增加,你们的朋友就越多。他们越是炽烈地爱自由,就越会变得顺从。

　　我深信,这是一条颠扑不破的真理。现在,让我为和平的殿堂铺下第一块基石。我提请各位注意:大英帝国所属北美殖民地和种植园共有 14 个相互分离的政府;该地的自由居民已超过 200 万,而且还在增加;它们还没有获得向英国议会选派议员或市镇代表以代表自己的自由的特权。

(佚名/译)

气""铁链""黏合剂""殿堂"等喻体运用得形象而恰切。

批:顺从自由而不暴政,暴政下的"顺从"是深藏着反抗的。

批:运用比喻,和平殿堂里的"第一块基石"无疑是给全体民众的一剂兴奋剂,坚定了听众的信念。

和解共赢是深刻的人生智慧

　　埃德蒙·伯克(Edmund Burke,1729 年 1 月 12 日~1797 年 7 月 9 日),爱尔兰的政治家、作家、演说家、政治理论家和哲学家。他曾在英国下议院担任了数年辉格党的议员,支持美国殖民地以及后来的美国革命的立场。代表作有《与美国和解》(1775)、《对法国大革命的反思》(1790)。

　　和谐是世界存在和发展的基础。中国人讲"和为贵",天地不和,阴阳失衡,灾难频仍;人类不和,纷争四起,生灵涂炭。世界是由不同的民族、不同的文明所构成的,由此决定了人们在信仰和生活方式上的多样性。我们应该彼此尊重,互相宽容。

　　要和谐,还须心怀慈爱,不杀不争,不以强凌弱,以友善的方式对待他人,促进人类的和平。早在18世纪英国,政论家埃德蒙·伯克就在北美殖民地问题上持温和立场,反对政府采取轻率政策,要求与殖民地和解。伯克认为诉诸武力是软弱无能的手段,见解深刻独到。伯克在议会发表了这篇慷慨激昂的演讲。演讲者以理性的态度,强调使用武力带来的恶果,体现了一位政论家较高的政治智慧。这篇演讲显现出来的力量,影响了北美和平统一的进程。

"凡用兵之法","全军为上,破军次之","不战而屈人之兵,善之善者也","上兵伐谋,其次伐交,其次伐兵,其下攻城"。殖民者倘若懂得这个道理,就不会面临危及自身生死存亡的反抗。

今天我们重读经典,在其优美、激昂的文字中解读"和解共赢"这一闪现着深刻人生智慧的哲理,感受演讲给予我们的激情与力量。让我们行动起来,在心灵中种下和平的种子,从自己做起,积极为维护世界和平、人类和谐,保护生态环境而奉献,这是人类共同的责任、共同的利益。(京涛、柯晓阳、周波松)

芳草地 狼为了吃掉小羊寻找借口

我不知道帝国检察官先生学的是哪一派哲学的论辩术,但是他的推理的逻辑性,在我看来,犹如看见一个小孩子闭着眼睛,就宣布孩子的爸爸是瞎子一样。

……允许国内有英国那样的自由的法国政府,居然会把海峡对岸自由存在的团体(注:团体,指马克思和恩格斯领导的第一国际)作为"秘密"团体而加以迫害,这是我的同志们所意想不到的。检察官的控诉除了蓄意诽谤,还能有什么目的呢?检察官就这一点来污蔑1868年6月6日的法律所允许的公开集会的讲演者,把这种集会说成"发表千百次肆无忌惮的言论和发动荒唐暴行的场所",不是为了这个目的,又是为了什么目的呢?检察官只凭这一点就控告国际,并声言法庭对这些俱乐部宣传"有害教义"的人曾不止一次进行惩罚,但是如果是这样,那就很奇怪,为什么我们在被告席上没有见到这些人?

最初发起公开集会的是一些享有名望的资产阶级经济学家。正是他们在集会上讨论了"妇女劳动""资本和利息"等问题。然而即使这些公开的集会是在国际的影响下召开的,在会上发言最多的是国际的会员,也丝毫不能证明国际是秘密的团体!

检察官谈到了由于国际发动的罢工而在日内瓦、比利时引起"流血冲突"。但是,为什么不同时提到里卡玛尔、奥本、西瓦罗夫的流血事件呢?这些罢工……不是别的,而是社会的病态的症状,是在我们目前生产方式下越来越多的症状,因为由于这种生产方式,所谓"国民财富"都逐渐集中到越来越少的人们手里,同时,随着这个过程,无产阶级也就越来越多。把罢工归咎于国际,只能是由于不了解经济规律。罢工不是昨天才发生的,在前一个世纪就已经有了。只要看一下勒瓦瑟尔的《工人阶级史》对这个问题的叙述,就可以相信这一点。这位作者无论如何也没有国际会员的嫌疑!

……

雇主给工人规定的工资是这样的不合理,这样的随心所欲,以致各个时期和各个国家的经济学家都不得不承认,工资只能维持最低的生活需要。这不是国际会员的意见,也不是什么社会主义者的意见,而是杜尔戈(注:杜尔戈,法国重农主义经济学家)在他的《论财富的产生和分配》(第6节)中的意见……工人对雇主的反抗是非常自然的,根本不是国际"人为制造的"……资本家在由于他们的贪欲而引起的罢工的问题上,首先责难国际,我对此并不感到有什么奇怪。他们的这种行为就像伊索寓言里的狼一样:它站在河边上责备在它下游喝水的小羊,说小羊"把它要喝的水给弄浑了"。尽管小羊辩解说,河水不会往上流,这也徒劳无益;什么办法都没有用:狼不过是为吃掉小羊寻找借口而已!

国际是一棵在世界各国深深扎了根的树。想砍断这棵树的某个枝子,从而使它的根内浆汁干涸,只能是天真的妄想。对于那些不理解时代现象的人和认为用这种审判就可以中止社会运动的人,我要用伽利略的话来回答他们:"地球总是在旋转的!"

全世界无产者联盟是既成的事实,任何力量也不能使它瓦解。

[匈牙利]列奥·弗兰克尔/文,佚名/译

品 读

列奥·弗兰克尔(Leo Frankel,1844年2月25日~1896年3月29日),匈牙利工人运动和国际工人运动著名活动家,巴黎公社主要领导人之一,匈牙利工人党创始人。其一生经历了从拉萨尔主义者到蒲鲁东主义者和最终成为马克思主义者的发展过程,是一位勇于纠正错误观点和不断进取的革命家。

在领导第一国际巴黎支部期间,于1870年被法国波拿巴政府逮捕判刑。选文是列奥·弗兰克尔1870年6月22日至7月5日所作的辩护词。

检察官因弗兰克尔拒绝回答提出的问题,诬蔑第一国际为秘密组织。针对这些诽谤之词,他在法庭辩护词中给予了有力的回击。他指出工人罢工是工人对雇主的自然的反抗,根本不是由国际人为制造的,从而把法庭指控的基础驳得体无完肤,长了无产阶级的志气,灭了资产者法庭的威风。

辩护词思路开阔,引证得体,事理相融,分析透彻,具有极强的说服力。尤为可贵的是,演讲者能在对立气氛明显的法庭上,巧用比喻,出奇制胜。以其形象生动的修辞,阐明事理、戳穿谬误、否定诬蔑,使辩词不仅铿锵有力、掷地有声,而且机智巧妙、颇富情趣,显示了他非凡的论辩才能和浩气凛然的英雄风采。

共渡危机

◇[日本]片山哲

读点

一篇改变日本历史的政治宣言。
条理清楚,论述严谨,态度恳切。

演讲背景:

日本是第二次世界大战的发动者之一。1945 年 8 月 15 日,在全世界反法西斯力量的打击下,日本被迫接受《波茨坦公告》,宣布无条件投降。战后,战争的恶果也降临到它自己头上:国内满目疮痍、民不聊生,而国际社会饱受战争创伤的人民对法西斯滔天罪行同仇敌忾、义愤填膺之心难平。1947 年 5 月,片山哲被国会提名担任首相,这也是战后日本第一位根据日本新宪法由国会推选的首相。

片山哲此时走马上任,可谓"受命于危难之际"。片山哲清醒地意识到战后日本国内外的处境,因此在他 1947 年 7 月 1 日就职时发表了这篇就职演讲。这篇演讲既是向国会和国民阐述他的救国方略、施政方针,又是向国际社会表态、亮相和作出承诺的就职演说。

在按新宪法组建的首届国会上,我能代表政府发表施政演说感到无比荣幸。自着手组阁以来就努力想建立一个举国一致的四党联合政府,虽未取得圆满的成功,但现已成立的三党联合内阁,仍然希望留在阁外的自由党人士通力合作,举国一致突破危机。

在日本历史上首届国会召开之际,谈谈政府对目前时局的信心和看法,希望得到诸位的合作。

政府对贯彻新宪法的信心。政府宣誓将严格遵守新宪法,忠实于新宪法的原则精神,特别要将新宪

批:组建联合政府,拟"举国一致突破危机"。片山哲可谓是受命于危难之中。

批:开宗明义,提出演讲的主题和希望。

批:阐述政府对新宪法的坚定贯彻。"新宪法"又称"和平宪

法中的民主主义伟大精神及和平主义的远大理想，作为一切政治行动的基本目标，并毫不含糊地付诸实施。也就是说，要自觉意识到政府是由国民代表组成的国会提名的，应尊重国会，根据宪法的条款处理政府和国会的关系，避免各种矛盾。尤其要关注司法权的独立、最高法院的构成以及根据宪法精神所产生的各种民主方法，尽快实现新宪法提出的各种远大理想和目标，尽快准备向国会提出各种必要的法规。

法"，是 1947 年来日本创建制定的，是在第二次世界大战后盟军占领的背景下撰写的。日本政府是否遵守新宪法将决定日本是否能取信于国际社会。

政府的施政方针。根据目前形势，政府必须全面考虑发展理想的民主主义，建立高度民主的民主主义体制，使各个领域充满体现新时代精神的政治观念。本届内阁的最高指导思想是在各个方面都能自觉地贯彻高度民主。

批：阐述政府的施政方针。民主主义是日本新宪法的一个新的而且十分重要的特点。

毋庸说，政治上迫切需要彻底的民主。不仅如此，产业经济的各个方面也需要贯彻民主思想。产业经济的发展实际反映了组织民主化的程度。社会生活方面为发展健康的文化生活，必须改革社会领域，将民主引入人们的日常生活。生活方式的民主化是日本社会改革的当务之急。政治上实行民主，能彻底扫除封建的官僚机构；产业经济中贯彻民主，将推动产业的全面发展；在社会各领域推进民主，将提高全民的文化素养；在国际关系方面倡导民主，将会结出和平的硕果。

批：分析了为什么要在政治、经济、社会各个领域和国际关系方面彻底贯彻民主义思想。

民主主义作为人类生活规律的政治原理，较 18 世纪有了更大发展，在几经周折，直至第一次与第二次世界大战后，才首次作为世界各国新生活的共同原理和准则。西方文明是希腊文明、基督教文明和现代科学的聚集。

今天我们所说的高度民主，既包括西方文明的内涵，又是以和平为基础的。没有民主，决不可能实现全面和平和世界和平。发展产业经济和提高人民

批：阐述了民主与和平的关系。

生活水平的原则，也是以高度民主为基础的。

高度民主是一种人道主义、合理主义和社会民主主义。因此，在反对一切暴力的同时，严格遵循民主主义政治体制的议会政治原则，坚定地选择基于这一信念的施政方针，就是本届政府的基本政治纲领。

批：坚定地表示本届政府的基本政治纲领。

我国的特殊性质。鉴于目前的国际形势，必须向世界各国明确而坦率地说明我国的特殊性质，以便在谋求各国理解和援助的同时恢复国际信誉。新宪法明文规定主权在民、放弃战争和尊重人权，因而我国的性质将发生根本变化。一个崭新的日本将重现于世。我国明确宣布已不再是穷兵黩武或好战国家，并要从制度上肃清封建官僚机构，重建民主议会政治，以这些事实向全世界表明日本国民的努力和真挚的情感。

批：明确而坦率地说明国家的特殊性质，向国际社会表态和作出承诺。

我们正在建设一个和平国家，它具有下列特征：一，保障宪法赋予国民的各种基本权利和自由；二，保障国民健康与文化生活；三，排斥暴力、非理性和非正义，铭记道德、仁爱、和平及维护正义；四，尊重劳动、科学、艺术和宗教；五，建立正确的教育制度，努力培养和平民主的一代新人。从这个意义上，我认为应该向全世界宣告，我们日本人民正在建设的是和平民主的新国家。

批：高度概括日本和平民主新国家的五大特征。

我国经济所面临的危机。因战争失败，诸般值得忧虑的现实问题摆在日本人民面前，如粮食匮乏、通货膨胀、企业萧条、失业增加、黑市猖獗，等等。政府组阁后立即提出这一问题，决心排除万难，克服危机，并提出了八项经济紧急对策，希望国民配合。

批：陈述日本面临严峻的经济危机，并提出了紧急对策。明确点出经济危机之因——战争，一来是让国人汲取教训，二来是以真诚、深刻的反思取信于国际社会。

关于目前经济的困难程度及具体事实，在经济实况报告书中可见端倪。经济持续恶化的根本原因可归纳为下述几点：其一，我国因战败丧失了相当部

批：分析了经济持续恶化的根本原因。

分的经济资源,生产与运输设备因战争而破损老化,生产资料库存渐趋枯竭,劳动生产率也比战前低下;其二,生产能力如此低下,人口却呈增长趋势,消费需求随战时被压抑的欲望的解放而越来越大;其三,由于战争和商品供应无法保证而爆发的巨大购买力,引起了通货膨胀,导致了经济赤字,形成了工资与物价的恶性循环并逐渐加速。

这些原因不是孤立的,它们盘根错节,互为因果,将经济引向崩溃。面对这样的经济状态,更坚定了我们竭尽全力重建日本经济的决心,只要措施正确,万众一心共同努力,相信定能挽回持续恶化的经济局面,把经济纳入重建的轨道。

政府的当务之急。政府的当务之急首先是改革行政机构,刷新人事制度。改革的精神准备是打破官僚观念,政府官员无论到哪里都担负着为国民服务的职责,对自己承担的任务要有强烈的责任感,将正义、公平作为生命来捍卫。同时,要废除内务省,彻底改革地方自治制度,实行新的警察制度、官吏任免制度和服务纪律,坚决肃正官纪。从实现行政机构民主化的精神出发,迫切希望国民也积极参加建设自主新日本的国民运动。

国民运动决不仅是思想运动和表面文章。经常可以听到粮食问题比思想运动更重要的议论,然而,政府准备将突破粮食危机与这一国民运动作为不可分离的两个方面同时贯彻执行。政府公平而全面地要求国民过艰苦生活。前景是充满光明和希望的。

与国民运动密切相关的是恢复宪法精神的文教问题。目前,全面推广第92次议会通过的新教育制度,尤其是六三学制尚有种种困难,但政府将尽可能地实现这一目标。

关于媾和会议。召开媾和会议对日本人民是充满希望和光明的大事。政府与全国人民一样,都热

批:面对经济困难,坚定信心,万众一心,就能克服困难。

批:阐述了政府的当务之急,提出了"改革行政机构""刷新人事制度",废除不合时宜的机构,改革"地方自治制度"等,并开展"国民运动"。

批:旗帜鲜明地提出开展"国民运动"不做表面文章。"公平而全面地要求国民过艰苦生活",推广"新教育制度"等改革举措,使国民增强了对政府的信任感。

切盼望能尽早举行。战后两年来,《波茨坦宣言》规定的我国非军事化和民主化的进程,在国民共同努力下已有了明显进展。今后,政府将更加努力和诚心诚意地忠实履行我们在宣言中承诺的义务,建设真正的和平民主国家,创造回归国际社会的条件。

经联合国军司令部的同意,决定8月15日起恢复民间贸易,我衷心祝愿并希望能顺利展开。日本人民应向世界各国显示自己坦荡的胸怀和不断革新的形象。我们希望国民生活安定,重建产业经济,维持永久世界和平,谋求联合国及各国的精神和经济援助。政府将注意制定相应政策,鼓励海外同胞奋发向上。

总之,时局困难,危机深刻,为克服经济危机,迎接媾和会议,重建祖国,全国人民必须艰苦努力和忍耐。作为按新宪法和国民自由意志选举的第一届民主的国民政府和人民的公仆,政府真正意识到目前正处在生死存亡关头,更坚定了迈步重建祖国的决心。无论如何,请诸位体谅并协助政府,举国一致共渡危机。

我们的道路充满艰辛,但我们的前途充满了光明和希望。我坚信,如果突破这一危机,在联合国的仁慈帮助下,是能够立于国际社会之林,建设和平、民主和文明国家,并实现生活安定和提高民族文化素质的。为了拯救祖国,为了光明的明天,我衷心希望全国人民齐心协力。

（佚名/译）

批:强调建设和平民主新日本,既为国民指出重建国家的正确方向,又利于消除国际社会的忧虑和谋求世界各国的理解。

批:提出特殊时期日本人民应展现的新形象。

批:总结全文,面对现实,展望未来,坚定信心,号召国民"体谅并协助政府,举国一致共渡危机"。

批:展现信心和美好前景,号召全国人民齐心协力建设新日本。

一篇鼓舞人心的演讲词

片山哲(1887年7月28日~1978年5月30日),日本政治家、律师、第46届首相(1947年5月24日~1948年3月10日)。

日本是第二次世界大战的发动者之一,战后,其国内满目疮痍,物资奇缺,物价飞涨,民不聊生。其国民财富45%以上毁于战火,40%的城市变成瓦砾,失业、半失业人数达到1300万,生产资料、消费资料生产仅为1935年的10%和30%。日本面临恢复经济、重建家园的艰巨任务。与此同时,美国为了在日本"最后建立一个以支持美国为目的且负责的政府",推行一系列"民主改革"。

片山哲此时走马上任,可谓"受任于败军之际,奉命于危难之间",要完成重建任务,需要团结全体日本人民,坚定信心。片山哲这一就职演讲就充分注意到了这一点。

作为一个新上任的首相,片山哲深知唤起民众,树立信心,共渡难关,重建日本,乃是就职演说的根本目的。他的演说词开宗明义就是"谈谈政府对目前时局的信心和看法,希望得到诸位的合作"。他逐一分析面临的问题,既讲困难,又谈有利条件,条理清楚,论述严谨,使人不得不折服于他对时局的正确分析,从而坚定重建日本的信心和决心。

片山哲十分注意透过演说词的字里行间,把自己对重建日本的信心传递给大臣和国民。例如,在谈到经济危机时,他说,政府"决心排除万难,克服危机",又说,"只要措施正确,万众一心共同努力,相信定能挽回持续恶化的经济局面,把经济纳入重建的轨道"。当谈到开展国民运动,"公平而全面地要求国民过艰苦生活"时,他坚定地指出,"前景是充满光明和希望的"。在展望重建日本的前途时,他说,"政府真正意识到目前正处在生死存亡关头,更坚定了迈步重建祖国的决心"。又说,"我们的道路充满艰辛,但我们的前途充满了光明和希望"。他在演讲中还一次一次地呼吁国民"体谅并协助政府,举国一致共渡危机"。(陈锦才、京涛)

芳草地

原子弹坠落长崎目击记

我们正向日本国土飞去,即将对它进行轰炸。飞行小分队由3架经特殊设计的B-29型超级堡垒式轰炸机组成,其中两架未携炸弹。但是小分队的长机携有一颗原子弹,这是3天中投掷的第2颗,内装核物质具有相当于两万吨梯恩梯当量的爆炸力;若在条件更有利的情况下使用,其爆炸力可相当于4万吨梯恩梯当量。

我们选择了好几个目标。其中之一是大工业和航运中心——长崎,它位于日本四大岛之一——九州的西海岸。

这东西看起来挺漂亮,这个"玩意儿",它的设计,耗费了上百万个小时的工作日。毫无疑问,它凝结了空前大量的人类智慧。

在核物质装进炸弹之前,我亲眼对它进行了观察。就原子物质本身来说,丝毫不带危险性。只是在核物质装进炸弹后,在某种特殊情况下,它的能量才会释放出来。而只要它把能量释放出一小部分——仅仅很小一部分,就能造成世界上规模空前的爆炸。

午夜时分举行了一个简短的会议。每个目标都依次放在地图和航空照片上显示出来。全部过程的每一细节都进行了一遍预习——航行、高度、气候、紧急迫降点等,无所不有。海军在轰炸目标周围海域备有潜艇和救生船只——杜波斯和苏伯杜波斯号——随时准备前来搭救可能在紧急情况下迫降的飞行员。

将我们送到装备库的卡车护卫森严。我们在这里领取执行这次任务所必备的特殊用品,包括降落伞、救生船、氧气面罩、铠装防弹衣和救生背心。

指挥这次任务的是25岁的空军少校查尔斯·斯韦尼。他驾驶的携带原子弹的长机名"艺术大师"号,这种飞机的推进器不同寻常地长,有四个桨片,其顶部像橘子——机身上却标有"77"的字样。有人说,"77"是红头发兰奇(著名足球明星)踢球时运动服上的数字。

凌晨3点50分,机群起飞了,径直朝西北方向——日本国的所在处直扑而去。天气预报说我们在飞行途中将遇到暴风雨,但到飞行目的地,也就是这次任务的高潮阶段,天将放晴。

起飞大约一小时后,暴风雨降临了。飞机在漆黑的夜空中时而下沉,时而抬起。但飞机的跃动幅度比起大型客机要小多了。你感觉它是在"滑翔",而不是"颠簸"。

我注意到一道奇特的、令人恐怖的亮光从驾驶舱上方的小窗射了进来。透过黑暗,我看见一个奇怪的情景:旋转着的巨大推进器不知怎的变成了大的跳跃着的蓝色光焰。这种蓝色光焰既映照在飞机鼻顶的有机玻璃窗上,又在机翼顶端闪闪发光。我们宛若驾驭着燃烧的列车在无垠的太空中奔驰。

我不禁焦虑地联想到前方那架无影无踪的长机上的"宝贝",它会不会有危险?大气中巨大的电压会不会引起它的爆炸?

我对波克机长讲了自己的担心——他对此似乎毫不惊讶,继续镇静地驾驶着飞机。但很快他就安慰我:"这是飞机上的常见现象。我执行轰炸任务以来,见过这种蓝色光焰已有好多次了,人们管它叫圣·埃尔摩之火。"(注:名称起源于3世纪时的意大利圣人圣·埃尔摩。圣·埃尔摩之火是一种冷光冠状放电现象,这是由雷雨中强大的电场造成场内空气离子化所致的)

我们终于度过了黑暗,飞机直奔日本帝国。

飞机高度计显示出我们正处于1.7万英尺的高空。波克机长提醒我应随时手握氧气面罩以备紧急情况时使用。他解释说,万一飞机上的气压装置发生故障,或者机舱被地面高射炮打穿,氧气面罩都是有用的。

凌晨5点刚过,晨曦来临。吉里中士两眼紧盯窗外,举起双脚对此表示欢迎。在此之前,中士一直专心致志,一声不吭地听着耳机里的收音机报道。

"还是白天好,"他对我说着,"夜里关在机舱里我觉得怪害怕的。"

"这儿离霍普斯顿可远了。"我不觉说道。

"是啊。"他一边回答我，一边忙着译一条消息密码。

"你觉得这颗原子弹能结束战争吗?"他怀着希冀地问道。

"这颗很可能会有用的，"我尽量使他放心，"如果这颗不行，下一颗或两颗肯定会奏效的。没有哪个国家能够长时间地抵挡住原子弹的威力。"

到5点50分，外面天已大亮。我们的长机不见了，领航员戈德弗雷告诉我这是事先计划好的。机群将于9点10分在本州东南方的宇久岛上空会合。

置身于这无边无涯的太空，驰骋在云海之巅，我融化在无垠的沉思之中。发动机在身后吼叫，但与周围的茫茫太空相比，它的声音多么微不足道，顷刻间便被吞没了。有时，空间也吞没了时间，人生活在永恒之中感到迫人的孤独，仿佛地球上的一切生命在一瞬间中都消失了，而你是唯一的幸存者，一个浪迹在无边无垠的宇宙中的孤独幸存者。

……

可是直到此刻，还无人知道哪座城市将作为投弹目标。命运之神将作出最后的选择，日本上空的气流将作出决定。

在我们前方飞行的气象飞机正在测试风向。到投弹时间的前半个小时，我们才能最后知道哪个城市将成为目标。

……

波克机长告诉我飞机马上要拉升到投弹高度了。这时我们已经飞临日本领海上空。

9点12分，我们飞抵宇久岛上空，前方大约4000英尺处是带着那颗宝贝炸弹的"艺术大师"号。我们开始盘旋，等待机群中第三架飞机的到达。

9点56分，我们开始向海岸线飞去。吉里中士译出气象机发来的密码，告诉我们主要目标和次要目标都清晰可见。

命运之风看来要恩赐有些日本城镇了，它们注定将默默无闻。命运最后选择了长崎作为投弹目标。

在机群盘旋的当儿，我们突然发现股股黑烟穿过白云直冲我们而来。原来是对准我们高度发射的15枚高射炮弹。不过它们飞来时，飞机已向着左边飞远了。

我们向南飞去。11点33分，飞越海岸线，向距此以西大约100英里处的长崎直奔而去。在长崎上空我们再次盘旋，终于发现了云层中的一处缝隙。

这时是12点01分，我们终于到达了这次任务的目的地。

"瞧，它下来了!"有人喊道。

从"艺术大师"的肚子里落出一个黑乎乎的东西，掉了下去。

波克机长迅速掉转机头，向爆炸杀伤范围外飞去。然而，尽管我们背对原子弹，机舱里又充满阳光，但我们所有的人都同时感到一股极其炫目的光芒穿透了我们的弧光镜。

第一次闪光之后,我们摘掉了弧光镜。光焰仍然接连不断,一种蓝中带绿的光芒充满了天空。一股巨大的气浪袭来,使飞机全身剧烈颤抖起来。紧接着,又袭来四次爆炸气浪,每一次都使我们感到似乎有大炮从四面八方向我们轰击。

先是一个巨大的火球倾发出大量白烟,接着,一道巨大的紫色火柱以极快的速度上升到大约1万英尺的高度。

待我们再次向原子弹爆炸方向飞去时,那道紫色火柱已升到了与飞机同样的高度。这时距爆炸发生才过了45秒钟。我们惊异地注视着火柱向上飞跃,它像是一颗流星,然而不是从太空朝大地飞来,而是从地球向外飞去。随着它穿过白云,向上生长,它似乎变得越来越富有生命力。

……它的形体像一座巨型图腾柱,底部大约有3英里宽,向上逐渐变细,顶部只有1英里宽。它的底部是棕色的,中间是琥珀色,顶端是白色。这是一座有生命的图腾柱,身上刻满了许许多多怪诞的面孔,对着大地狞笑。

正当这东西似乎已凝固起来时,从它顶端突然冒出一朵庞大的蘑菇云,使它的高度长到了4.5万英尺。这团蘑菇云比这柱形东西更加活跃,它的躯体里翻滚着浓白色的烟火,在愤怒地扭动着,咆哮着,带着嘶声向上冲去,接着又朝下扑来,活似无数个叽叽喳喳的老妇人骤然融为一体。

这个东西像头怪兽,怀着巨大的愤怒在挣扎着,仿佛要极力挣脱将它捆绑于大地的羁绊。仅仅几秒钟,它就摆脱了柱体,迅猛地向上飞去,直达6万英尺高空的同温层。

与此同时,又一朵稍小的蘑菇云从柱体中冒出来,像被砍了头的怪物又长出一个新头来。

第一团蘑菇云升向蓝天的时候,变成一朵花的形状。它巨大的花瓣边缘向下弯曲,外面是奶油色,里面是玫瑰色。后来,当我们从200英里以外最后一次眺望时,它仍保持着这个形状。在这个距离,还能看见处于痛苦之中的柱体,五颜六色,翻滚蒸腾,如同无数杂色彩虹组成的大山。在这些彩虹中融入了许多有生命的物质。柱体颤颤悠悠的顶部穿过白云,活像一头史前怪兽的脖子上镶上了羽毛。纵目望去,只见羽毛朝四面八方飞展开去。

[美国]威廉·伦纳德·劳伦斯/文,胡晓红/译

品 读

威廉·伦纳德·劳伦斯(William Leonard Laurence,1888年3月7日~1977年3月19日),美国记者,生于立陶宛的萨兰泰,1905年移居美国,1918年加入美国国籍。1930年加入《纽约时报》,直至1964年退休。

1939年1月31日,劳伦斯发表文章《铀原子可释放出巨大能量》。1945年4月,他被军方征调,7月16日在新墨西哥州沙漠中目击了第一颗原子弹试爆。

同年8月9日,他搭乘携带原子弹轰炸日本长崎的飞机,写下了这篇著名的空

中目击记。本文获 1946 年普利策报道奖。

特写描述翔实，同时又重点突出。美国向长崎投掷原子弹是重大的历史事件，在第二次世界大战的后期具有非常重要的意义。为了把这件事情说清楚，作者在文中的叙述非常详细，他把事情的前后经过都向读者作了交代，使读者对整个过程能有个清楚的了解。我们知道了为什么美国会选择长崎，那位普通的美国中士希望早日结束战争的迫切心情等。最后自然引出了文章的主干部分。整个结构的安排自然合理，毫不突兀，读起来有一种水到渠成之感。

作为一篇新闻特写，本文具有生动性和形象性。尤其是作者浓墨重彩描述的最后一部分。在这一部分中，我们可以看到那些云、烟在作者的笔下就像有了生命一样，这部分文字的文学因素和摄影因素达到了很好的统一，镜头感非常强烈。

这篇特写中，可以说劳伦斯充分发挥了一定的想象与幻想。由于他在写作话语中将想象与幻想娓娓道来，且不含任何虚构成分，使得特写极富动感表现力。尤其是他细描的手法、强烈的现场感，生动传神的氛围揭示，给读者以目击式身临其境之感。可见，新闻采写虽然不可以虚构，但不等于说完全不要合理的想象与幻想，不等于新闻人在采写时不能展开多种思维活动。

不朽宣言

中国人民站起来了

◇[中国]毛泽东

读点

观点鲜明,态度坚决,庄严自信,不容置疑。
大处落墨,大开大阖,气势恢宏,奔放明快。
处处洋溢着胜利的喜悦和豪迈的革命情怀。

演讲背景:

1946 年 1 月 10 日至 31 日,国民党、共产党、其他党派和无党派人士的代表曾在重庆举行过一次政治协商会议。这次政协会议通过了关于政府组织问题的协议、和平建国纲领、关于国民大会问题的协议、关于宪法草案问题的协议和关于军事问题的协议五项议案。上述议案不同程度上有利于人民而不利于蒋介石的反动统治。对此蒋介石一方面表示承认,另一方面则积极备战,准备发动全国规模的内战。后来不久,政协的议案被蒋介石撕毁,内战全面爆发。

从 1946 年到 1949 年 9 月,在三年多的时间内,中国共产党领导全国人民打退了国民党的进攻,消灭了反动军队的有生力量,人民的胜利和敌人的失败已成定局,中华人民共和国即将成立。在此形势下,中国共产党向全国人民提出召开政治协商会议的建议。1949 年 9 月 21 日,中国人民政治协商会议第一次全体会议在北平(即北京)隆重开幕。

本文就是毛泽东同志在本次会议上所致的开幕词。他向全世界庄严宣告:占人类总数四分之一的中国人从此站起来了!这一震撼历史的宣告,既表达了毛泽东同志对中国历史发展必然结论的真知灼见,也道出了中国广大民众自 1840 年以来就积郁多年的心声渴望。这是中国人民走向新世界的伟大宣言,也是一篇记录中国革命进程的历史性文献。

诸位代表先生们,全国人民所渴望的政治协商会议现在开幕了。

我们的会议包括六百多位代表,代表着全中国所有的民主党派、人民团体、人民解放军,各地区、各民族和国外华侨。这就指明,我们的会议是一个全

批:"全国人民所渴望",众望所归,给会议的重要性定了位。

批:交代与会代表,明确指出这是一个"全国人民大团结的会议"。

国人民大团结的会议。

这种全国人民大团结之所以能够成功，是因为我们战胜了美国帝国主义所援助的国民党反动政府。在三年多的时间内，英勇的世界上少有的中国人民解放军，战胜了美国援助的国民党反动政府所有的数百万军队的进攻，并使自己转入反攻和进攻。现在，数百万人民解放军的野战军已经打到接近台湾，广东，广西，贵州，四川和新疆的地区去了，中国人民的大多数已经获得了解放。在三年多的时间内，全国人民团结起来，援助人民解放军，反对了自己的敌人，取得了基本的胜利。在这个基础上，召开了今天的人民政治协商会议。

我们的会议之所以称为政治协商会议，是因为三年以前我们曾和蒋介石国民党一道开过一次政治协商会议。那次会议的结果是被蒋介石国民党及其帮凶们破坏了，但是已在人民中留下了不可磨灭的印象。那次会议证明，和帝国主义的走狗蒋介石国民党及其帮凶们一道，是不能解决任何有利于人民的任务的。即使勉强地做了决议也是无益的，一待时机成熟他们就要撕毁一切决议，并以残酷的战争反对人民。那次会议的唯一收获是给了人民以深刻的教育，使人民懂得：和帝国主义的走狗蒋介石国民党及其帮凶们决无妥协的余地，或者是推翻这些敌人，或者被这些敌人所屠杀和压迫，二者必居其一，其他的道路是没有的。中国人民在中国共产党的领导之下，在三年多的时间内，很快地觉悟起来，并且把自己组织起来，形成了全国规模的反对帝国主义、封建主义、官僚资本主义及其集中的代表者国民党反动政府的统一战线，援助人民解放战争，基本上打倒了国民党反动政府，推翻了帝国主义在中国的统治，恢复了政治协商会议。

现在的中国人民政治协商会议是在完全新的基

批：军事上的胜利带来了政治上的胜利。

批：悲壮的解放战争史，一句话就准确、全面地概括尽了，大手笔！

批：大局在控，全国彻底胜利在望。在平实的陈述句中，透出"气吞万里如虎"的气势。

批：此次人民政治协商会议可谓来之不易。

批：点明了三年前"被蒋介石国民党及其帮凶们破坏了"的政治协商会议的实质，对照中就突出了此次政治协商会议的非凡意义。

批：铁的事实、血的教训使人民懂得了这一真理。

批：中国人民在中国共产党的领导下，组成了广泛的人民革命统一战线，推翻了压在中国人民头上的三座大山。"统一战线"是中国共产党在中国革命中战胜敌人的三大法宝之一。政治协商会议就是人民民主统一战线的这样一个组织。

批：明确指出中国人民政治协商会

础上召开的,它具有代表全国人民的性质,它获得全国人民的信任和拥护。因此,中国人民政治协商会议宣布自己执行全国人民代表大会的职权。中国人民政治协商会议在自己的议程中将要制定中国人民政治协商会议的组织法,制定中华人民共和国中央人民政府的组织,制定中国人民政治协商会议的共同纲领,选举中国人民政治协商会议的全国委员会,选举中华人民共和国中央人民政府委员会,制定中华人民共和国的国旗和国徽,决定中华人民共和国国都的所在地以及采取和世界大多数国家一样的年号。

诸位代表先生们,我们有一个共同的感觉,这就是我们的工作将写在人类的历史上,它将表明:占人类总数四分之一的中国人从此站立起来了。中国人从来就是一个伟大的通用性的勤劳的民族,只是在近代落伍了。这种落伍,完全是被外国帝国主义和本国反动政府所压迫和剥削的结果。一百多年以来,我们的先人以不屈不挠的斗争反对内外压迫者,从来没有停止过,其中包括伟大的中国革命先行者孙中山先生所领导的辛亥革命在内。我们的先人指示我们,叫我们完成他们的遗志。我们现在是这样做了。我们团结起来,以人民解放战争和人民大革命打倒了内外压迫者,宣布中华人民共和国成立了。我们的民族将从此列入爱好和平自由的世界各民族的大家庭,以勇敢而勤劳的姿态工作着,创造自己的文明和幸福,同时也促进世界的和平和自由。我们的民族将再也不是一个被人侮辱的民族了,我们已经站起来了。我们的革命已经获得全世界广大人民的同情和欢呼,我们的朋友遍于全世界。

我们的革命工作还没有完结,人民解放战争和人民革命运动还在向前发展,我们还要继续努力。帝国主义者和国内反动派决不甘心于他们的失败,

批:议的性质是代表全国人民的。

批:此次政治协商会议责任重大,意义深远,将在中国革命历史进程中起着至关重要的作用。

批:"中国人从此站立起来了"集中表达了中国各族人民的坚强意志,实现了中国各族人民梦寐以求的愿望,高度概括了政治协商会议召开的伟大的政治意义和深远的历史意义。

批:"不屈不挠",高度概括了一百多年以来中国人民反对内外压迫者所表现出的顽强不屈的斗争精神。

批:慷慨激昂,坚定自信,振聋发聩,宣告中华民族的历史从此掀开了崭新的一页。

批:居安思危,对未来的局势认识十分清醒,必须保持高度的警惕性,才能使人民过上和平安

他们还要作最后的挣扎。在全国平定以后,他们也还会以各种方式从事破坏和捣乱,他们将每日每时企图在中国复辟。这是必然的,毫无疑义的,我们务必不要松懈自己的警惕性。

我们的人民民主专政的国家制度是保障人民革命的胜利成果和反对内外敌人的复辟阴谋的有力的武器,我们必须牢牢地掌握这个武器。在国际上,我们必须和一切爱好和平自由的国家和人民团结在一起,首先是和苏联及各新民主国家团结在一起,使我们的保障人民革命胜利成果和反对内外敌人复辟阴谋的斗争不致处于孤立地位。只要我们坚持人民民主专政和团结国际友人,我们就会是永远胜利的。

人民民主专政和团结国际友人,将使人们的建设工作获得迅速的成功。全国规模的经济建设工作业已摆在我们面前。我们的极好条件是有四万万七千五百万的人口和九百六十万平方公里的国土。我们面前的困难是有的,而且是很多的,但是我们确信:一切困难都将被全国人民的英勇奋斗所战胜。中国人民已经具有战胜困难的极其丰富的经验。如果我们的先人和我们自己能够度过长期的极端艰难的岁月,战胜了强大的内外反动派,为什么不能在胜利以后建设一个繁荣昌盛的国家呢? 只要我们仍然保持艰苦奋斗的作风,只要我们团结一致,只要我们坚持人民民主专政和团结国际友人,我们就能在经济战线上迅速地获得胜利。

随着经济建设的高潮的到来,不可避免地将要出现一个文化建设的高潮。中国人被人认为不文明的时代已经过去了,我们将以一个具有高度文化的民族出现于世界。

我们的国防将获得巩固,不允许任何帝国主义者再来侵略我们的国土。在英勇的经过了考验的人民解放军的基础上,我们的人民武装力量必须保存

批:人民民主专政,正如毛泽东同志所说,"对人民内部的民主方面和对反动派的专政方面,互相结合起来,就是人民民主专政"。

批:"新民主国家",是与英美为代表的"老民主国家"划清界限的,那些国家是"资产阶级专政",而新中国则是"人民当家做主"。

批:经济建设既有有利条件,也有困难,但中国人民终将战胜一切困难,乐观而坚定!

批:表达了建设好伟大新中国的坚定信心。这里先使用一个反问句,接着用了由三个"只要"做句首的排比句,对此做了坚定的回答。一问一答,其气势坚定、刚劲有力。

批:经济建设和文化建设,是巩固人民民主专政的基本任务。这不仅能改变贫困落后的现状,也将开启一个新的文明时代。

批:建立强大的海陆空军,才能巩固国防,才能保卫国土不受侵犯。

宁的生活。鼓励全国人民不屈不挠地夺取并保卫建设新中国的新胜利。

和发展起来。我们将不但有一个强大的陆军，而且有一个强大的空军和一个强大的海军。

让那些内外的反动派在我们面前发抖罢，让他们去说我们这也不行那也不行罢，中国人民的不屈不挠的努力必将稳步地达到自己的目的。

批：坚毅地表达了中国人民必胜的坚强信念。

在人民解放战争和人民革命中牺牲的人民英雄们永垂不朽！

批：缅怀人民英雄，才会倍加珍惜革命胜利果实。

庆贺人民解放战争和人民革命的胜利！
庆贺中华人民共和国的成立！
庆贺中国人民政治协商会议的成功！

批：讲话最后落在此次会议上，既对会议表达庆贺之意，又对会议寄予希望。

写在人类历史上的新篇章

毛泽东(1893年12月26日~1976年9月9日)，字润之，伟大的马克思列宁主义者，中国的无产阶级革命家、政治家、理论家、军事家，中国共产党、中国人民解放军和中华人民共和国的主要缔造者和领袖，毛泽东思想的主要创立者，诗人。

《中国人民站起来了》是毛泽东同志在中国人民政治协商会议第一次全体会议上所作的开幕词，是一个非同寻常的历史性文献。这次政治协商会议，为新中国的成立作了组织上和法律上的准备。正是在这次会议的开幕词中，毛泽东向全国、全世界庄严宣布："中国人民站起来了！"

历经艰难困苦的中华民族终于获得了新生。这篇开幕词，先是历史回顾，道出了召开人民政治协商会议的历史必然性，阐述了人民政治协商会议的性质与职能。然后，向全世界庄严宣布："占人类总数四分之一的中国人从此站立起来了。"这是历史的伟大转折，缅怀先烈，既深感胜利来之不易，又有无比的信心，相信人民能够创造更加辉煌的未来。在对未来的展望中，开幕词又指明了全国人民需要注意的问题和未来努力的方向。无论是回顾历史，还是展望未来，都观点鲜明，态度坚决，充满着无比的自豪、无比的自信，处处洋溢着中国人民胜利的喜悦和豪迈的革命情怀。

全篇由以下三个层次组成：

第一层次，着重分析了政治协商会议这个"全国人民大团结的会议"能够成功召开的原因。在三年多的时间内，中国人民在中国共产党的领导下，人民解放军英勇善战，全国人民团结起来，援助人民解放军，从而战胜了美国帝国主义所援助的国民党反动政府，恢复了政治协商会议。

第二层次，着重论述了政治协商会议召开的伟大历史意义。毛泽东自豪地指出："这就是我们的工作将写在人类的历史上，它将表明：占人类总数四分之一的中国人从此站立起来了。"从近代以来，中国人民外受帝国主义的侵略，内受反动政府的压迫。现在，中国人民团结起来终于打倒了内外压迫者，中国人民已经站起来了，"我们的民族将再也不是一个被人侮辱的民族了"，它将从此自立于世界民族之林，"创造自己的文明和幸福，同时也促进世界的和平和自由"。

　　第三层次，阐述保卫革命胜利成果的方法，展望国家繁荣昌盛的未来。前两个层次可以概括为中国人民是怎样站起来的，这一层次则可以概括为中国人民站起来以后要干什么，即新的任务。毛泽东作为中国革命的导师，在发出中国人民已经站立起来的震世之吼时，更清醒地看到了内外敌人复辟的必然性，深刻地指出"帝国主义者和国内反动派决不甘心于他们的失败，他们还要作最后的挣扎"，因此，他向人民发出号召，"务必不要松懈自己的警惕性"。在胜利的欢呼声中更看到了胜利中潜藏的危机，这突出地表现了伟大领袖清醒的头脑和深刻的忧患意识。为了保卫胜利成果、反对敌人复辟，在国内，必须坚持人民民主专政；在国际上，必须团结国际友人。只要坚持这两条原则，就会永远立于不败之地。最后，毛泽东满怀信心地展开了共和国的美好前景："在经济战线上迅速地获得胜利""将要出现一个文化建设的高潮""我们的国防将获得巩固""中国人民的不屈不挠的努力必将稳步地达到自己的目的"。

　　这篇演讲词观点鲜明，态度坚决，不容置疑。这首先是因为大量判断句的使用。如在第二段里，先就代表的组成成分进行了说明，然后得出结论："这就指明，我们的会议是一个全国人民大团结的会议。"对人民政治协商会议的性质作了判定，给人一种掷地有声、不容置疑的感觉。接下来是"这种全国人民大团结之所以能够成功，是因为我们战胜了美国帝国主义所援助的国民党反动政府"，这句话强调了胜利来之不易。其他还有："那次会议证明，和帝国主义的走狗蒋介石国民党及其帮凶们一道，是不能解决任何有利于人民的任务的""这种落伍，完全是被外国帝国主义和本国反动政府所压迫和剥削的结果""我们的民族将再也不是一个被人侮辱的民族了，我们已经站起来了"。判断句就是得出结论，就是明白无误地给事物直接定性，因此，大量判断句的使用，给人一种斩钉截铁、毫不拖泥带水之感。（子夜霜）

芳草地　　记下这个崇高而庄严的时刻

江泽民主席、李鹏总理、同胞们、朋友们：

　　这是一个崇高而庄严的时刻：1997年7月1日。香港，经历了156年的漫漫长路，终于重新跨进祖国温暖的家门。我们在这里用自己的语言向全世界宣告:香港进入历史的新纪元。

中华民族近代历史的荣辱兴衰,值得我们铭记:一个国家和民族最可贵的是,能够掌握自己的命运。一个半世纪以来,中国有无数的仁人志士,为了国家富强,为了疆土完整,前赴后继,奋发图强。正是由于他们作出了巨大牺牲和努力,国家出现了百年未曾有过的繁荣和良好机遇,国际上确立了我们的尊严,香港得以顺利回归。

今天,我们幸运地站立在先贤梦寐以求的理想高地。身为中华民族一分子,一个生活在香港的中国人,我谨代表所有香港同胞,向所有为此作出贡献的中华儿女,献上深深的敬意和感激。

中国恢复行使香港主权,实行一个国家,两种制度,是超凡政治智慧的创举。香港在世界各国的目光注视下,接受了一项开创历史先河的殊荣。我深信不疑,一定能够克服历史新事业带来的一切挑战,香港的将来会更加美好。我们的信念如此坚定,不仅是因为这个构想出自一位爱国者和政治家的睿智和远见;不仅是因为这是一个伟大国家的庄严承诺;也不仅是由于香港同胞秉承了中华民族的智慧、勤劳和特有的适应能力。最重要的是:"一国两制"的事业,完全掌握在我们中国人自己手里。

国家以严肃的法律形式,授予了香港举世无双的高度自治权。我们非常珍惜这权力,我们会负责任地运用这权力。香港新时代的巨轮,此刻在祖国尊重香港人、相信香港人、爱护香港人的旭日辉映下,满怀信心,升锚起航,向着振兴中华,祖国统一的宏伟目标乘风奋进。

香港人在历史上第一次以明确的身份主宰自己的命运。香港特别行政区政府将竭尽全力,保持香港一贯的生活方式,维持香港的自由经济体系,坚守法治精神,发展民主,建立富于爱心的社会,确保国际大都会的活力。

本人受国家和人民重托,出任中华人民共和国香港特别行政区首任行政长官。在这个历史时刻,我感到无上光荣,更感到责任重大。我亲身体会过创业成功的艰辛和欢愉;我清楚地知道香港人的需要和期望。同时,我更深信同心协力的重要。我将以忠诚的心志,坚决执行法律赋予香港高度自治的神圣责任,带领650万富于创业精神的香港市民,坚定地按照一个国家,两种制度的路向前进。

我坚信,香港回归祖国,实行"一国两制",前途必定更加辉煌。

谢谢各位。

[中国]董建华/文

品 读

董建华(1937年7月7日~　),香港特别行政区第一、二届行政长官(1997年7月1日~2005年3月12日)。

香港(包括香港岛、九龙和新界)自古以来就是中国领土。1840年英国发动鸦片战争,强迫清政府于 1842 年签订《南京条约》,永久割让香港岛。1856 年英法联军发动第二次鸦片战争,1860 年英国迫使清政府缔结《北京条约》,永久割让九龙半岛尖端。1898 年英国又乘列强在中国划分势力范围之机,逼迫清政府签订《展拓香港界址专条》,强行租借九龙半岛大片土地以及附近 200 多个岛屿(后统称"新界"),租期 99 年,1997 年 6 月 30 日期满。中华人民共和国成立后,中国政府的一贯立场是:香港是中国的领土,中国不承认帝国主义强加的三个不平等条约,主张在适当时机通过谈判解决这一问题。

1982 年 9 月,英国首相撒切尔夫人访华,中、英首次揭开了香港前途谈判之幕。双方在经过首次谈判后,发表简短声明,表示将会通过外交途径对香港前途的解决方法进行商谈。1984 年 9 月 26 日,中、英双方在北京草签香港前途的"联合声明"。

1997 年 7 月 1 日,香港回归祖国。这天,董建华作为香港特别行政区第一任行政长官,在香港特区成立暨特区政府宣誓就职仪式上发表了这篇讲话。这篇演讲词融政论性和就职演说于一体。就职演说是人们在谋得某一个职位正式到任时所发表的宣誓性的专题演讲。

《记下这个崇高而庄严的时刻》这篇演讲词不拖泥带水。开篇就说"用自己的语言向全世界宣告:香港进入历史的新纪元。"这个庄严的宣告,一洗百余年的国耻,抒发了港人、国人无比喜悦之情。

在揭示香港顺利回归祖国的内涵时,阐明了一个精辟的见解:"一个国家和民族最可贵的是,能够掌握自己的命运。"在政权交接的关键时刻,理直气壮地阐发这一深刻见解,人们能从中获得巨大的鼓舞,格外扬眉吐气,格外振奋。

作为六百多万港人的优秀代表,董建华高度赞扬了"一国两制"的伟大构想,对"一国两制"、港人治港、高度自治的基本国策必将给香港带来更加繁荣昌盛的这一点充满无比坚定的信念。演讲者通过两个"不仅是因为"和一个"不仅是由于"的阐述,再次着重指出:"最重要的是:'一国两制'的事业,完全掌握在我们中国人自己手里。"从而使演讲的主旨得到了深化,充分表达了港人及世界各地华人的心声,说出了他们想说而未说出的心里话。

演讲的结尾再一次指出:"香港人在历史上第一次以明确的身份主宰自己的命运。"并由此表达信念,展望未来,抒发情怀。

奴隶制就是战争本身

◇[美国]约翰·罗克

读点

幽默、精美的语言彰显坚定、必胜的信念。

睿智、犀利的文笔讽刺伪善、冠冕堂皇的现实。

演讲背景：

约翰·罗克(1801~1869)，美国著名黑人律师、社会活动家和演说家，是反奴隶制协会成员，常常为黑奴的解放奔走呼号。

这篇要求解放黑人奴隶的演讲，是约翰·罗克于1862年1月23日在马萨诸塞州反奴隶制协会年会上发表的。也正是在这一年的9月22日，林肯总统颁布了著名的《解放黑奴宣言》，给黑人奴隶的解放带来了光明的前景。

女士们，先生们——我到这里来，与其说是发表讲话，还不如说是给这一场合增添一点"颜色"。（笑声）

> 批：幽默风趣，引人入胜。"颜色"一语双关，听众是白人，罗克是黑人。

我不知道，是否现在应当讲话，因为据说我们已讲得太多了，不断震动我们耳鼓的呼声是：讲话的时候已经过去了，而行动的时刻已经到来。也许事情正是如此。这可能是人民的理论，但是我们都知道，这种积极的思想并未得到我们重要的将领或联邦政府的任何同情，因为他们一再告诉我们说"忍耐是医治一切疼痛的良药"，说我们必须等待"好时机"。对于我们来说，"好时机"早已来到。（笑声）

> 批：精彩的比喻，表现了政府的推托。第二个"好时机"，语意双关。

我不愿批评政府，现在也不是我批评政府的时候，即使我想这样做……要反对政府，其困难就如坐

> 批：艰难毕现。

在罗马跟教皇作战一样。

……

受教育的和有钱的阶级轻视黑人,因为他们劫掠黑人的艰苦的收入,或者至少以攫取黑人的劳动果实而致富;他们相信,如果黑人获得自由,他们的财源就会枯竭,他们将不得不另寻新的营生之道。他们的"职业将会垮台"——美国的这一罪恶比任何其他东西,更能降低美国人民在文明世界心目中的地位,我对之提出庄严的抗议。同时,我高兴地指出,有许多人从未参与这种罪恶,还有许多人由于愚蠢的"反奴隶制宣传"而转向了真理……

现在我觉得,就是一个瞎子也看得出,当前的战争,是想把奴隶制在这个国家中予以民族化,并把它延续和扩张的一种努力。总之,奴隶制是战争的原因,我可以说,奴隶制就是战争本身。假如没有奴隶制,我们就根本不会有战争!奴隶制通过240年无法描述的痛苦,从黑人的血液、骨头和肌肉中榨取了数亿美元,使这个国家大大发财致富;同时,它发展成一座火山。这座火山已经爆发,并在不到240天里就耗尽了这些财富,使政府陷于破产!然而,奇怪的是,你们还坚持这种可怕的罪恶,尽管它正在使国家日益沉沦!

政府希望恢复国家过去的状态,这是可能的。但是,这样能得到什么呢?要是我们竟愚蠢到在能够平安地切除那侵蚀我们生命的毒瘤时还要保留它,那么,假如我们在无法医治时才看到我们的错误,有谁会可怜我们呢!废奴主义者早就谈到这一灾难和恐怖统治的日子,并向你们提出了警告。但是你们不愿意听!你们现在竟说:那是他们的煽动,由之带来了这场可怕的内战!那就是说,当你们的朋友看到你们家中火药桶附近有一根徐徐燃烧的火柴,他认为危险不可避免,及时向你们提出了警告!

批:"劫掠"和"攫取",揭露了受教育的和有钱的阶级对黑人的"强盗"般的剥削。一针见血,既控诉奴隶制的罪恶,又揭露统治者的拙劣用心。

批:社会已有所进步,故而高兴。

批:一针见血,指出战争的根源。

批:血泪控诉,触目惊心。对比鲜明。

批:与前面形成对比。

批:愚昧的坚持!可怕的结果!

批:比喻,揭露统治者的愚蠢与错误。

批:无情嘲笑支持奴隶制者的荒谬、天真,揭露"你们"的掩盖、推卸;这里转用第二人称,有如当面质问,语势强烈。

你们不听他的警告,但在爆炸之后说,如果他没有告诉你这件事,爆炸就不会发生!(热烈的掌声)

现在有些赞同总统的政策的领导人,假装宽宏大量。他们争辩说:虽然他们乐于承认奴隶对其自由有可怀疑的权利,但主人对其财产也有同等的权利;解放奴隶就会损害主人。如今对国家来说,忠诚的主人保留他的财产比给奴隶以自由更为有利——我并不做这样的理解。奴隶制是对上帝、对人类、对国家的背叛。主人无权成为动摇政府根本基础的阴谋的同伙人。在公开叛乱的时候,为奴隶制辩护也是帮助和煽动叛乱。主人对于人体财产的权利,不能与奴隶对于自由的权利相提并论。

今天,当解放黑人奴隶是一种军事需要时,当国家的安全依赖于此时,我们的慈悲的政治哲学家们开始怀疑:如果奴隶得到解放,奴隶的前途将会如何? 这样的思想似乎占了上风:如果夺去了他们现在享有的光荣的特权,这些可怜虫将会受苦!

如果他们不遭受鞭挞,不忍饥挨饿,不用劳动去维持那些永不放弃任何机会来虐待和损害他们的人的安逸和奢侈,他们就会憔悴而死! 你们想象过黑人能在奴隶制之外生活吗? 当然! 现在,他们能照顾他们自己和他们的主人,但是,如果你们给他们以自由,他们能消受得了吗?(笑声和掌声)你们永远不能看透这一切吗? 你们还没有看到,这种同情心是在蓄奴主和那些分享奴隶劳动利润的人的口袋中吗? 当然! 你们已看到了,那些靠不义之财而生活的人是可怜的。你们知道,如果没有一些人为他们做工,他们就必须离开他们的金碧辉煌的沙龙,脱去外衣,卷起袖子,在世间撞运气了。你们知道这点,但那些可敬的先生们却不知道。因为他们已长期习惯于依靠掠夺和欺骗黑人而生活,以致他们发誓,只要他们能够依靠掠夺为生,就决不工作。(掌声)

批:"假装"一词,暴露其嘴脸。

批:借用某些领导人的观点,是为后面否定这一观点作铺垫。

批:深刻指出奴隶制的严重错误。

批:揭示问题实质入木三分。

批:"慈悲"一词褒词贬用,讽刺嘲笑。

批:反问和假设中蕴含尖锐的讽刺。

批:语言生动诙谐,耐人寻味。

批:运用第二人称"你们"和第三人称"他们"揭露了二者利益的共同,一针见血。

……

许多赞成作为一种军事需要而解放黑人奴隶的人似乎不知道，如果奴隶自由了，应该怎样对待他才最好。许多见闻广博的人所爱好的说法是，向非洲、海地、佛罗里达和南美洲进行殖民。这实在有意思！无怪欧洲不同情你们。你们自称文明，却是唯一剥夺与你们肤色不同者权利的民族。如果你们认为，你们不能掠夺黑人的劳动和他们本身，你们就要驱逐他们！好一个崇高的思想！你们的确是一个伟大的民族！你们有什么可以辩解的呢？为什么蓄奴主不允许我们作为自由人与他们生活在一起?! 为什么北部地区的空气不适于我们？我的朋友们，请让我告诉你们，我们并不怕蓄奴主！（众感：听啊，听啊）他们并不愿把我们迁走，北方赞成奴隶制的人所加于自由黑人的损害，十倍于南方蓄奴主。（众感：听啊，听啊）在南方，那只是一个金钱问题。蓄奴主对你们并不比对我们更关心。他们奴役和出卖他们自己的小孩。并且很快就会像奴役黑人一样地奴役白人。蓄奴主留恋奴隶制的秘密，就在于金钱，在于他们决意不通过劳动而获取金钱……

橘子挤干了，我们就扔掉它。（笑声）当黑人是奴隶并无偿劳动时，他是一个好人，但是，一旦他要求自己的血肉和骨头时，他就成了最可憎的东西，驱逐他的主张就提出来了！……一旦给予这同一奴隶以使用他自己的腿、手、身体和头脑的权利时，这个快乐的、称心如意的东西就立刻变成一个凄惨的、讨厌的可怜虫，只适于移植到月球上的山旁，或永远逐出文明人类的世界了。你们绝不能无视这样的事实：人们提议迁走的，是解放的奴隶和自由的有色人，而不是奴隶；这个国家及其水土完全适合于黑人奴隶，这里的空气却不适合于自由的黑人！这是什么思想！一个国家竟适合奴隶制，而不适合自

批：揭露奴隶主虚伪的"文明"。

批：不能掠夺就驱逐，一针见血。

批：一连串的问句，意在揭示奴隶主驱逐已对他们"无用"的奴隶的暴虐行为。

批：揭露蓄奴主不肯放弃奴隶制的根本原因。

批：运用比喻、对比，写出了蓄奴主的自私自利和冷酷无情。

批：奴隶一旦获得了自由，不能再受蓄奴主剥削，他们在蓄奴主眼里便从过去所称赞的"好人"变成了"讨厌的可怜虫"。

批：反唇相讥。打比方，形象地揭示了现实的政治空气不适合于自由的黑人，因为蓄奴主主要

由……

……

　　我不把这一考验的时刻看成是黑暗。二百多年来向我们发动的这场战争，已经使我们睁开了眼睛，使我们结成了同盟。因为我们现在要放弃守势，准备进攻敌人。这只是一种战术上的变化。

　　这一叛乱对于奴隶制是有意义的！解放必定由此产生。我不同意那些把战争看得毫无希望的人，战争只能带来希望。（掌声）我们的事业在前进，正如太阳一样，它常常会被乌云挡住，但我们发现最终乌云是要被驱散的。（掌声）诚然，在反对奴隶制方面，政府现在的表现，比战争一开始时并未前进很多，但是，在为它本身生存的斗争中，它已经不得不扼住奴隶制的咽喉，并早晚必定要将它卡死。（热烈的掌声）

（佚名/译）

驱逐这些获得自由的奴隶。

批：对未来充满希望。

批：一个比喻，坚信胜利必然到来。

批：斩钉截铁的语气、热情的语调表达了自己的信念，表现出彻底而顽强的斗争精神。

无可辩驳的事实揭露奴隶制的罪恶

　　演讲者以无可辩驳的事实揭露了奴隶制的罪恶，既讽刺了蓄奴主们对黑人的所谓同情，又戳穿了他们借黑人不能照顾他们自己的谎言竭力维护奴隶制的卑劣面目。同时，这篇演讲从现实的分析中，明确地告诉听众，"奴隶制是战争的原因"，以便使那些憎恨战争的民众明确了战争的性质，从而不得不去思考废除奴隶制这一现实问题。演讲中还揭露了蓄奴主留恋奴隶制"就在于金钱，在于他们决意不通过劳动而获取金钱"的秘密，以赢得广大白人的同情和支持。

　　《奴隶制就是战争本身》这篇演讲词有三个鲜明的特点：

　　一是将斗争的锋芒尖锐而犀利地刺向奴隶主。这是约翰·罗克演讲的主要目的。他指出奴隶制是战争的最终根源，奴隶主留恋奴隶制的秘密就在于攫取金钱。在奴隶主眼中，黑人奴隶身体健壮并且受其奴役时，就是个"好人"；一旦他们要求解放或身残体弱时，就变成了一个"讨厌的可怜虫"。对此，约翰·罗克反唇相讥："这个国家及其水土完全适合于黑人奴隶，这里的空气却不适合于自由的黑人！"从而揭露了蓄奴主们维护奴隶制的卑劣用心。

　　二是含蓄而有分寸地批评了政府。直到 1862 年，联邦政府中的一些主要将领对于打击南方奴隶主的斗争都显得不很主动。事实上也是广大人民推动着联邦政府将这场战争进行到底的。这里，约翰·罗克采取幽默而含蓄的方式指出了在是否应当"行动"的问题上，政府和人民各自所持的基本态度。一方面，政府应当顺从民意，积极地行动起来；另一方面，在为各自生存的斗争中，政府和奴隶制已经到了水火不相容的地步。因此，政府"已经不得不扼住奴隶制的咽喉，并早晚必定要将它卡死"，这就表现出了约翰·罗克的宽大胸怀和远见卓识。

三是用铁的事实拨开白人民众心中的迷雾。当时的思想状况是，白人民众既感到奴隶制的不合理，要求解放黑奴，但又对解放后的黑奴能否安排好自己今后的生活表示忧虑。加上一些别有用心的人散布谎言，"黑人不能照顾自己"已经成为美国民众普遍关心的社会问题。约翰·罗克没有立即加以回答，而是通过事实表明自己的态度。约翰·罗克以北方黑人与白人中的贫民比例，波士顿大街上的白人乞丐，费城的黑人在纳税扶助黑人贫民之后尚有较多结余扶助贫困的白人等事实，有力说明黑人完全能照顾自己。（子夜霜、吕李永）

芳草地　　　　　　**流尽最后一滴血**

埃及为了保卫它的自由和独立，将对英国、法国和以色列三国联盟进行总体战。

埃及已经宣布它将永远为了保卫它的主权和自由而战。我们将同想要侵犯我们的自由的压迫者部队作战。

我们正在维护埃及的荣誉、埃及的自由和埃及的尊严。我们将进行一次重大的战争——这次战争将由埃及人民和埃及部队并肩进行。

当人民觉悟了，并且愿意牺牲自己生命的时候，他们总会胜利的，即使是向他们进攻的敌人在数量上超过了他们。人民的力量始终是不可战胜的。

曾经有过只有有限资源的小国同大国作战的先例。南斯拉夫以小型武器胜利地同德国的装甲部队作战，而德国结果垮台了。希腊进行了战斗获得了胜利。现在你们有阿尔及利亚兄弟为了他们自由的缘故在同50万法国军队作战。在塞浦路斯，当地人民正在为了他们的自由同英国军队和法国军队作战。

我们正在写下埃及历史中的新的一页。我们现在需要获得胜利的耐心和信心。我向你们保证，我将为了你们的自由同你们一起战斗到流尽我的最后一滴血。

英国、法国和以色列串通起来对付埃及，埃及无端遭到攻击。阴谋现在是很清楚了：英、法、以三国联盟想毁灭我们的空军,使我们在西奈的部队陷于孤立地位。英、法和以色列三国无视联合国组织的原则,践踏联合国宪章。他们的空军在空袭开罗和运河区,企图引起埃及人民的惊慌失措。但是他们错了,他们对于热情捍卫自己的独立的我国人民的爱国行动估计不足。

在这种决定性的关头,我们选择了立足于荣誉和尊严的决定。选择那种意味着屈辱的决定,这是不可想象的。殖民主义者决不会考虑到你们的幸福。现在,他们正在侵犯我们,企图阻挠我们为埃及人民的幸福,为他们的解放而实现我们的复兴和发展经济的计划。

他们的侵略是毫无道理的。他们唆使以色列发动进攻,并且使它处于进退维谷的境地,对于这件事,他们事后会沉痛地后悔的。我们相信,只要你们有耐心和信心,你们就能经得住一切考验。

你们每一个人,我的同胞,都是民族解放军的战士。我们已经下令发给武器,我们的武器很多。我们将打一场激烈的战争。我们将从一个村打到另一个村,从一地打到另一地,因为你们中的每一个人都是参加武装部队,维护我们的荣誉、维护我们的尊严、维护我们的自由的战士。

我们要战斗,我们决不放下武器!

[埃及]加麦尔·阿卜杜勒·纳赛尔/文,佚名/译

品读

加麦尔·阿卜杜勒·纳赛尔(1918 年 1 月 15 日~1970 年 9 月 28 日),曾任埃及总统,阿拉伯民族主义政治家、不结盟运动创始人之一。曾领导埃及人民反对英、法和以色列的武装入侵,为阿拉伯民族解放运动和亚非人民团结反帝事业作出过重要贡献。

1956 年 7 月,纳赛尔宣布将英、法控制的苏伊士运河收回主权。10 月底英、法和以色列对埃及发动武装侵略,苏伊士战争爆发。纳赛尔于 11 月 1 日在首都向全国人民发表了这篇广播演说,号召埃及人民为了保卫国家主权和自由而战,对组织、鼓励人民参加反侵略斗争起了很大的作用。

把话说到对方的心里、拉近心与心的距离是听众赞同与响应的关键。这篇演讲词最大的特点是具有感情的亲近性,容易唤起人们的情感共鸣;其次是以令人信服的事实唤醒人们的精神,坚定人们的信念,增强人们的信心;再次是语言气势宏大,富于感染力。

希 望

◇ [法国]弗朗索瓦·密特朗

读点

真挚细腻的情感,巧妙恰当的表现手法。
避开党派间的攻讦,彰显法国的"公正与团结"。
委婉表明新政府的立场。

演讲背景:

　　弗朗索瓦·密特朗(François Mitterrand,1916 年 10 月 26 日~1996 年 1 月 8 日),法国社会党前第一书记,法国前总统(1981 年 5 月 21 日~1995 年 5 月 17 日)。1965 年,密特朗代表"社会民主左翼联盟"参加总统竞选,1974 年他再次参加竞选,以 1.3% 的选票之差输给德斯坦。

　　1974 年,德斯坦出任法国总统,公开打出"改革"旗号,主张以自由主义精神不冒险地进行改革。随着德斯坦的上台,戴高乐派的失利,二者间的争斗升级,德斯坦便把一位不属于任何党派的经济专家巴尔推上前台。巴尔出任总理后,面对严峻经济形势,开始推行紧缩性质的巴尔计划,但是收效甚微。

　　1981 年,密特朗第三次参加竞选,当选法国第 21 任总统。为了赢得胜利,密特朗拟定了详细的竞选计划。他的竞选对手,在任总统德斯坦把"安定、团结、未来"作为竞选口号,密特朗则提出了"就业、和平与自由"的竞选纲领,这一纲领的实质就是要给法国带来革新的希望。在德斯坦总统威信下降、法国人民心存抱怨的大背景下,"希望"便是密特朗的竞选主题,也是他 1981 年 5 月21 日入住爱丽舍宫在总统就职典礼上发表演讲的主题。

　　在我就任我国最高职务的今天,我想到了作为我国人民精英的千千万万法国男女。他们在漫长的两个世纪中,在和平和战争的环境中,用劳动和鲜血创造了法国的历史,他们只是在我们社会出现短暂而光辉的突变时才偶然登上历史舞台。

批:不谈激动心情,而从人民精英谈起,拉近与民众的距离。

批:肯定精英的功绩,开篇引起共鸣。

忠于饶勒斯[注:饶勒斯(1859年9月3日~1914年7月31日),法国社会主义领导者,是最早提倡社会民主主义的人物之一]的教导,我现在首先以这些千千万万法国男女的名义讲话。继人民阵线和解放战争之后,现在开始了漫长历程的第三阶段,通过民主方式表明的法国人中的政治上的多数派刚刚与社会上的多数派成为同一体。一个伟大民族当然应该有宏伟计划。对于我国来说,还有什么比建立社会主义和自由的新联盟更崇高的要求呢? 还有什么比把这一新联盟贡献给未来的世界更宏大的抱负呢? 总之,这正是我的主张和决心,它使我确信,在不公正和不宽容现象占统治地位的地方,是不可能有秩序和安全的。我要以理服人,而不是以力服人。

1981年5月10日的胜利者只有一个,那就是希望。但愿这种希望能成为每个法国人的希望。为此,我将不懈地沿着多元化的道路前进,尊重别人,让不同意见互相争论。作为全体法国人的总统,我要使举国上下团结起来去从事我们面临的伟大事业,无论如何,我要为建立一个名副其实的民族大家庭创造条件。

我再次向瓦莱利·吉斯卡尔·德斯坦先生表示我个人的祝愿。然而,这不仅仅是一个人向另一个人移交权力,而是全体人民将要行使实际上是属于他们自己的权力。

此外,如果我们放眼国际局势,怎么能不考虑各种利害冲突的影响以及层出不穷的对抗对和平造成的威胁呢? 法国要强有力地指出,只要世界上三分之二的人继续付出人力和财力,而换来的仅是饥饿和蔑视,那就不可能建立真正的国际大家庭。

公正而团结的法国希望同所有人和平相处,能够照亮人类前进的道路。为此,法国首先应当自力更生。

批:"我"代表的是法国人民,不是自己,也不是某一个政党,很有政治智慧。

批:连续两个反问句,铿锵有力地表明自己的政治主张。

批:"以理服人",这是政治宣誓。

批:希望是选民的期待。围绕"希望",巧妙展开演说。

批:针对德斯坦政府大权独揽专断,密特朗强调政治的民主化和多元化。

批:再次表明自己的希望,建立民族大家庭。

批:还政于民,给了法国人民以希望。

批:法国在国际上将致力于消除对抗,建立国际大家庭,这种政治理念的实现,也必将给予爱好和平的世界人民以"希望"。

批:"自力更生",这是清醒的认识。

在此,我要向所有决心为国家服务的人发出呼吁。我期待着他们的智慧、经验和忠诚的帮助。

我要向在这个大厅和这座大厦外面的所有法国男女说:要充满信心,相信未来。

共和国万岁! 法国万岁!

(佚名/译)

批:关键时刻民众起决定性的作用,所以,演讲者珍惜民众的拥戴。

批:点明希望的主题,表明决心。

批:呼告结尾,铿锵有力,这是每个法兰西人民的希望。

希望,为法兰西带来了光明

本篇演讲稿无论从内容上还是结构上都围绕"希望"展开。

从结构上看,密特朗开篇先简单扼要地回顾法国两个世纪以来的历史,赞颂法国人民的精英,接下来避实就虚,不就具体的政策纲领作发言,而只是虚晃一枪,就社会党的胜利表示出"希望",引出演讲的主题,祝愿这种希望能成为每个法国人的希望。最后,对国际局势纵眼望去,认为世界和平应基于所有人和平相处。为此,法国首先要自力更生,呼吁全国人民为此目标而倾力奋斗,并以坚定有力的号召作结。

从主题上看,密特朗的就职演讲,反映了他充满信心、相信未来的信念。他把自己的当选看作是全体法国人民的希望,"全体人民将要行使实际上是属于他们自己的权力"。他的主张和决心是"建立社会主义和自由的新联盟"。他提出的目标是建设一个"公正而团结的法国"。他主张法国在国际上"同所有人和平相处",同样给予爱好和平的世界人民以"希望"。密特朗珍惜民众的拥戴,"期待着他们的智慧、经验和忠诚的帮助"。

显然,密特朗非常擅长抓住听众的心以控制演讲的场面和气氛。作为一个演讲者,他善于把自己的热情与听众的感情交融在一起;作为一个总统,他又善于把自己的理念与人民的希望融会于一处,他让人感受到他的执政是为法兰西拧开了一盏灯,必将把法兰西人民引上光明之路。(万爱萍、子夜霜)

芳草地　我们所肩负的责任

同胞们:

世界上没有哪一个民族比我们更有理由感到欣慰了,这样说是谦恭的,绝无夸耀力量之意,而是怀着对赐福于我们,使我们能够有条件获得如此巨大的幸福康乐的上帝的感激之情。作为一个民族，我们获得上帝的许可，在新大陆上奠定国民生活的基础。我们是时代的继承者，然而我们无须像在古老的国家那样，承受以往文明的遗留影响所强加的惩罚。我们不必为了自己的生存而去同任何异族抗衡，然而，我们的生活要求活力和勤奋，没有这些，雄健刚毅的美德就会消失殆尽。在这种条件下，倘若我们失败了，那便是我们自己的过错。我们在过去获得的成功，和我们深信未来将带给我们的成功，不应使我们目空一切，而是要深刻地长久地认识到生活为我们提供的一切，充分认识我们肩负的责任，并使我们矢志表明：在自由政府的领导下，一个强大的民族能够繁荣昌盛，物质生活如此，精神生活必也如此。

我们被赋予的很多，因此期望于我们的自然也很多。我们对他人负有义务，对自己也负有义务，两者都不能逃避。我们已成为一个伟大的国家，这一事实迫使我们在同世界上其他国家交往时，我们的行为举止必须与负有这种责任的民族相称。对于其他一切国家，无论大国还是小国，我们的态度都必须热诚真挚友好。我们必须不仅用语言，而且以行动表明：我们公正、宽宏地承认他们的一切权利，用这种精神对待他们，我们热切希望能获得他们的善意。但是，一个国家的公正与宽宏，如同一个人的公正与宽宏一样，不是由弱者而是由强者表现出来时，才为人推崇。在我们极审慎地避免损害别人时，我们同样地坚持自己不受伤害。我们希望和平，但是我们希望的是公正的和平、正义的和平。我们这样希望是因为我们认为这是正确的，而不是因为我们怯懦胆小。行事果敢正义的弱国绝无理由畏惧我们，强国则永远不能挑选我们作为蛮横入侵的对象。

我们同世界上其他强国的关系是重要的，但更为重要的是我们内部之间的关系。随着国家在过去125年中所经历的财富、人口和力量的增长，就像每一个逐步壮大起来的国家所遇到的情况一样，各种问题也都不可避免地相应增长了。力量永远意味着责任和危险。先辈们曾面临某些我们这个时代不复存在的危险。我们现在面临的则是其他危险，这些危险的出现是先人所无法预见的。现代生活既复杂又紧张，我们的社会和政治肌体的每一根纤维，都能感觉到过去半个世纪里，工业的异常发展所引起的巨大变化。人们以前从来没有尝试过诸如在民主共和国的形式下，管理一个大陆的事务这般庞大而艰巨的实验。创造了奇迹般的物质幸福，并将我们的活力、自立能力和个人能动性发展到很高程度的那些条件，也带来了与工业中心巨大的财富积累不可分开的烦恼与焦虑。许多事情取决于我们的实验成功与否，这不仅关系到我们自己的幸福，而且关系到人类的幸福。倘若我们失败了，就会动摇全世界自由的自治政府的基础，因此，对于我们自己，对于当今世界，对于尚未出生的后代，我们负有重大责任。我们没有什么理由畏惧未来，但是有充分理由认真地面对未来，既不对自己隐瞒摆在面前的问题的严重性，也不怕以百折不挠的意志处理这些问题，正确予以解决。

然而，要知道，虽然这些是新问题，虽然摆在我们面前的任务不同于摆在创建并维护这个共和国的先辈面前的任务，但是，如果要很好地履行我们的责任，那么，承担这些任务和正视这些问题所必须发扬的精神依然根本没有改变。我们知道，自治是困难的。我们知道我们力求以组成本民族的自由人所自由表达的意愿来正确地管理自己的事务，没有哪一个民族需要如此高尚的特性。但我们坚信,我们不会背离先人们在辉煌的过去所创立的事业。他们干了他们的工作,他们为我们留下了我们如今所享受的辉煌的遗产,现在轮到我们,我们也坚信,我们一定不会浪费这份遗产,而且要进一步充实增加,留给我们的孩子,留给孩子们的后代。为此,我们不仅必须在重大危机中,而且要在日常事务中,都表现出注重实际的智慧、勇敢、刚毅和忍耐,尤其是献身于崇高理想的力量等优秀品质,而这些品质曾使华盛顿时代创建这个共和国的人们名垂青史,也曾使亚伯拉罕·林肯时代维护这个共和国的人们名垂青史。

[美国]西奥多·罗斯福/文,佚名/译

品读

西奥多·罗斯福(Theodore Roosevelt,1858 年 10 月 27 日~1919 年 1 月 6 日),美国军事家、政治家、第 26 任总统(1901 年 9 月 14 日~1909 年 3 月 4 日)。

本文是 1905 年 3 月 4 日罗斯福连任总统时发表的就职演讲。当时,美利坚合众国是一个只有百年历史的新生国家,西欧移民所带来的文明之种在这块没有如古老国家那样有陈规陋俗的年轻土地上生根发芽,并且茁壮成长为开拓进取、富有个性色彩的美国精神。但繁荣的表象下也潜伏着衰退的潜流。正是在这样的情势下,罗斯福演讲中围绕着肩负的两个责任——即国家交往与内部问题展开了论述。

这篇就职演说充满一种民族自豪感和民族责任感,以完成其国内、国际面临的任务。

演说以高扬一种民族自豪感开始,"同胞们:世界上没有哪一个民族比我们更有理由感到欣慰了",从感情上,一下子让所有听众和演讲者接近融合,再通过渲染美国得天独厚的条件,更将民族自豪感推向极致。进而提出使强大的民族更加繁荣昌盛的责任,"我们被赋予的很多,因此期望于我们的自然也很多",由自豪到责任,由感性到理性,引导听众面对国家的实际问题。这样组织材料,可谓循循善诱,使听众的思想感情不能不随着演讲者走去。

比附先辈,弘扬精神,给事业涂上神圣崇高的色彩。面前的任务尽管不同于先辈的任务,然而"必须发扬的精神依然根本没有改变"。这就是"献身于崇高理想的力量",正是这种精神成就了华盛顿、林肯的事业,意在说明现在的事业同样是名垂青史、彪炳千秋的事业。作者激昂的情绪感染鼓舞听众,使他们满怀民族自豪感和责任感参与到这个伟大的事业中来。

共同建设一个新南非

◇[南非]纳尔逊·曼德拉

读点

声讨种族歧视的战斗檄文,表明了与倒行逆施血战到底的坚定决心。

演讲背景:

纳尔逊·罗利赫拉赫拉·曼德拉(Nelson Rolihlahla Mandela,1918 年 7 月 18 日~),南非反种族隔离的革命家和政治家,南非著名黑人领袖,曾任南非总统(1994 年 4 月 27 日~1999 年 6 月 14 日)。1993 年获诺贝尔和平奖。生于部落酋长家庭。1944 年参加非国大。1948 年当选为该党"青年联盟"全国书记。1961 年领导罢工运动和为抵制白人种族主义者成立的"南非共和国"。1961 年 6 月任军事组织"民族之矛"司令员,领导地下武装斗争。1962 年 8 月被南非当局逮捕,判终身监禁。由于南非人民的斗争和世界人民的声援,在狱中度过 27 年之后,于 1990 年 2 月获释。不久被任命为非国大副主席。

本篇是他于 1990 年 2 月 11 日即出狱当日发表的首次演讲。他全面阐述了非国大的政策,表达了与南非当局种族隔离政策斗争到底的决心,呼吁国际社会继续对南非当局实行制裁。

朋友们、同志们、南非同胞们:

我以和平、民主和全人类自由的名义,向你们大家致敬。我不是作为一名预言家,而是作为你们的谦卑的公仆,作为人民的公仆,站在这里和你们面前。

你们经过不懈的奋斗和英勇牺牲,使我有可能在今天站在这里,因此,我要把余生献给你们。

在我获得释放的今天,我要向千百万同胞,向全球各地为我的获释而作出过不懈斗争的同胞,致以

批:让听众强烈感受到演讲者作为一名伟大政治家的崇高人格。

批:反复强调"公仆"身份,表明自己的诚恳态度。

批:表示为南非同胞奉献自己一切的决心。

批:表达真挚的感激之情。

亲切的和最热烈的感谢。

今天，大多数南非人，无论黑人还是白人，都已认识到种族隔离制度绝无前途。为了确保和平与安全，我们必须依靠自己的声势浩大的决定性行动，来结束这种制度。我国各个团体和我国人民的大规模反抗运动和其他行动，终将导致也只能导致民主制度的确立。

种族隔离制度给我们这片大陆造成了难以估量的破坏。成千上万个家庭的生活基础遭到了摧毁。成千上万人流离失所，无法就业。

我们的经济濒临崩溃，我们的人民卷入了政治冲突。我们在1960年采取了武装斗争方式，建立了非洲人国民大会的战斗组织——"民族之矛"，这纯属为反抗种族隔离制度的暴力而采取的自卫行动。

今天，必须进行武装斗争的种种原因依然存在。我们别无选择，只有继续进行武装斗争。我们希望，不久将能创造出一种有利于通过谈判解决问题的气氛，以便不再有必要开展武装斗争。

我是非洲人国民大会的忠诚的遵守纪律的一员。因此，我完全赞同它所提出的目标、战略和策略。

现在需要把我国人民团结起来，这是一项一如既往的重要任务。任何领导人，都无法独自承担起所有这些重任。作为领袖，我们的任务是向我们的组织阐明观点，并允许民主机制来决定前方的道路。

关于实行民主问题，我感到有责任强调一点：运动的领导人要由全国性会议通过民主选举而产生。这是一条必须坚持、毫无例外的原则。

今天，我希望能向大家通报：我同政府进行的一系列会谈，其目的一直是使我国的政治局势正常化。我们还没有开始讨论斗争的基本要求。

我希望强调一下，除了坚持要求在非洲人国民

批：点明演讲的主题：种族隔离制度绝无前途。

批：明确斗争目标，结束种族隔离制度，确立民主制度。

批：概述种族隔离制度的危害。

批：控诉种族隔离制度给经济、政治带来的破坏，民众被迫进行反抗。

批：陈述保留武装斗争方式的必要性，尽管非己所愿，表达通过谈判解决问题的意愿。

批：旗帜鲜明地阐明自己的政治立场。

批：强调民主选举产生运动领导人，这是防止运动对人的腐蚀，充分体现了他的政治眼光。

批：明确表明此次演讲表达的是自

大会和政府之间进行会晤以外，我本人从未就我国的未来问题同政府进行过谈判。

谈判还不能开始——谈判不能凌驾于我国人民之上，不能背着人民进行。我们的信念是，我国的未来只能由一个在不分肤色的基础上通过民主选举而产生的机构来决定。

要谈判消灭种族隔离制度问题，就必须正视我国人民压倒一切的要求，即建立一个民主的、不分肤色的和统一的南非，白人垄断政权的状况必须结束。

还必须从根本上改造我国的政治制度和经济制度，以便使种族隔离制度造成的不平等问题得到解决，并保证我们的社会彻底实现民主化。

我们的斗争已经到了决定性时刻。我们呼吁人民要抓住这个时机，以便使民主进程迅速地、不间断地得到发展。我们等待自由等得太久了。我们不能再等了。现在是在各条战线上加强斗争的时候了。

现在放松努力将铸成大错，我们的子孙后代将不会原谅这个错误。地平线上萌现的自由奇观，应该能激励我们付出加倍的努力。只有通过有纪律的群众运动，胜利才有保障。

我们呼吁白人同胞加入我们的行列，来共同创造一个新南非。自由运动也是你们的政治归宿。我们呼吁国际社会继续采取行动，来孤立这个实行种族隔离制度的政府。

如果在目前取消对这个政府的制裁，彻底消灭种族隔离制度的进程就会有夭折的危险。我们向自由的迈进不可逆转。我们不应让畏惧挡住我们的道路。

由统一的、民主的和不分肤色的南非实行普选，是通向和平与种族和谐的唯一大道。

最后，我想回顾一下我在 1964 年受审时说过的话。这些话在当时和现在都一样千真万确。我说

己的政治观点，从未同政府进行过谈判。

批：对目前的斗争形势有着清醒的认识，毫不妥协。表明建立没有种族隔离的民主制度的国家机构的信念。

批：明确运动的奋斗目标。

批：有针对性地提出消灭种族隔离制度的策略和措施。

批：认识清醒，在此关键的历史时刻，呼吁人们不要松懈斗争意志，要继续奋斗，否则功亏一篑，子孙后代将不会原谅。

批：团结白人同胞一起对抗南非当局，呼吁国际社会的援助，消除种族隔离制度。

批：认识清醒，彻底消灭种族隔离制度，必须无所畏惧。

批：表明自己矢志不移的坚定立场。

不朽宣言　111

过:我为反对白人统治而斗争,也为反对黑人统治而斗争;我珍视民主和自由社会的理想,在这个社会中,人人和睦相处,机会均等。我希望为这个理想而生,并希望实现这个理想。但是如果需要,我也准备为这个理想而死。

批:表达与倒行逆施的种族隔离制度血战到底的决心。

(佚名/译)

伟大的人格,广阔的胸怀

曼德拉的伟大在于他那伟大的人格。

曼德拉出生于南非一个酋长家庭,但他却以一个战士、一个公仆的身份投身于民族解放事业,走上了追求民族解放的道路。正如他在演讲中所说的,"作为你们的谦卑的公仆,作为人民的公仆,站在这里和你们面前"。1994 年 4 月,曼德拉成为南非第一位黑人总统,总统就职仪式开始,曼德拉起身致词欢迎他的来宾,先介绍来自世界各国的政要,然后他说,虽然他深感荣幸能接待这么多尊贵的客人,但他最高兴的是当初他被关在罗本岛监狱时,看守他的三名前狱方人员也能到场,他邀请他们起身,以便能介绍给大家,并向这三个人深深地鞠了一躬。这就是曼德拉,以其人格的魅力令全世界为之震撼和动容。

曼德拉的伟大在于他广阔的胸怀。

曼德拉在狱中长达27个春秋,备受迫害和折磨,但他始终未改变反对种族主义,建立一个平等、自由的新南非的坚强信念。从狱中出来的曼德拉,面临着南非黑人渴望复仇的巨大压力,把"白人赶入大海"成为种族隔离时期饱受压迫和奴役之苦的黑人同胞的一致呼声。而曼德拉没有报复,以其卓越的智慧和意志,以其宽广的胸怀,大声疾呼"白人同胞加入我们的行列",他废除了种族隔离制度,化解了种族报复和仇杀。他以超越种族的观念,促使"白人同胞加入我们的行列,来共同创造一个新南非"。

曼德拉不计前嫌,力排众议,重用了一批白人政权时期的要员,正如他在演讲中提到的:"我为反对白人统治而斗争,也为反对黑人统治而斗争;我珍视民主和自由社会的理想,在这个社会中,人人和睦相处,机会均等。"这宽广的胸怀,来自对这崇高理想的追求。

曼德拉富有传奇色彩的人生经历为世界人民所敬仰,他的伟大人格和广阔胸怀为世界人民所赞叹。(屈平、张金寿、陈学富)

向美国呼吁

　　我以为印度争取自由的斗争，其后果不仅影响印度与英国，而且影响全世界，印度有全人类五分之一的人口，是最古老的文明国家之一。印度有数万年流传下来的传统，其中一部分至今保存完整，使世界诧异。正如其他的文化和传统因年深日久受到损坏一样，印度文明的纯净无疑也因年代久远而受到了侵蚀。

　　印度若要恢复古时的光荣，就只有获得自由以后才可以。就我所知，我们的斗争之所以引起全世界的注意，并不是因为印度正在为自己的解放而战，而是因为我们为争取解放而采取的手段是独一无二的，不曾为历史上我们有过记录的任何民族所采用。

　　我们采用的手段不是暴力，不必流血，也无须采取时下人们所理解的那种外交手段，我们运用的是纯粹的真理和非暴力。我们企图成功地进行不流血革命，无怪乎全世界的注意力都转向我们。迄今为止，所有国家的斗争方式都是野蛮的。他们向自己心目中的敌人报复。

　　查阅各大国的国歌，我们发现歌词中含有对敌人的诅咒。歌词中发誓要毁灭敌人，而且毫不犹豫地引用上帝的名义并祈求神以助毁灭敌人。我们印度人正努力扭转这种进程。我们感到统治野蛮世界的法则不应是指导人类的法则。统治野蛮世界的法则有悖人类尊严。

　　就我个人来说，如果需要的话，我宁愿长时期地等待，也不愿用流血手段使我的国家得到自由。在连续不断地从政近35年之后，我由衷地感到，全世界对于流血已经深恶痛绝。世界正在寻找出路，我敢说，或许印度古国会有幸为这饥渴的世界找到出路。

［印度］莫·卡·甘地/文，佚名/译

品读

　　莫罕达斯·卡拉姆昌德·甘地(1869年10月2日~1948年1月30日)，印度政治家、思想家。为印度的独立进行了毕生的努力，被印度人民尊为"圣雄"，印度民族解放运动的领导人和印度国家大会党领袖。他是现代印度的国父，是印度最伟大的政治领袖，也是现代民族资产阶级政治学说——甘地主义的创始人。

　　甘地年轻时留学英国伦敦。第一次世界大战后返回印度，提倡"不合作运动"(即非暴力不抵抗运动)。1931年，甘地前往英国向美国人民解释自己的"非暴力不合作"和寻求独立的思想。这是他1931年9月在英国BBC广播电台发表的演说。

　　甘地的演讲阐明"非暴力不抵抗和不合作主义"的思想，旨在求得美国人民的理解支持,从而扩大其"非暴力不合作"运动的影响,促进印度独立进程的发展。

　　这篇演讲的内容,一是高度评价印度争取自由斗争的意义与斗争手段的独一无二;二是概括其斗争手段即"非暴力不合作"的含义;三是对野蛮统治表示深恶痛绝,对印度寻求自由之路的成功表示坚定不移。全文仅近六百字,语言明确、简练,概括性很强,在简短的演讲中表达了丰富的内容。另外,运用了对比的方法,如以各大国的国歌歌词含有对敌诅咒报复内容作比,衬托其"非暴力不抵抗"的独一无二,从而给听众以鲜明深刻的印象。

文学魔力

想象的力量

◇ [英国] J·K·罗琳

读点

感同身受的失败历程，正视苦难挫折的态度，执着追逐梦想的勇气，演绎强者的精彩人生。

演讲背景：

乔安妮·凯瑟琳·罗琳（Joanne Kathleen Rowling，1965 年 7 月 31 日~   ），英国儿童文学作家。笔名 J·K·罗琳。代表作有小说《哈利·波特》幻想系列（1997 年 6 月出版《哈利·波特与魔法石》，1998 年 7 月出版《哈利·波特与密室》，1999 年 7 月出版《哈利·波特与阿兹卡班的囚徒》，2000 年 7 月出版《哈利·波特与火焰杯》，2003 年 6 月出版《哈利·波特与凤凰社》，2005 年 7 月出版《哈利·波特与混血王子》，2007 年 7 月出版《哈利·波特与死亡圣器》）。罗琳 1990 年开始构思哈利·波特的故事。现在"哈利·波特"系列丛书已被译成 64 种语言，全球销售超过 3.25 亿册。

2008 年 6 月 7 日，J·K·罗琳获颁哈佛大学荣誉博士学位，下午，她在哈佛大学毕业典礼上发表了这篇演讲。

在这个庆祝你们毕业的欢乐日子里，我想谈谈失败所能带来的益处；同时鉴于你们正站在"真实人生"的入口，我想赞美一下想象力的重要性。

我在前半生一直徘徊在自己的追求和别人对我的期望间，难以平衡。我确信自己唯一想做的事是写小说。但我的父母都来自贫穷的家庭，没有上过大学，他们认为我异常活跃的想象力只是怪癖，不能用来付抵押贷款或是赚取退休金。他们希望我取得专业文凭，我则想研究英国文学。最后达成了一个双方都不甚满意的妥协：我改学现代语言。但父母

批：不说客套话，直奔主题，导入话题，具有警示作用。表达对想象力的看法是演讲的另一重点。

批：追求的并非最真实，别人对自己的期望有时会改变、掩盖自己的真实想法。

批：把丰富的想象视为怪癖，无非认为想象远离现实，看不到其潜在的益处。

批：再次表现自己的有主见和不盲

刚刚走开，我就报名学习古典文学了。

但我并不因此而责备他们。总有一天你不再能抱怨父母让我们走错了方向。当你成为大人，就需要自己作决定，承担责任。我也不能批评父母希望我摆脱贫穷。我赞同贫穷并不是令人自豪的事的观点。贫穷会带来恐惧、压力，有时还有沮丧，这意味着很多的卑微和艰苦。通过自己的努力摆脱贫穷值得自豪，只有傻瓜才将贫穷浪漫化。

为什么我还要说失败的益处呢？因为失败剥离无关紧要的东西。失败后我不再伪装，只做自己，将所有精力都投入到唯一对我重要的工作上。若我在其他事情上成功过，我可能就不会将全部决心投入到我自信会取得成功的领域。我自由了，因为我最恐惧的事情已经发生，而我还活着，还有一个我深爱的女儿，一台陈旧的打字机和大想法。因此，生命中的低谷成为我重铸生活的坚实基础。

你们可能不会经历像我那么大的失败，但永远不失败是不可能。只有遇到逆境，你才会真正了解自己和身边的人。这是用痛苦换来的真正财富，它比任何证书都有用。

如果有时间机器，我会告诉21岁的自己个人幸福不是成就清单。生活复杂而艰辛，任何人都不可能完全控制它，谦逊地认识到这些才能在生命沉浮中幸存下来。

你们也许认为我选择想象力做主题是因为它在重铸我的人生中的作用，但这不是全部原因。虽然我会不遗余力地捍卫床边故事的价值，但我已学会从更广泛的意义来评价想象力的价值。想象力不仅是人类幻想不存在事物的特殊能力，我们也能通过它体会一些并没有亲身经历过的事情。

我最伟大的生活经历之一发生在写《哈利·波特》之前，后来我在书中写的很多东西与此有关。我

批：从，不放弃。

批：人最终还是要学会自己做主的。

批：贫穷本身无罪，是人生的一种历练。但贫穷的现实让人清醒，因为清醒，便有奋斗战胜贫穷的动力和梦想。

批：设问，引人深思。

批：历经失败终不悔，只因为失败虽残忍，但让人摆脱掉许多假象，让自己成熟。

批：自由是因为不再受制于其他的顾忌和物质的引诱。

批：低谷并非无益，它其实是人生超越的转机。

批：人生并非万事如意。

批：逆境可以帮自己辨别真假朋友，事实虽然令人痛苦，但让人清醒。

批："这些"就是人不能完全主宰生活，它是复杂艰辛的。

批："但"字，引发听众对"想象力"作用的思考。

批：想象力可以给人带来奋进的动力，带来人生的希望和转机。

批：将自己的经历与读者十分熟悉的《哈利·波特》系列联系起

最早的工作之一是在国际特赦组织总部的研究部门工作。被援助者的痛苦经历曾让我在无数个深夜清晰地在梦魇中听到撕心裂肺的尖叫，体会被囚禁的绝望。但这段经历也让我体会到人类的善良。<u>我们不曾也不想亲历那些恸哭，但我们可以借用想象力的翅膀来感受他们的生活。</u>人类的同情心能引导集体行动，这种能量足以拯救生命、使囚徒获得自由。<u>我在这个过程中贡献的微薄力量是我生命中最谦卑、最令人振奋的经历之一。</u>

批：想象是建立在生活现实的基础上的。

批：学会同情别人其实就是走向大爱境界的开始。

人类不同于这个星球上的其他生物，我们能在没有亲身经历的情况下了解并理解，设身处地地感受他人的境遇。<u>许多人拒绝运用他们的想象力，宁愿在自己的经验范围内维持舒适的状态，对任何与自身无关的苦难关上思想与心灵的大门。</u>选择不去体会和同情他人的人更可能激活真正的恶魔，虽然没有亲手犯下罪恶，但我们可能以冷漠与邪恶串谋。

批：因为拒绝，所以错失受益于想象力的机遇。

<u>在座的各位有多少人会去感知他人的生活？你们的一切给了你们独特的优势，也给了你们独特的责任。</u>如果你们为被忽略的人们说话、在认同强势群体的同时也认同弱势群体、运用想象力进入条件不如你们的人的生活，那么庆祝你们存在的将不仅是你们的亲人，还有千万因为你们帮助而获得更好生活的人们。<u>不需要魔法来改变世界，我们自身就已拥有所需的能力：想象更好世界的能力。</u>

批：能"感知他人的生活"，靠的是想象。

批：爱人者人皆爱之，爱心引导人走向幸福生活。

批：听众改变世界的能力，那就是想象力。

（佚名/译）

插上想象的翅膀

　　这篇演说，是对想象力的崇高礼赞，也是对人类社会永远需要想象力的发自内心的呼唤。演说一开始，作者就开门见山地告诉人们谈谈失败，更主要的是谈谈想象力的重要性，显得亲切自然，拉近了和听众的距离。接着，在谈论"失败的益处"之后，结合自己因为富有想象力而成功、幸福，比较那些缺乏想象力而平庸冷漠的人，在对比中引导大家要做一个富有想象力的人。最后,从想象力对于自己和他人的重要性角度,再次呼吁人们用想象力来创造美好的世界。

　　作为著名作家,作者结合自身经历,评价想象力在自己人生中的重要意义,并高度概括了想象力在改变他人乃至改造整个社会的巨大贡献。"不需要魔法来改变世界,我们自身就已拥有所需要的能力:想象更好世界的能力。"这句话蕴含着丰富的哲理,富有耐人寻味的含义,引发了思考,在听众心头激起强烈的共鸣。从引入主题到阐明观点,从提及失败的必要性到谈论想象力的重要作用,再到启发人们做一个富有想象力的人,构成了整个演说的脉络层次。演说娓娓而谈,以情动人,精彩语句俯拾皆是,极富鼓动性和感染力。(京涛、贾少阳、贺秀红)

芳草地　　　　想象的借口

　　这天上午,弗兰克老师来到九年级的教室上作文课,发现班里有两名同学无故旷课。没人知道他们的缺课理由,他只好说:"同学们,今天,我想要大家在课堂上完成一篇创意作文。"

　　教室里泛起一片噪音,几乎每个人的脸上都显露出厌烦的神情。下课铃声响了,同学们如释重负地把各自的作文交上来。大部分人的作文都不过二三百字,显然东拼西凑的,不知所云。

　　午饭后,上午缺席的学生内文走进办公室,递上了一张假条:"弗兰克老师您好,我是内文的母亲。很抱歉,他今天上午没能到学校上课。因为我们家昨晚电器短路引发了大火,楼下半个房子都烧着了,赶来救火的消防队员只好把我们拦截在屋外,全家人只好在帐篷里熬了一夜……"

　　就在一瞬间,他突然发现,内文刚交的假条用的纸甚是眼熟。他想起,前天下午,他给九年级上语文课时,内文趴在课桌上头偷偷写着什么,那张纸的一角有被水浸湿的痕迹。而此时,弗兰克手中的假条正是那张被水浸湿过的纸。

　　为了让老师相信,他们漫无边际地发挥着自己的想象力,尽可能把假条的内容写得详实和充分。他们头脑中的千奇百怪的缺课理由,简直令人不容置疑。

　　第二天上午,弗兰克老师把打印好的不同内容的"假条"——分发给同学们。

　　"通过这些假条,我可以看出,你们都有着灵活的思维和颇具感染力的语言,你们手中的假条,完全可以编成一本内容精彩的《借口文集》。"

　　他观察着同学们的表情说:"好吧,今天我再给大家布置一个作文,题目为——《迟到的借口》。"教室里先是爆出一片笑声,随后,同学们伏在课桌上,都开始编造各自的"借口狂想"。

　　下课铃声响了,在弗兰克的再三催促下,同学们才不情愿地交上作文,弗兰克发现,每个人的作文本上都写得密密麻麻。

回到办公室,弗兰克仔细地看着这些五花八门的"创作狂想"。

"下车时,由于人潮拥挤,A的书包被汽车门夹住了。尽管,他不断地向司机呼喊'停车',但很无奈,他还是眼睁睁地看着汽车带着他的书包驶远了……"

"昨晚大雨,B在回家的路上,发现一只浑身湿透的小猫,蜷缩在她家门口的台阶旁瑟瑟发抖,就把可怜的小猫带回了家。但早上,她发现放在书桌上的作业本不见了,结果竟发现,作业本被小猫拖到了地上,并且已经被撕扯得粉碎……"

"昨夜,喝得醉醺醺的司机,驾驶一辆装满货物的大卡车撞进了C的家……"

此时,弗兰克面前的作文,几乎每一篇都是那么充实而生动。

这一学期结束了,在年度工作总结会上,校长走上讲台:"我手里拿的是九年级语文作文的部分考卷。这些学生的作文水平,简直可以和大学生相媲美。"会场一片哗然,校长接着说:"弗兰克老师,请你上台来,我要好好拥抱你。感谢你的充满想象的教学方法,让孩子们写出这样优美感人的文章。"

[美国]尤里斯/文,乔伊/译

品读

弗兰克老师给九年级的学生上作文课,发现班里有两名同学无故旷课,无奈中让学生写一篇创意作文。后来,弗兰克老师发现学生交上来的作文,这些学生的头脑中有"千奇百怪的缺课理由",从中感受到了学生丰富的想象力。于是,弗兰克老师又给学生们布置了《迟到的借口》的作文。学生们可能是不愿意自己的"借口"被老师知道的原因吧,极不情愿交作文,但"在弗兰克的再三催促下",同学们还是交了作文。"借口"可谓五花八门,但我们不得不惊叹这些同学所编造的"借口狂想",极富想象力。这些学生的作文,最后得到了校长在年度工作总结会上的赞美,并且感谢弗兰克老师那"充满想象的教学方法,让孩子们写出这样优美感人的文章"。

教育是一门艺术。弗兰克老师从学生的缺课理由中敏锐地发现了学生那无穷的想象力,又特意布置了《迟到的借口》的作文,让学生的想象力得到了更充分的发挥,写出的作文水平"简直可以和大学生相媲美"。从学生缺课的错误行为中,发现新的教育契机,激发出学生的创造力,这就是教育的艺术。

人类一思索，上帝就发笑

◇[法国]米兰·昆德拉

读点

演讲蕴涵深意，充满激情。
富有讽刺幽默意味，让读者品味无穷。

演讲背景：

米兰·昆德拉（Milan Kundera，1929年4月1日~ ），捷克裔法国作家。曾多次获得国际文学奖，曾六次获得诺贝尔文学奖提名。1968年，苏联入侵捷克后，《玩笑》被列为禁书。昆德拉的文学创作难以进行，他携妻子于1975年离开捷克，来到法国，于1981年加入法国国籍。代表作有小说《玩笑》（1967）、《生活在别处》（1969）、《不能承受的生命之轻》（1984）等，文学评论《小说的艺术》（1986）、《被叛卖的遗嘱》（1992）等，戏剧《雅克和他的主人》（1981）。

耶路撒冷文学奖是以色列最重要的文学奖项。该奖项创办于1963年，此后每两年颁发一次，意在表彰其作品涉及人类自由、人与社会和政治间关系的作家。1963年，罗素获得首届耶路撒冷文学奖。1985年春，米兰·昆德拉以小说《不能承受的生命之轻》而获得此奖。1985年5月，昆德拉接受这项文学大奖时在耶路撒冷发表了这篇演说。

以色列将其最重要的奖项保留给世界文学，绝非偶然，而是传统使然。那些伟大的犹太先人，长期流亡国外，他们所着眼的欧洲也因而是超越国界的。对他们而言，"欧洲"的意义不在于疆域，而在于文化。尽管欧洲的凶蛮暴行曾叫犹太人伤心绝望，但是他们对欧洲文化的信念始终如一。所以我说，以色列这块小小的土地，这个失而复得的家园，才是欧洲真正的心脏。这是个奇异的心脏，长在母体之外。

今天我来领这个以耶路撒冷命名，以伟大的犹

批：阐明耶路撒冷文学奖的世界性，演讲者的人生经历与犹太先人"长期流亡国外"的经历相似，他也从捷克流亡到法国并加入法国国籍。相似经历更易于拉近与以色列听众的关系。

太精神为依归的奖项，心中充满了异样的激动。我是以"小说家"的身份来领奖的，不是"作家"。法国文豪福楼拜曾经说过，小说家的任务就是力求从作品后面消失，他不能当公众人物。然而，在我们这个大众传播极为发达的时代，往往相反，作品消失在小说家的形象背后了。固然，今天无人能够彻底避免曝光，福楼拜的警告仍不啻是适时的警告：如果一个小说家想成为公众人物，受害的终归是他的作品。这些小说，人们充其量只能当是他的行动、宣言、政见的附庸。

小说家不是代言人。严格说来，他甚至不应为自己的信念说话。当托尔斯泰构思《安娜·卡列尼娜》的初稿时，他心目中的安娜是个极不可爱的女人，她的凄惨下场似乎是罪有应得。这当然跟我们看到的定稿大相径庭。这当中并非托氏的道德观念有所改变，而是他听到了道德以外的一种声音。我姑且称之为"小说的智慧"。所有真正的小说家都聆听这超自然的声音。因此，伟大的小说里蕴藏的智慧总比它的创作者多。认为自己比其作品更有洞察力的作家不如索性改行。

可是，这"小说的智慧"究竟从何而来？所谓"小说"又是怎么回事？我很喜欢一句犹太谚语："人类一思索，上帝就发笑。"这句谚语带给我以灵感，我常想象拉伯雷有一天突然听到上帝的笑声，欧洲第一部伟大的小说就呱呱坠地了。小说艺术就是上帝的笑声的回响。

为什么"人类一思索，上帝就发笑"呢？因为人们愈思索，真理离他愈远。人们愈思索，人与人之间的思想距离就愈远。因为人从来就跟他想象中的自己不一样。当人们从中世纪迈入现代社会的门槛，他终于看到自己的真面目：堂吉诃德左思右想，他的仆役桑丘也左思右想。他们不但未曾看透世界，连

批：引述福楼拜的文学观点，实际上也表明了演讲者自己的文学观点。

批：小说家若要成为公众人物，将会使其作品不可避免地带上某种政治色彩，从而削弱了作品的表现力。

批：伟大的小说家不隶属于人类社会任何一个阶层，他是社会发展的见证者。

批："大相径庭"一词揭示了作家因为深入思考而修改文稿所带来的境界变化。

批："一千个读者有一千个哈姆雷特"就是这个道理。

批：由犹太谚语引出结论："小说艺术就是上帝的笑声的回响。"此结论非常形象地点明小说艺术的无穷魅力。

批：点题，引起读者思考。以设问的形式接着展开论述。

自身都无法看清。欧洲最早期的小说家却看到了人类的新处境,从而建立起一种新的艺术,那就是小说艺术。

16 世纪法国修士、医师兼小说家拉伯雷替法语创造了不少新词汇,一直沿用至今。可惜有一字被人们遗忘了。这就是源出希腊文的 Agelaste,意思是不懂得笑、毫无幽默感的人。拉伯雷对这些人既厌恶又惧怕。他们的迫害,几乎使他放弃写作。小说家跟这群不懂得笑的家伙毫无妥协余地。因为他们从未听过上帝的笑声,自认掌握绝对真理,根正苗壮,又认为人人都得"统一思想"。然而,"个人"之所以有别于"人人",正因为他窥破了"绝对真理"和"千人一面"的神话。小说是个人发挥想象的乐园。那里没有人拥有真理,但人人有被了解的权利。在过去四百年间,西欧个性主义的诞生和发展,就是以小说艺术为先导。

巴汝奇是欧洲第一位伟大小说的主人公。他是拉伯雷《巨人传》的主角。在这部小说的第三卷里,巴汝奇最大的困扰是:到底要不要结婚。他四处云游,遍寻良医、预言家、教授、诗人、哲人,这些专家们又引用希波克拉底、亚里士多德、荷马、赫拉克利特和柏拉图的话。可惜尽管皓首穷经,到头来巴汝奇还是决定不了是否结婚。我们这些读者也下不了结论。当然到最后,我们已经从所有不同的角度,衡量过主人公这个既滑稽又严肃的处境了。

拉伯雷这一番旁征博引,与笛卡儿式的论证虽然同样伟大,性质却不尽相同。小说的智慧跟哲学的智慧截然不同。小说的母亲不是穷理尽性,而是幽默。

欧洲历史最大的失败之一就是它对于小说艺术的精神,其所揭示的新知识,及其独立发展的传统,

批:小说艺术其实就是看透世界、看到新环境的艺术。

批:以伟大的小说家拉伯雷的创作为例,说明优秀的小说家不会向"偏见"妥协,从而说明小说是一种个性化艺术。

批:以拉伯雷的小说《巨人传》的主人公巴汝奇为例,形象地说明了小说的艺术魅力。

批:拉伯雷与笛卡儿对比,说明小说与哲学的区别,突出了小说的特点——幽默。

一无所知。小说艺术其实正代表了欧洲的艺术精神。这门受上帝笑声启发而诞生的艺术，并不负有宣传、推理的使命，恰恰相反，它像佩内洛碧那样，每晚都把神学家、哲学家精心编织的花毯拆骨扬线。

　　近年来，指责18世纪已经成为一种时尚。我们常常听到这类老生常谈："俄国极权主义的恶果是西欧种植的，尤其是启蒙运动的无神论理性主义，及理性万能的信念。"我不够资格跟指责伏尔泰的为苏联集中营负责的人争辩，但是我完全有资格说："18世纪不仅仅是属于卢梭、伏尔泰、费尔巴哈的，它也属于甚至可能是全部属于费尔丁、斯特恩、歌德和勒卢的。"

　　18世纪的小说之中，我最喜欢劳伦斯·斯特恩的作品《项迪传》，这是一部奇特的小说。斯特恩在小说的开端，描述主人公开始在母体里骚动那一夜，走笔之际，斯特恩突来灵感，使他联想起另外一个故事。随后上百页篇幅里，小说的主角居然被遗忘了。这种写作技巧看起来好像是在耍花枪。作为一种艺术，技巧绝不仅仅在于耍花枪。无论有意还是无意，每一部小说都要回答这个问题："人的存在究竟是什么？其真意何在？"

　　与斯特恩同时代的费尔丁认为答案在于行动和大结局。斯特恩的小说答案却完全不同：答案不在行动和大结局，而是行动的阻滞中断。

　　因此，也许可以说，小说跟哲学有过间接但重要的对话。18世纪的理性主义不就奠基于莱布尼茨的名言"凡存在皆合理"。

　　当时的科学界基于这样的理念，积极去寻求每样事物存在的理由。他们认为，凡物都可计算和解释。人要生存得有价值，就得弃绝一切没有理性的行为。所有的传记都是这么写的：生活总是充满了起因和后果，成功与失败。人类焦虑地看着这连锁

批：揭示小说艺术的精神，指明它既不是政治宣传，也不是科学推理。

批：借18世纪不同领域的代表人物，说明18世纪既属于思想家、哲学家，也同样属于文学艺术家。

批：以《项迪传》为例来说明小说的艺术技巧。

批：问题既古老又富含深意，不善思者难以解答。

批：伟大的小说家总是以自己作品的独特的表现方式去解说人的存在与真意。

批：生活并不像有些理性主义者认为的那样，是由一系列前因后

反应,急剧地奔向死亡的终点。

果的连锁反应构成的。

斯特恩的小说矫正了这种连锁反应的方程式。他并不从行为因果着眼,而是从行为的终点着手。在因果之间的桥梁断裂时,他优哉游哉地云游寻找。看斯特恩的小说,人的存在及其真意何在要到离题万丈的枝节上去寻找。这些东西都是无法计算的,毫无道理可言。跟莱布尼茨大异其趣。

评价一个时代精神不能光从思想和理论概念着手,必须考虑到那个时代的艺术,特别是小说艺术。19世纪蒸汽机车问世时,黑格尔坚信他已经掌握了世界历史的精神。但是福楼拜却在大谈人类的愚昧。我认为那是19世纪思想界最伟大的创见。

当然,早在福楼拜之前,人们就知道愚昧。但是由于知识贫乏和教育不足,这里是有差别的。在福楼拜的小说里,愚昧是人类与生俱来的。可怜的爱玛,无论是热恋还是死亡,都跟愚昧结了不解之缘。爱玛死后,郝麦跟布尔尼贤的对话真是愚不可及,好像那场丧礼上的演说。最使人惊讶的是福楼拜他自己对愚昧的看法。他认为科技昌明、社会进步并没有消灭愚昧,愚昧反而跟随社会进步一起成长!

福楼拜着意收集一些流行用语,一般人常用来炫耀自己的醒目和跟得上潮流。他把这些流行用语编成一本辞典。我们可以从这本辞典里领悟到:"现代化的愚蠢并不是无知,而是对各种思潮生吞活剥。"福楼拜的独到之见对未来世界的影响,比弗洛伊德的学说还要深远。我们可以想象,这个世界可以没有弗洛伊德的心理分析学说,但是不能没有抗拒各种泛滥思潮的能力。这些洪水般的思潮输入电脑,借助于大众传播媒介,恐怕会凝聚成一股粉碎独立思想和个人创见的势力。这股势力足以窒息欧洲文明。

批:艺术排斥"偏见",但并非不去表现时代。

批:以福楼拜作品所谈的"人类的愚昧"为例,说明文学艺术不仅具有时代精神,而且具有科学所不能达到的力量,独特地表达了"自己对愚昧的看法"。

批:借福楼拜的辞典,充分说明了文学家对未来世界的影响有时要比一些科学学说还要深远。

在福楼拜塑造了包法利夫人 80 年之后，也就是我们这个世纪的 30 年代，另一位伟大的小说家，维也纳人布洛克写下了这句至理名言："现代小说英勇地与媚俗的潮流抗争，最终被淹没了。"

Kitsch 这个词源于上世纪中期之德国。它描述不择手段去讨好大多数的心态和做法，既然想要讨好，当然得确认大家喜欢听什么，然后把自己放到这个既定的模式思潮之中。Kitsch 就是把这种有既定模式的愚昧，用美丽的语言和感情把它乔装打扮，甚至连自己都会为这种平庸的思想和感情洒泪。

今天，时光又流逝了 50 年，布洛克的名言日见其辉。为了讨好大众，引人注目，大众传播的"美学"必然要跟"Kitsch"同流。在大众传媒无所不在的影响下，我们的美感和道德观也慢慢 Kitsch 起来了。现代主义在近代的含义是不墨守成规，反对既定思维模式，决不媚俗取宠。今日之现代主义（通俗的用法称为"新潮"）已经融会于大众传媒的洪流之中。所谓"新潮"就得竭力地赶时髦，比任何人更卖力地迎合既定的思维模式。现代主义套上了媚俗的外衣，这件外衣就叫 Kitsch。

那些不懂得笑、毫无幽默感的人，不但墨守成规，而且媚俗取宠。他们是艺术的天敌。正如我强调过的，这种艺术是上帝笑声的回响。在这个艺术领域里，没有人掌握绝对真理，人人都有被了解的权利。这个自由想象的王国是跟现代欧洲文明一起诞生的。当然，这是非常理想化的"欧洲"，或者说是我们梦想中的欧洲。我们常常背叛这个梦想，可也正是靠它把我们凝聚在一起。这股凝聚力已经超越欧洲地域的界限。我们都知道，这个宽宏的领域无论是小说的想象，还是欧洲的实体都是极其脆弱的，极易夭折的。那些既不会笑又毫无幽默感的家伙老是虎视眈眈地盯着我们。

批：借探讨 Kitsch 的含义，来说明"讨好大多数的心态和做法"会使艺术流于平庸。

批："现代主义"的今昔对比，说明了媚俗一旦成为习惯，小说艺术的生命也就到了尽头。

批：此句再次警示性告诫人们：创新和追随自然存在才是小说艺术的生命力所在。

批：唯有自由想象，才能体现人类艺术家的伟大所在。

批：这实际上促使小说家的艺术创造力。

在这个饱受战火蹂躏的城市里,我一再重申小说艺术。我想,诸位大概已经明白我的苦心。我并不是故意回避谈论大家都认为重要的问题。我觉得今天欧洲文明内外交困。欧洲文明的珍贵遗产——独立思想、个人创见和神圣的隐私生活都受到威胁。对我来说,个人主义这个欧洲文明的精髓,只能珍藏在小说历史的宝盒里。我想把这篇答谢归功于小说的智慧。我不应再饶舌了,我似乎忘记了,上帝看见我在这儿煞有介事地思索演讲,他正在一边发笑。

批:小说的智慧或者说精髓就是小说艺术的个性化。

批:呼应前文,结尾幽默。

(佚名/译)

小说的智慧从何而来?

这篇演讲运用了举例说明的方法阐释了自己的观点。作者开头先表明自己是以"小说家"的身份来领奖。米兰·昆德拉认为,如果是一个"作家",无论他写什么,在作品里都打着他思想的印记,孕育着他的思想,离艺术相去甚远。而"小说家"则不然,因为小说背后隐藏着道德以外的超自然的声音。这就是"小说的智慧"。但这种"小说的智慧"究竟从何而来呢?作者很自然地引用了犹太谚语"人类一思索,上帝就发笑",而小说艺术则正是上帝笑声的回响。

上帝为什么发笑?作者认为,人连自身都不能认清,人们愈思索,真理就离他愈远,人们愈思索,人与人之间的思想距离就愈远,人们的思索就像堂吉诃德和桑丘那样,左冲右突,毫无结果。因为生活并不像有些理性主义者认为的那样,由一系列前因后果的连锁反应构成,并没有所谓放之四海而皆准的绝对真理。"人的存在究竟是什么?其真意何在?"并不能说清。而小说最能表达出人类的这种生存处境,因为"小说是个人发挥想象的乐园。那里没有人拥有真理,但人人有被了解的权利"。所以,小说需要个性、需要幽默、需要智慧,这门受上帝启发产生的艺术,并不负有宣传、推理的使命。

如何评价一个时代的精神呢?作者认为这必须考虑到那个时代的艺术,特别是小说艺术。因为只有小说,这门受上帝笑声启示而产生的艺术才能以感性的形式,通过小说家的敏锐观察传达出一个时代的精神。真正的小说家能清醒地看到社会症结之所在。如,福楼拜在蒸汽机问世时、在黑格尔已坚信掌握世界历史的精神时大谈人类的愚昧,这种愚昧不是无知而是对各种思潮的生吞活剥。如,布洛克认为小说艺术必须英勇地与媚俗的潮流抗争。所以,这门上帝笑声回响的小说艺术,必须与墨守成规、媚俗取宠战斗,从而保住欧洲文明的珍贵遗产——独立思想、个人创见和神圣的隐私生活。而演讲的结尾,作者又把这篇演讲归功于小说的智慧。幽默而机智地说出看到作者在此思索,上帝的笑声仍在回响。天衣无缝,自然而然地照应了开头,结束了演讲。

这篇演讲的妙处还在于作者恰到好处地处理了演讲内容与演讲场合的关系。由于是在耶路撒冷领奖,作者把耶路撒冷看成是欧洲的心脏也就不足为怪了。更为美妙的是,作者把犹太谚语作为演讲的主题,在当时场合下引起听众的好感和共鸣,并且又把自己的演讲内容清晰完美地表达出来,取得了非常好的演讲效果。(子夜霜、贾少阳)

智慧树 成功3Q

今天很高兴在这里与各位聚首一堂,理工大学在胡应湘主席、校董会同人和潘宗光校长悉心领导下,成功地为香港的高等教育肩负重要的使命。理大历史悠久,她前身是培养专业技术及管理人才的理工学院,是中小型企业的摇篮,很多毕业生亦已成为各行各业的骨干,她对香港的成长,实有不可磨灭的贡献。本人能为理工大学的发展尽一分力,是一件非常有意义的事,承大学方面以本人名字为这座宏伟的大楼命名,谨表衷心谢意。

你们可能不知道,当我为今天讲话定题的时候,同事们马上议论纷纷,不同的分析论点接踵而来。有些说光是3Q是不准确的,5Q比较切实,有些说无限$Q(nQ)$才是绝对概括,老实说我并非学者,今天也不是作学术报告,我所知的都是从书本及杂志吸收而来,但我的知识及见解却是自己的经验和观察所累积。究竟成功人生有没有放之四海而皆准的方程式?

每个人都可以有巨大的雄心和高远的梦想,分别在于有没有能力实现这些梦想,当梦想成真的时候,能否在成功的台阶上更知进取?当梦境破灭、无力取胜、无能力转败为胜时,能否被套在自命不凡的枷锁里?抑或会跌进万念俱灰无所期待的沮丧之中?再有学识再成功的人,也要抵御命运的寒风,虽然我在事业发展方面一直比较顺利,但和大家一样,无论我喜欢或不喜欢,我也有达不到的梦想、做不到的事、说不出的话,有愤怒、有不满,伤心的时候,我亦会流下眼泪。

人生是一个很大、很复杂和常变的课题,我们用分析、运算、逻辑等理性的智商(IQ)解决诸问题;用理解力和自我控制的情绪智商(EQ)去面对问题;用追求卓越、价值及激发自强的心灵智商(SQ)去超越问题。在我个人经历中,对此3Q的不断提升是必要的。IQ、EQ、SQ皆重要:学术专业的知识,使我们有能力去驰骋于社会各行各业中;对自己及他人环境的了解,能发挥人与人之间的同理心,加强家庭、学校、机构的团队精神;慎思明辨的心灵能力驱使我们对意义和价值的追求,促动创造精神,把经验转化成智慧,在顺境和逆境之中从容前进。

今日全球经济明显欠佳,平常生活中经历的所有挫折,均显得更加沉重,遗憾的是在经济转型中,并没有即时显效的灵丹妙药,亦没有人可以向你保证说所面对的问题会持续多久。只有聪明睿智的人洞悉到今天不是昨天，知道要承担无可逆转的改变，尽管今天没有破译的方法，他们也不会凝固于痛苦与自我折磨之中，不会天天斤斤计较眼前的得失，不会天天计算眼前的利弊，因他们知道每日积极正面地面对、思考及冲破问题，是构成丰盛人生的重要环节，及为人生累积最有价值的财富。即使处境可能不会因自己的主观努力或意志转移，但他们早已战胜生活的苦涩，为转危为机作好一切准备。

各位朋友，世人都想有一本成功的秘籍，有些人穷尽一生精力去找寻这本无字天书，但成功的人，一生都在不断编制自己的无字天书。今天在这里希望能与大家共勉。谢谢大家。

[中国]李嘉诚/文

品读

李嘉诚(1928年7月29日~   )，现任长江实业集团有限公司董事局主席兼总经理。出生于潮州城面线巷内的书香之家，自幼聪颖超脱，学习勤奋。自20世纪70年代以来他成为闻名世界的商业巨子。2001年1月24日，在香港理工大学李嘉诚楼命名典礼上，他作了这篇演讲。意在与年轻人交流，分享自己的成功经验。

每个人都想成功。但是怎样才能成功呢？成功是不是真的有一个放之四海而皆准的方程式呢？对于这个问题，李嘉诚给出了属于他自己的答案，也就是3Q。即，"用分析、运算、逻辑等理性的智商(IQ)解决诸多问题；用理解力和自我控制的情绪智商(EQ)去面对问题；用追求卓越、价值及激发自强的心灵智商(SQ)去超越问题"。但是，紧接着，李嘉诚话锋一转，"世人都想有一本成功的秘籍，有些人穷尽一生精力去找寻这本无字天书，但成功的人，一生都在不断编制自己的无字天书"，言外之意，那3Q仅仅是李嘉诚的经验，李嘉诚的话不是真理，李嘉诚的经验不一定适合于所有人。这样一来，听众们对于成功的理解再次攀上了一个新的高度——每一个人的成功，都是独一无二。这篇演讲虽然简短，但却让人受益匪浅。

我什么时候会被炸得粉身碎骨

◇［美国］威廉·福克纳

读点

将颁奖感言化为对艺术创作的精彩论述。
思想深刻，境界高远，言简意赅，令人回味无穷。

演讲背景：

    1949 年诺贝尔文学奖的角逐名家荟萃、高手如林，致使瑞典文学院那些德高望重的院士们举棋不定，不得不将该年的颁奖仪式推后一年——到 1950 年与下一届获奖者同时颁发。

    然而，就在这一两年内，福克纳作品的独特魅力与风格征服了瑞典的文学评论界。如潮的好评无疑影响到瑞典文学院的最后"定夺"，1950 年 11 月 10 日他们以"他对于当代美国小说所作的强有力的和艺术上无与伦比的贡献"，而将 1949 年诺贝尔文学奖授予福克纳。

    然而，福克纳对获奖反应平静，他只对集聚在他家院子外的记者们说了一句话："这是莫大的光荣，我很感激，不过，我宁可留在家里。"他居然不愿意出席瑞典的颁奖典礼。当家人、朋友和美国国务院特使的请求一概无效时，福克纳的妻子让女儿出面哀求父亲带她到欧洲一游，作为即将结束高中学业的毕业礼物。深爱女儿的福克纳同意了。

    1950 年 12 月，福克纳来到瑞典首都斯德哥尔摩。1950 年 12 月 10 日在颁奖典礼上，这位身材矮小、高中也没有毕业的乡巴佬，多亏女儿的帮助才克服了腼腆，发表了这篇著名的演讲。

    我以为这个奖不是颁给我个人，而是给我的作品——一本既不为名，更不为利，而是用我毕生心血去创造以前没有的东西的结晶，因此我只是受托来接受这份奖。要把这笔奖金贡献给能够符合诺贝尔奖始创的用意的有意义事业上，其实并不难，而我也会这样做。但同时，我还要利用这个机会，向已经献身于写作事业的先生们、女士们——这些人中有人

批：作家最重要的是他的创作。文学的永恒主题在于"创造以前没有的东西的结晶"。

批：这是文学家的责任。

将会像我一样的能在这里受奖——说几句我的感受。

我们目前的悲剧是，每个人都只惧怕肉体的痛苦，但时间久了，对此惧怕也习以为常，而全然不考虑到精神问题，只是老想着：我什么时候会被炸得粉身碎骨？由于这点，现今的男女写作时，就完全忘了只有描写人类内心的自我冲突才能成为上乘之作，也唯有那种主题才值得花心力去写。

所以每位作家都应该了解，世界上最怯懦的事情就是害怕，应该忘了恐惧感，而把全部心力放在属于人类情感的真理上，如爱、荣誉感、同情心、自尊心及牺牲精神，如果作品里缺乏这些世界性的真理，则将无法流传久远，并且会遭人责骂，因为作者写的不是爱而是欲。所谓挫败也不是指某人丢失了任何极具价值的东西，胜利却不能带有任何希望，更糟的是，根本就没有怜悯在内，为不值得悲伤的事情哭泣，其哀伤之情只是短暂而虚假的罢了，因此他写的东西并非发乎至情。

如果他能先认清那些真理，才能俨然以万古不朽之躯来创作。我是不以为人类会灭亡的，因为你只要想想人可以世世代代不停地繁衍下去，就这点我们即可说人类是不朽的。但是我觉得这样还不够，人不仅要生存下去，而且更要出众。人类之不朽并非只因他在万物之中有着无穷无尽的声音，主要的是由于他具有善良的心灵、有同情、牺牲及忍耐的精神，而诗人、作家的责任就在于写这些事情，他们有权利帮助人类升华精神领域，提醒人们过去曾有过的光荣，如勇气、荣誉、希望、自尊、同情及牺牲精神，诗人的作品不只是人类的记录，也可以说是帮助人类生存及超越一切的支柱。

(佚名/译)

批：肉体上的折磨不可怕，可怕的是精神上的折磨。

批：揭示内心自我冲突是优秀作品的突出标志。

批：对真善美的追求与宣扬永远是优秀文学作品的旗帜。

批：表现爱与欲正是作品品位高低的区别。

批：自古真情出佳作，文到真处自动人。

批：人类的繁衍是人类不朽的一种形式，"就这点"三字很有分寸，用语严谨。

批：人类的精神也同样可以使人类不朽。

批：一个作家要写出好的作品，就要用心去表现人的心灵以及人类的美好情感，明确指出在作品里表现人们的光荣与崇高的精神是作家、诗人义不容辞的责任。

用笔表现人类的美好情感

威廉·卡斯伯特·福克纳(William Cuthbert Faulkner,1897 年 9 月 25 日~1962 年 7 月 6 日),美国小说家、诗人、编剧家,1949 年诺贝尔文学奖获得者。代表作有《喧哗与骚动》(1929)、《圣殿》(1931)、《我弥留之际》(1930)、《押沙龙！押沙龙!》(1936)等。

在福克纳看来,作家本身并不重要,最重要的是他的创作、他的作品。一部上乘之作,"不只是人类的记录,也可以说是帮助人类生存及超越一切的支柱"。因此,这个奖不是授予他个人的,而是授予他的作品。他的作品是用他"毕生心血去创造以前没有的东西的结晶"。

福克纳的作品,无论在题材、构思,还是艺术风格上都是独树一帜的。他的创作体系所反映的实质是美国南方社会将近一个世纪来各个阶级之间的矛盾、斗争和冲突,从中表达出他对人类、历史、生活、环境等重大问题的思考。在他的小说里,福克纳通过"意识流""时序颠倒""对位式结式""象征隐喻"等手法,使他的作品像万花筒般繁复、杂乱而且引人入胜;在语言风格上,他突破常规,试图以晦涩、朦胧、冗长、生硬的文体来取得意想不到的效果。这些创作方法,对后来美国文学的发展与演变带来重大影响。

福克纳认为,一个作家要写出好的作品,就要用心去表现人的心灵以及人类的美好情感。他觉得只有表现"人类内心的自我冲突"的主题才值得花心血去写。作家应努力去表现和发掘"属于人类情感的真理",如爱、荣誉感、同情心、自尊心和牺牲精神。如果不是这样,"作者写的不是爱而是欲",写出来的东西,也将无法流传久远。更重要的是,作家有责任"帮助人类升华精神领域",使人类不仅只是生存下去,而且要生活得更加美好。(子夜霜、贾少阳)

芳草地　　孤寂的生涯

我不善辞令,缺乏演说的才能,只想感谢阿弗雷德·诺贝尔评奖委员会的委员们慷慨授予我这项奖金。

没有一个作家,当他知道在他以前不少伟大的作家并没有获得此项奖金的时候,能够心安理得领奖而不感到受之有愧。这里无须一一列举这些作家的名字。在座的每个人都可以根据他的学识和良心提出自己的名单来。

要求我国的大使在这儿宣读一篇演说,把一个作家心中所感受到的一切都说尽是不可能的。一个人作品中的一些东西可能不会马上被人理解,在这点上,他有时是幸运的;但是它们终究会十分清晰起来,根据它们以及作家所具有的点石成金本领的大小,他将青史留名或被人遗忘。

写作,在最成功的时候,是一种孤寂的生涯。

作家的组织固然可以排遣他们的孤独,但是我怀疑它们未必能够促进作家的创作。一个在稠人广众之中成长起来的作家,自然可以免除孤苦寂寥之虑,但他的作品往往流于平庸。而一个在岑寂中孤独工作的作家,假若他确实不同凡响,就必须天天面对永恒的东西,或者面对缺乏永恒的状况。

对于一个真正的作家来说,每一本书都应该成为他继续探索那些尚未到达的领域的一个新起点。他应该永远尝试去做那些从来没有人做过或者他人没有做成的事。这样他就有幸会获得成功。

如果已经写好的作品,仅仅换一种方法又可以重新写出来,那么文学创作就显得太轻而易举了。我们的前辈大师们留下了伟大的业绩,正因为如此,一个普通作家常常被他们逼人的光辉驱赶到远离他可能到达的地方,陷入孤立无援的境地。

作为一个作家,我讲得已经太多了。作家应当把自己要说的话写下来,而不是讲出来。再一次谢谢大家了。

[美国]厄内斯特·海明威/文,象愚/译

品读

厄内斯特·米勒·海明威(Ernest Miller Hemingway,1899年7月21日~1961年7月2日),美国记者和作家,被认为是20世纪最著名的小说家之一,是美国"迷失的一代"作家中的代表人物,他的作品对人生、世界、社会都表现出了迷茫和彷徨。1952年发表了轰动西方的中篇小说《老人与海》,并因此获得1954年的诺贝尔文学奖。

1954年12月10日是第54届诺贝尔奖颁奖典礼,海明威在古巴因病不能出席。他写了一篇致答词,原想请美国驻瑞典大使代为宣读,但颁奖典礼上最终还是播放了海明威本人的录音。

海明威和福克纳这两位诺贝尔文学奖获得者都没有沉湎于获奖带来的满足,而是用大部分篇幅来阐释自己对写作生涯的感受和理解。福克纳着重阐述的是创作目的,认为其目的是记录并升华令人类不朽的精神世界,唯有"描写人类内心的自我冲突才能成为上乘之作"。海明威强调的是写作的最高境界,认为其最高境界是作家达到一种独立不羁的精神状态,"必须天天面对永恒的东西,或者面对缺乏永恒的状况"。

海明威在这篇演说词中,道出了一个作家创作的秘密,"写作,在最成功的时候,是一种孤寂的生涯"。他认为,作家的组织固然可以排遣他们的孤独,但是,他怀疑它们未必能够促进作家的创作。因此,他提出,一个不同凡响的作家,必须具备点石成金的本领,必须天天面对永恒的东西,或者面对缺乏永恒的状况。

外交风采

在答谢宴会上的祝酒词

◇［美国］理查德·尼克松

读点

通篇洋溢着友善的感情。
中美两国关系的新开端。
破冰之旅的政治勇气和智慧。

演讲背景：

新中国成立后，美国政府奉行敌视中国的政策，阻挠中国完成统一大业，最后发展到在朝鲜战场上兵戎相见。两国关系陷入长达二十多年的对立时期。20世纪70年代，世界政治经济格局发生重大变化，美国出于与苏联抗衡的战略考虑，开始调整对华政策。

1971年7月9日，尼克松政府的国家安全事务助理基辛格访华。1972年2月21日~28日，美国总统理查德·尼克松访问中国。访问期间，毛泽东主席会见了尼克松总统，周恩来总理与尼克松总统举行了会谈。两国领导人就中美关系和国际事务认真、坦率地交换了意见。28日，中美联合在上海发表《上海公报》。这是自1949年新中国成立以来，首位美国总统访问中国。中美接触，开启了一个新时代，对世界政治经济格局产生了重大影响。

本篇演讲尼克松在本次访问期间于1972年2月25日在人民大会堂答谢周恩来总理的宴会上所作的祝酒词。

总理先生，今天晚上在座的各位贵宾：

我谨代表你们的所有美国客人向你们表示感谢，感谢你们的无可比拟的盛情款待。中国人民以这种盛情款待而闻名世界。我不仅要特别赞扬那些准备了这次盛大晚宴的人，而且还要赞扬那些给我们演奏这样美好的音乐的人。我在外国从来没有听到过演奏得这么好的美国音乐。

批：答谢词以感谢开场，有礼有情。

批：由赞扬晚宴到赞美音乐，热情洋溢的赞美，营造出了一种十分和谐融洽的气氛。

总理先生,我要感谢你的非常盛情和雄辩的讲话。就在这个时刻,通过电讯的奇迹,看到和听到我们讲话的人比在整个世界历史上任何其他这样的场合都要多。不过,我在这里讲的话,人们不会长久记住,但我们在这里所做的事却能改变世界。

正如你在祝酒时讲的那样,中国人民是伟大的人民,美国人民是伟大的人民。我们两国人民不是敌人,否则我们共同居住的这个世界的前途就的确是黑暗的了。如果我们能够找到进行合作的共同点,那么实现世界和平的机会就无可估量地大大增加。

我希望我们这个星期的会谈将是坦率的。本着这种坦率的精神,我们一开始就认识到这样几点:过去的一些时期我们曾是敌人。今天我们有巨大的分歧,使我们走到一起的,是我们有超过这些分歧的共同利益。在我们讨论我们的分歧的时候,我们哪一方都不会在我们的原则上妥协。但是,虽然我们不能弥合我们之间的鸿沟,我们却能够设法搭一座桥,以便我们能够越过它进行会谈。

因此,让我们在今后的五天里在一起开始一次长征吧,不是在一起迈步,而是在不同的道路上向同一目标前进。这个目标就是建立一个和平和正义的世界结构,在这个世界结构中,所有的人都可以在一起享有同等的尊严;每个国家,不论大小,都有权利决定它自己的政府形式,而不受外来的干涉或统治。全世界在注视着,全世界在倾听着,全世界在等待着看我们将做些什么。这个世界是什么呢?就个人来讲,我想到我的大女儿,因为今天是她的生日。当我想到她的时候,我就想到全世界的儿童。亚洲、非洲、欧洲以及美洲的儿童,他们大多数都是在中华人民共和国成立以后出生的。我们将给我们的孩子们留下什么遗产呢?他们的命运是要为那些使旧世界

批:没有什么比中美两国的握手更加重要!

批:美国总统尼克松此次访华,奠定了中美两国关系正常化的基础,这无疑将会改变世界。

批:两国合作则利于世界,对立则不利于世界。既指出两国合作对两国和世界的重大意义,同时又措辞谨慎严密。

批:既指出历史和现实的矛盾分歧,又指出"我们有超过这些分歧的共同利益"这一合作基础。这也是尼克松先生自身坦率的一种体现。

批:比喻形象,既有矛盾分歧,又有合作的基础和渠道。"能"字,强调了搭桥的信心。

批:比喻让人感到亲切,合作的目标是明确的,但合作的道路是不同的。

批:阐明中美合作的原则,既是合作目标,也是合作的基础。

批:排比句,突出了全世界的期盼,也突出了中美两国的重任。

批:由自己女儿想到世界儿童,"幼吾幼以及人之幼",体现了政治家的柔情,极具感染力。

批:一个设问能引人深思,一个选择问句却无须选择。

受苦受难的仇恨而死亡呢,还是他们的命运是由我们有缔造一个新世界的远见而活下去呢?

我们没有理由要成为敌人。我们哪一方都不企图取得对方的领土,我们哪一方都不企图统治对方,我们哪一方都不企图伸出手去统治世界。毛主席写过:"多少事,从来急;天地转,光阴迫。一万年太久,只争朝夕。"现在就是只争朝夕的时候了,是我们两国人民攀登那种可以缔造一个新的、更美好的世界的伟大境界的高峰的时候了。

本着这种精神,我请求诸位同我一起举杯,为毛主席,为周总理,为能够导致全世界所有人民的友谊与和平的中国人民和美国人民之间的友谊,干杯。

(佚名/译)

批:这一组排比,重申合作的原则,进一步建立互信。

批:巧妙的引用,迅速而轻松地拉近了与中国人民的感情距离。

批:两句"是……的时候了",强调中美合作的紧迫性。

批:干杯,既为世界美好的未来,也为了世界人民及中美两国人民的友谊。

为美好的未来而干杯

理查德·米尔豪斯·尼克松(Richard Milhous Nixon,1913 年 1 月 9 日~1994 年 4 月 22 日),第 37 任美国总统(1969 年 1 月 20 日~1974 年 8 月 9 日)。尼克松曾于 1972 年和 1976 年两度访华,是第一位访问中华人民共和国的美国总统。

1972 年 2 月,美国总统尼克松冲破了 25 年的障碍,访问了北京,当他走下飞机的时候,周恩来总理和他握手,这次握手开创了中美关系的新纪元。21 日,中方在北京举行了盛大的欢迎宴会,并专门派乐队演奏了美国音乐。

《在答谢宴会上的祝酒词》是尼克松总统在这次欢迎宴会上的演说。演说中,尼克松首先以非常友好的姿态感谢中方的盛情款待。接着,他说:"我在这里讲的话,人们不会长久记住,但我们在这里所做的事却能改变世界。"他强调了中美两国友好合作的重要意义,并希望双方本着坦率的精神,搭建一座进行会谈合作的桥梁。他提议:"让我们……一起开始一次长征吧……在不同的道路上向同一目标前进……建立一个和平和正义的世界结构……"他提到他女儿的生日,谈到全世界的孩子们,用两个发人深思的问题道出对和平世界的向往,表现出一位慈父对下一代的关怀,引起了听众的共鸣,他还引用了毛泽东的一句诗词"多少事,从来急;天地转,光阴迫。一万年太久,只争朝夕"向两国人民提出倡议:为缔造一个"新的、更美好的世界"而努力,为美好的未来,也为世界人民及中美两国人民的友谊而干杯!

这篇演说通篇洋溢着友善的感情。从语言上看,比较突出的特点是对比、排比和比喻的使用。例如,谈到中美两国人民都是伟大的人民,他用了"如果……那么……"说明两国人民互相为敌的后果和进行合作的效果。谈到两国在存在分歧的情况下,应如何进行合作,他形象化地用了比喻手法,"虽然我们不能弥合我们之间的鸿沟,我们却能够设法搭一座桥,以便我们能够越过它进行会谈"。他用了排比句"全世界在注视着,全世界在倾听着,全世界在等待着看我们将做些什么",言辞铿锵、情感亢奋、深入浅出、意味深长,具有很强的感召力。尼克松由自己的女儿联想到全世界的孩子们,先是提出两个令人思考的问题:"我们将给我们的孩子们留下什么遗产呢? 他们的命运是要为那些使旧世界受苦受难的仇恨而死亡呢,还是他们的命运是由我们有缔造一个新世界的远见而活下去呢?"然后,连续用了三个"我们哪一方都不……"句作出了明确的回答。他把建立一个和平和正义的世界结构的过程比作"长征",把为缔造一个新的、更美好的世界而进行努力比作攀登"伟大境界的高峰"。所有这些修辞手段,使演说生动形象、亲切自然。从而引起了听众极大的共鸣。(子夜霜、戴汝光)

智慧树　中美友好往来的大门终于打开了

　　首先,我高兴地代表毛泽东主席和中国政府向尼克松总统和夫人,以及其他的美国客人们表示欢迎。

　　同时,我也想利用这个机会代表中国人民向远在大洋彼岸的美国人民致以亲切的问候。

　　尼克松总统应中国政府的邀请,前来我国访问,使两国领导人有机会直接会晤,谋求两国关系正常化,并就共同关心的问题交换意见,这是符合中美两国人民愿望的积极行动,这在中美两国关系史上是一个创举。

　　美国人民是伟大的人民。中国人民是伟大的人民。我们两国人民一向是友好的。由于大家都知道的原因,两国人民之间的来往中断了二十多年。现在,经过中美双方的共同努力,友好来往的大门终于打开了。目前,促使两国关系正常化,争取和缓紧张局势,已成为中美两国人民强烈的愿望。人民,只有人民,才是创造世界历史的动力。我们相信,我们两国人民这种共同愿望,总有一天是要实现的。

　　中美两国的社会制度根本不同,在中美两国政府之间存在着巨大的分歧。但是,这种分歧不应当妨碍中美两国在互相尊重主权和领土完整、互不侵犯、互不干涉内政、平等互利和和平共处五项原则的基础上建立正常的国家关系,更不应该导致战争。中国政府早在 1955 年就公开声明,中国人民不要同美国打仗,中国政府愿意坐下来同美国政府谈判,这是我们一贯奉行的方针。我们注意到尼克松总统在来华前的讲话中也谈到，"我们必须做的事情是寻找某种办法使我们可以有分歧而又不成为战争中的敌人"。我们希望，通过双方坦率地交换意见，弄清楚彼此之间的分歧，努力寻找共同点，使我们两国的关系能够有一个新的开始。

[中国]周恩来／文

品读

1972 年 2 月 21 日～28 日，美国总统尼克松应中国国务院总理周恩来的邀请来华访问，尼克松夫人、美国国务卿罗杰斯、问题助理基辛格博士和其他美国政府官员陪同来访。访问期间，尼克松总统会见了毛泽东主席，又同周总理进行了会谈。

这是美国总统首次对中华人民共和国的访问，一时间成为全世界瞩目的焦点。2 月 21 日晚，周总理为尼克松总统一行举行了盛大的晚宴，并在宴会上发表了这篇演说。这篇演讲非常简短，但是很富有感情。周总理借祝酒之际代表中国人民向远在大洋彼岸的美国人民致以亲切的问候，表达了中国人民对美国人民的情谊。全篇结构严谨，思路清晰严密，没有一句多余的话，措辞非常得体，态度友好坦诚，如，"由于大家都知道的原因，两国人民之间的来往中断了二十多年。现在，经过中美双方的共同努力，友好来往的大门终于打开了。"收放适度，体现了大国领导人和优秀外交家的风范。

让孩子们尽量享受这个良宵

◇[英国]温斯顿·丘吉尔

读点

语言优美,感情浓烈,结构严谨。
政治家的礼仪演讲富有外交色彩。
展现了特殊背景下的矛盾心情。

演讲背景:

温斯顿·丘吉尔是英国前首相,英国保守党领袖,著名的资产阶级政治家、演讲家。出生于英格兰牛津郡的一个贵族家庭,20 岁毕业于桑赫斯特军事学院;1895 年加入军队;第二次世界大战全面爆发后,任海军大臣;1940 年出任首相,为打败德、意法西斯作出了贡献;1945 年在大选中落选;1951～1955 年再度出任首相;1965 年在伦敦逝世。

这篇演讲属庆贺性外交演讲,于 1944 年 12 月 24 日圣诞夜在美国首都华盛顿发表。当时,英美军队已在诺曼底登陆,开辟了第二战场,反法西斯战争处于决胜时期。因此,它是在特定的时间——圣诞之夜、特定的环境——战争年代产生的。特定的时间需要演讲者向听众表达庆贺之情,而特定的环境又要求演讲者告诫人们不忘那虽已接近胜利但仍异常残酷的战争,召唤人们用战斗去迎接黎明的曙光。丘吉尔非常圆满地实现了这些要求。

各位为自由而奋斗的劳动者和将士:

我的朋友,伟大而卓越的罗斯福总统,刚才已经发表过圣诞前夕的演说,已经向全美国的家庭致过友爱的献词。我现在能追随骥尾讲几句话,内心感觉无限的荣幸。

我今天虽然远离家庭和祖国,在这里过节,但我一点儿也没有异乡的感觉。我不知道,这是由于本人的母系血统和你们相同,抑或是由于本人多年来

批:演讲开篇即说明自己与罗斯福总统的关系,将自己放在一个合适的位置,让听众易于理解和接受。

批:写感觉,拉近与听众的距离。

批:用几个"抑或"构成排比句式,强调他与听众血统、语言、信

在此地所得的友谊，抑或是由于这两个文字相同、信仰相同、理想相同的国家，在共同奋斗中所产生出来的同志感觉，抑或是由于上述三种关系的综合。总之，我在美国的政治中心地——华盛顿过节，完全不感到自己是一个异乡之客。我和各位之间，本来就有手足之情，再加上各位欢迎的盛意，我觉得很应该和各位共坐炉边，同享这圣诞之乐。

但今年的圣诞前夕，却是一个奇异的圣诞前夕。因为整个世界都卷入一种生死的搏斗中，正在使用科学所能设计的恐怖武器来互相屠杀。假若我们不是深信自己对于别国领土和财富没有贪图的恶念，没有攫取物资的野心，没有卑鄙的念头，那么我们在今年的圣诞节中一定很难过。

战争的狂潮虽然在各地奔腾，使我们心惊胆跳，但在今天，每一个家庭都在宁静的肃穆的空气里过节。今天晚上，我们可以暂时把恐惧和忧虑的心情抛开、忘记，而为那些可爱的孩子们布置一个快乐的夜会。全世界说英语的家庭，今晚都应该变成光明的和平的小天地，使孩子们尽量享受这个良宵，使他们因为得到父母的礼物而高兴，同时使我们自己也能享受这种无牵无挂的乐趣，然后我们担起明年艰苦的任务，以各种的代价，使我们孩子所应继承的产业，不致被人剥夺；使他们在文明世界中所应有的自由生活，不致被人破坏。因此，在上帝庇佑之下，我谨祝各位圣诞快乐。

(佚名／译)

批：仰、理想相同，语气恳切，感情充沛，充分调动了听众的情感，使自己与听众之间很快搭起了友谊的桥梁，让听众自然而然地乐意与之"共坐炉边，同享这圣诞之乐"。

批：此句转折，由圣诞祝福自然而然地谈到了战争，显示出丘吉尔作为政治家的眼光和襟怀——他对人类和平非常的关注！

批：有关战争的话题只是一提，无须多讲，话题重回圣诞。

批：一连串的排比，真诚地表达出圣诞的祝福，同时也含蓄地点出了现实之事，郑重地对人们进行了告诫和激励。

轻松与严肃并存，祝福和告诫同在

作为英国首相，战争年代里在美国度圣诞节，丘吉尔想要讲的话非常多，其心情也特别复杂。丘吉尔的这篇即席演说，巧妙解释了三个方面的矛盾心情，极为洗练，极为精彩。

首先,远离家庭和祖国与身处异乡的矛盾心情。丘吉尔用了一个长句,从自己的母系血统、个人友谊、英美两国的渊源关系这三点出发,说明自己虽然身处异乡,却"一点儿也没有异乡的感觉",十分愿意和各位美国朋友同享圣诞快乐。短短几句话,一下子缩短了演说者与美国听众之间的心理距离,显示了丘吉尔高超娴熟的演说技巧。

　　其次,战争之苦与圣诞之乐的矛盾心情。丘吉尔用"生死的搏斗"来形容当时所处的政治形势和国际环境,同时表明了自己对这场反法西斯战争的态度,言语之间流露出坚信正义必将战胜邪恶的乐观情绪,从而有机地把苦与乐的矛盾心情统一了起来。

　　最后,战争中大人们与孩子们之间的矛盾心情。大人们承受着战争带来的痛苦与不幸、流血与牺牲,心情自然不会轻松,这是孩子们不会也不应该去承受的。丘吉尔提议暂时抛开恐惧和忧虑的心情,为可爱的孩子们开辟一片光明和平的小天地,度过一个快乐的良宵,而大人们在为了孩子的观念支配下,享受乐趣,担起明年艰苦的任务。

　　演说至此,进一步强化了丘吉尔本人的乐观主义精神和对法西斯的厌恶心情,也有力地渲染了圣诞节的欢乐气氛。

　　政治家的礼仪演讲,必然带有外交色彩,没有忘记战争的阴影。圣诞节,西方人的最具有民族、民俗风情的节日,是不容有一丝不愉快的因素掺杂其中的,但是,这又是在战争年代、重大关头,任何松懈和麻痹,都将是会引起严重后果的。但丘吉尔的演讲精彩之至。前两段循惯例,表示荣幸和温暖之情,水到渠成地联络感情。第三段审慎地触及时事并委婉地表示应有的难过心情。第四段立即转回节日的话题,迅即消除时事所带来的阴影,然而其高明之处,是设置了一个关于孩子的谈话焦点,从而具有一箭多雕之效:一是加重人性美的氛围,使主、客的心更加贴近,二是使之成为理想的祝词,强化圣诞节的情境感,三是自然而然地又回到了时事之中,以暗度陈仓之法对人们实施告诫和激励。(京涛、贾霄)

论"睦邻政策"

　　远在我作为美国总统返回华盛顿之前,我就下定了这样的决心,认为当此可以称之为对其他大陆较为合宜的时刻,美国是能够树立一个榜样,对人类的和平事业作出最良好的贡献的。早在1933年3月4日,我即发表了以下声明:

　　在世界政策方面,我将使本国致力于睦邻政策——这个邻居坚持尊重自己,因为他尊重自己,才能尊重别人的权利——这个邻居尊重他的义务,尊重他与世界各邻国所签订的协议的神圣性。

　　这个声明表达了我的目标,但是,它所表达的却远比目标多,那就是因为它主张实践。它已经在相当程度上获得了成功。

全世界现在都知道，美国不怀掠夺的野心。我们是强大的，但是，那些相对而言不太强大的国家都懂得，它们无须恐惧我们的力量。我们并不追求征服，我们拥护和平。

在整个西半球，我们的睦邻政策已经产生了特别令人振奋的结果。

全世界纪念和平、纪念邻邦间经济和社会友好关系的最为壮丽的纪念碑不是铜制的或石制的纪念碑，而是联结美国和加拿大的疆界——三千英里的友好疆界，这里没有铁丝网，没有枪炮，没有士兵，在全部边境上用不着护照。

相互信任，构成了那条边境——而把同一类型的相互信任扩展到整个美洲，这就是我们的目的。

位于我们南部的各美洲共和国，总是准备在平等和相互尊重的基础上和美国合作，但是在我们实行睦邻政策以前，它们却心怀怨恨和恐惧，这是因为我们的某几届政府蔑视了它们的民族自尊心和它们的主权。

为了履行睦邻政策，同时也因为我在年轻时从艰难的经历中取得了许多教训，我宣布：美国坚决反对武装干涉。

我们已经通过谈判，缔结了一个体现不干涉原则的泛美协定。我们已经废止了普拉特修正案，因为这个修正案授予我们以干涉古巴共和国内政的权利。我们已经从海地撤退了美国海军陆战队。我们已经同巴拿马签订了一个新条约，它使我们和巴拿马的关系建立在相互满意的基础上。我们还同其他美洲国家在商业互利的基础上缔结了一系列贸易协定。我应两个毗邻共和国的请求，希望能在最终解决任何美洲国家严重边界纠纷中给予援助。

在整个美洲，睦邻精神是一个实际的和活生生的事实。21个美洲共和国不仅友好相处、和平共处，而且团结一致。

今天在全世界的所有国家中，我们在很多方面是独享幸福的。与我们最近的邻邦是友善的邻邦，要是有较远的国家不希望我们好，只希望我们坏，那么，它们应该知道我们是强大的，它们应该知道，我们能够并且决心护卫我们自己和我们的邻邦。

我们不想控制别的国家。我们不要领土扩张。我们反对帝国主义。我们希望世界裁军。

我们相信民主，我们相信自由，我们相信和平。我们向世界上每一个国家伸出睦邻之手。让那些希望与我们友好的人们注视我们的表现，紧握我们的双手吧！

［美国］富兰克林·罗斯福/文，韩晓燕/译

品读

富兰克林·德拉诺·罗斯福（Franklin Delano Roosevelt，1882年1月30日~1945年4月12日，美国人通常以其姓名缩写FDR称之），第32任美国总统

（1933 年 3 月 4 日～1945 年 4 月 12 日），是 20 世纪美国二三十年代经济危机和第二次世界大战的中心人物之一。从 1933 年～1945 年，连续出任四届美国总统，且是唯一连任超过两届的美国总统。

第一次世界大战后，美国加强对拉美各国的武装干涉、政治控制和经济扩张，不但引起拉美各国人民反美情绪的不断高涨，而且与英、德、日、意等国的矛盾也尖锐起来。因而急需改变策略，放弃原先采取的"金元外交"和"炮舰政策"，调整并改善与拉美各国的关系。

1933 年，富兰克林·罗斯福就任美国第 32 任总统，对内实施"新政"以解决经济危机，对外奉行"睦邻政策"和"中立政策"。为此，罗斯福总统于 1936 年 8 月 14 日在纽约肖托夸发表了这篇演说，详尽阐述了他在 1933 年就任总统时提出的"睦邻政策"。演说动之以情，晓之以理，强调"平等""互惠"的重要性。

埃塞俄比亚的立场

◇[埃塞俄比亚]海尔·塞拉西

读点

义正词严，正气凛然，表达不要战争也不惧战争的决心。

语言质朴，饱含感情，表现出誓死捍卫国家的民族精神。

演讲背景：

第二次世界大战前，意大利法西斯欲统治和殖民非洲，对埃塞俄比亚这个独立国家进行侵略。面对拥有现代化装备的强大的意大利法西斯军队，塞拉西皇帝表现出大无畏的英雄主义精神，为了抗击意大利法西斯军队入侵，亲临前线指挥作战。

1935年9月13日，在国联大会上塞拉西发表了这篇演说，表达了他与埃塞俄比亚人民热爱和平、珍视独立的愿望，也阐明了他们不惜以利剑和长矛保卫国土的决心。

意大利在12月瓦尔瓦尔事件（注：1934年12月5日，埃塞俄比亚军队与意大利军队在意属索马里边境的瓦尔瓦尔发生冲突。这是意大利入侵前的试探性行动）中找到了进犯埃塞俄比亚的借口。但是，早在5个月前，意大利就开始着手武装其殖民地了。在国际联盟理事会和仲裁委员会调查瓦尔瓦尔事件期间，意大利持续不断地运送部队、机械化装备和弹药，加强了军备，制造了紧张的气氛。

现在，他们企图向我们开战的借口已不复存在。于是，意大利在获悉其他列强拒绝让我们购买那些我们不能生产而防卫又必需的装备和弹药后，又企

批：一个"我"字，写出了此次事件背后的阴谋。

批：摆出事实，揭露真相，揭穿意大利的侵略野心——侵略蓄谋已久！

批：欲加之罪，何患无辞？"企图"一词使意大利的狼子野心和丑恶嘴脸昭然若揭。

图在世界舆论前羞辱埃塞俄比亚人民和政府。

　　他们将我们描绘成非得使之开化的野蛮人。意大利的这种看法将由历史来作出评价。我们将拭目以待，究竟一个自诩为文明化身的国家是否会对爱好和平的、赤手空拳的人民发动一场非正义的进攻。这个文明国家在7年前，即1928年8月2日主动作出了和平和友谊的许诺，并白纸黑字写上了条约（注：1928年8月2日意大利和埃塞俄比亚缔结《友好条约》，有效期为20年）。埃塞俄比亚人民把一切希望都寄托于此。

　　意大利力图为其准备反对我国人民的拙劣行径寻找合法的理由。为了达到这一目的，意大利军队骚扰我国边界，非法武装占领我国领土。意大利政府避而不答我们提出的正当质疑，反而在最后关头匆匆抛出了一份旨在反对我国人民的文件，这份文件是由分布在我国各地的许多雇佣来的所谓外交代表精心策划而成的。

　　此时此刻，就意大利对我们的指控作出合法的答复或同其争论都是不恰当的。因为我们知道，这些指控都是道听途说，而那份于9月4日提交给国际联盟的备忘录，还未来得及转到我们手中。我国政府有能力向国际联盟逐条驳回意大利在最后一刻形成的、对我们的所有指控，有能力向应该作出判断的世界舆论法庭证明一切。

　　我们在日内瓦的代表团已经收到政府的正式指示，要求国际联盟理事会，一个唯一有资格的国际性调查委员会，在听取双方争辩后来解决这一问题。

　　埃塞俄比亚人民渴望和平，同时他们因深深地爱着这个国家而群情激昂。虽然意大利玩弄了外交手腕，在一定程度上非法解除了埃塞俄比亚人民的武装，可是，我们的人民不管处境如何，都会珍惜他们的独立，知道如何保卫他们耕耘和热爱的土地，甚

批：自诩"文明化身"的国家却要用野蛮的方式来"开化"他们眼中的"野蛮人"，这就是列强的丛林法则和强盗逻辑。

批：许诺可以失信，条约可以撕毁，这样的国家还有什么"文明"可言呢？

批：希望寄托在条约上！面对强盗，埃塞俄比亚人民请擦亮眼睛！

批：强盗要实施强盗行为，总是会找到"理由"的。

批：揭示文件的来源是"所谓外交代表精心策划而成的"，说明其反动性。

批："逐条驳回"，有力说明了意大利的指控不成立。事实上，强盗要发动战争是没有什么道理可言的。1935年10月3日，意大利侵略军就对埃塞俄比亚不宣而战。

批：国际联盟靠不住！英法政府对意大利一味妥协纵容，还秘谈商定不与意大利发生冲突。

批：埃塞俄比亚人民渴望和平，面对侵略，埃塞俄比亚人民会丢弃幻想，拿起武器，保卫自己的国家。

至不惜使用利剑和长矛。

我们不要战争。埃塞俄比亚寄希望于上帝，她知道上帝的审判胜过人类，人类发明的旨在摆布他人的现代战争手段绝不是真正的文明的象征。

她感谢那些国务活动家，因为他们尽管有诸多公务缠身，但数月来一直在为维护被意大利执意破坏的这一和平而孜孜不倦地工作着。

埃塞俄比亚政府、教会和她的全体公民祈求上帝，为他们在维护和平而努力时给予帮助并指明方向。埃塞俄比亚一如既往地自觉履行国际义务。至目前为止，她已为确保和平解决目前的争端，为维护荣誉和尊严作出了一切牺牲。

埃塞俄比亚真心实意地祝愿能有一个公正、正确，而又友好和和平的解决方法。希望国际联盟理事会的官员遵照公约，促使世界上所有视和平为理想的国家，无论大国还是小国，共同制止这场危及文明世界的危机。

(佚名/译)

批：面对战争威胁，寄希望于上帝，实属无奈，因为当时埃塞俄比亚国力相对比较弱。

批：尽管国务活动家一直为和平而努力，然而弱国无外交，最终意大利对埃塞俄比亚不宣而战。

批：这样的牺牲能维护荣誉和尊严，却难得换来侵略者的良心发现。

批：祝愿是美好的，希望是真切的，但现实却是残酷的。使国家免受侵略，那就要使国家强大起来，人民团结起来；要赶走侵略者，那就要丢掉幻想，拿起武器，英勇战斗。

揭开"文明"的虚伪面纱

海尔·塞拉西(1892年7月23日~1975年8月27日)，埃塞俄比亚皇帝(1930年11月2日~1974年9月12日)。

1935年，战争的阴云笼罩在整个欧洲上空，大有一触即发之势。意大利法西斯为了使其侵略埃塞俄比亚的战争"师出有名"，就以瓦尔瓦尔事件为借口，准备对埃塞俄比亚发动战争。其实他们的侵略蓄谋已久，只是要找一个冠冕堂皇的借口而已。

为了争取和平，塞拉西在国联大会上作了这次演讲，演讲义正词严，直击敌人要害，让他们的借口不攻自破，从而揭开了蒙在意大利法西斯侵略者脸上的面纱，将他们的丑恶面目充分暴露在世人面前，让全世界爱好和平的人们看看这个"自诩为文明化身的国家"的丑恶本质。

面对强大的拥有现代化武器的意大利法西斯军队，塞拉西皇帝表现出大无畏的英雄主义气概。在戳穿敌人的阴谋之后，塞拉西表达了他和埃塞俄比亚人民热爱和平、珍视独立的愿望，同时也表达了他们捍卫和平、保卫国家的决心。尽管他们武器落后。最后他希望国际联盟理事会能够制止这场即将爆发的战争。全文脉络清晰,义正词严,有理有据,充分表明了埃塞俄比亚人民的民族精神:热爱和平,不怕战争。(子夜霜、李荣军、戴汝光)

芳草地

誓死保卫独立

誓死保卫独立。啊,这是无限幸福的事业!啊,1810 年 9 月 16 日升起的朝阳!三百年来你使我们在处于可耻的被奴役地位时看到一线光明,今天你使我们恢复了尊严,你灿烂的光辉已经照亮了一个发誓报仇雪耻的共和国战士的心。

同胞们,你们都知道,西班牙奴役墨西哥奉行的是弱肉强食的原则。它的统治是建立在不公正的基础上的,因而也只能靠不公正来维持。为了达到公然攫取他人财产的目的,必然要采用为道义与理性所不容的种种手段。实际上它的所作所为就是这样。它置墨西哥人的教育于不顾,对他们关上科学的大门,以使他们完全忘却自己的权利。它向他们灌输盲从的说教,迫使他们承认被奴役是他们的首要职责。它造成了利益各异的阶级,并将专横权力的一小部分赐予一些阶层,使他们认为自己比被压迫者优越,同时精心地让他们构成通往其邪恶的宝座的阶梯。它禁止墨西哥人与外国的一切联系,关闭通商口岸,并且助长罪恶的仇外情绪,把外国人当作上帝及人类的敌人。它设立了不道德的、可耻的鞭刑,目的在于使墨西哥人失去自尊心——人类尊严的最坚固的堡垒。它为了使墨西哥人贫困化,向他们严酷地征收苛捐杂税。它把政治和宗教合二为一,使其准则得到上帝才应享有的那种崇敬。它使偏执和狂热制度化,谁要是胆敢要求自己的权利,或以开明的道理为武器攻击政权的滥施淫威,所得到的唯一答复便是断头台和火刑。

这就是西班牙为了统治我们所遵循的行动原则。孤立,腐蚀,恫吓,分化,这些就是他们的暴虐政策的准则。所有这一切的结果是什么? 使我们在贫困、野蛮、腐化和奴役中过了三百年,而更为严重的是,我国的印第安人——我们的兄弟——浑浑噩噩地在赤贫中挣扎,各种苛捐杂税仍然沉重地压在他们身上,初等教育陷入无人过问的可悲境地。另一方面,他们在政治上的偏执使他们迫害人和仇视人,因为人是有理性的,总会有自己的思想。他们轻视技术和科学,他们憎恶劳动、爱好恶习和游手好闲,他们的欲望是利用公职和靠人民的血汗生活。总之,他们保护的是无能的、卖身投靠的人,而他们横加迫害的,却是懂得自己作为人的尊严、不屈服于他人的暴虐的正直公民。所有这些弊病作为西班牙殖民政府的遗产仍然存在,是它那卑鄙的政策残留下来的恶劣影响,是我们的幸福的真正障碍,也是我们的政治分歧的实际内容。既然那些不公正的准则产生了如此悲惨的恶果,理智、审慎乃至个人利害都告诫我们要像避开祸源那样抛弃那些准则,并且要把它们从我们的社会制度中清除出去。

西班牙采取了这些准则，因为它毕竟是征服者，而且企图压迫和控制一个被奴役的殖民地。而我们要建立的是一个自由的和主权的国家；我们采取的是共和政体；我们不是宰割不幸的臣民们的老爷，我们应当遵循开明而公正的政策的准则；我们应当保护人，使之摆脱沉重地压在他们身上并损害他们子孙的生计的各种赋税；我们应当把妨碍人自由行使自己权利的一切障碍予以排除；我们无论何时何地都应当赞扬美德和功勋，同时要蔑视那些无才无德却妄图靠阿谀奉承、卑鄙行径、卑劣的欺骗和诽谤来窃据要职的人；我们应当尊敬宣讲福音书的圣洁道德，并像米格尔·伊达尔戈那样将这种道德与政治结合起来，在我国青年中传播爱国、自由和其他美德的种子的教士；我们应当感谢那些在为民族的独立和自由的战斗中光荣负伤的军人。总之，我们应当维护一切阶级的受教育的权利，因为只有那些进行暗无天日的统治、依靠滥施淫威及人民的愚昧无知而得以生存的暴君，才会惧怕并憎恶文明的进步。

如果我们的行动遵循这些原则，我们将能真正摆脱西班牙的控制及其陈腐有害的习俗的影响。如果我们能这么做，我们的努力一定不会毫无效果。我国的自由对于我们再不会只是徒有虚名，对于人民也绝不会是一种为了牺牲他们而设的陷阱。我们之间将充满安宁与和睦，我们的祖国也终将成为光荣、克制和正义的乐土。到那时，神圣的自由之树终将深深扎根，我们的子孙将幸福地在这棵枝繁叶茂的大树的浓荫下憩息，并向我们致以永恒的谢忱。

[墨西哥]贝尼托·胡亚雷斯/文，佚名/译

品 读

贝尼托·帕勃罗·胡亚雷斯·加西亚（Benito Pablo Juárez García，1806 年 3 月 21 日~1872 年 7 月 18 日），墨西哥民族英雄，历史上第一位印第安人总统。美墨战争爆发后，当时任瓦哈卡州州长的胡亚雷斯于 1847 年 9 月 16 日在州政府大厦发表了这篇演讲。

这是一篇历数西班牙殖民主义者的罪行、声讨殖民地统治的战斗檄文。墨西哥沦为西班牙的殖民地长达 300 年。殖民统治使墨西哥人民在政治、经济、文化教育、精神和肉体等方面都受到残酷的欺凌。但更为可怕的是，殖民统治的弊病"作为西班牙殖民政府的遗产仍然存在"，并产生着恶劣影响。它是墨西哥人民"幸福的真正障碍"，也是当时"政治分歧的实际内容"。正因为如此，殖民政策的余毒是万恶的，必须"把它们从我们的社会制度中清除出去"。而达此目的，唯一的选择是"誓死保卫独立"，"这是无限幸福的事业"。既然如此，对于任何外来的侵略，都必须抗击，只有这样才能保卫独立。

这篇演讲又是一首颂扬自由独立与共和政体，展望墨西哥未来的赞歌。从内容结构上看，最后两段转入对"自由的和主权的国家"的描述与颂扬，表现

了一种崇高的美好理想和造福于子孙后代的远大胸怀。自由独立、共和政体的美好与殖民统治的罪恶两相对照,更加突出了"誓死保卫独立"的主题。没有独立就没有自由与幸福可言。

与祖国生死与共

◇[加拿大]罗伯特·博登

读点

> 这篇演讲激发听众为祖国而贡献自己的一切热
> 情。
> 表现与祖国生死与共，互助牺牲、坚守岗位、贡
> 献力量、创造辉煌的思想。

演讲背景：

　　罗伯特·莱尔德·博登(Robert Laird Borden,1854 年 6 月 26 日～1937 年 6 月 10 日)，第九任加拿大总理(1911 年 10 月 10 日～1920 年 7 月 10 日)。1901 年当选在野保守党领袖,1911 年当选加拿大总理。他反对美国塔夫总统与加拿大签订互惠条约。

　　1914 年 7 月 28 日奥匈帝国向塞尔维亚宣战,第一次世界大战爆发。第一次世界大战主要是同盟国和协约国之间的战争。德国、奥匈、土耳其、保加利亚属同盟国阵营,英国、法国、俄国和意大利属协约国阵营。8 月 1 日德国向俄国宣战;8 月 3 日德国向法国宣战;8 月 4 日德国入侵比利时,英国以此为借口向德国宣战;8 月 6 日奥匈向俄国宣战;8 月 12 日英国向奥匈宣战。

　　第一次世界大战前的 1912 年夏,博登赴英,他即已意识到一场战争迫在眉睫,加拿大必须有所准备。第一次世界大战爆发后,对于加拿大的参战,加拿大的英裔和法裔都一致表示赞同。随着 1914 年 8 月 4 日英国向德国宣战,属于英属自治领地的加拿大也跟着加入。1915 年战争进入僵持阶段。

　　第一次世界大战期间,博登坚持协约国的主张,这是他在 1915 年 8 月 4 日在伦敦会议中发表的演说。

　　一百年来(注:1763 年的巴黎和约使加拿大正式成为英属殖民地;1867 年英国将加拿大省、新不伦瑞克省和诺瓦斯科舍省合并为一个联邦,成为英国最早的自治领地;此后,其他省也陆续加入联邦),我们不会遭遇任何危及帝国 批:加拿大属于英属自治领地,讲历史是为了强调现在,帝国过去是幸运的,但现在却陷入一场空前的战争。

命脉的战争，五十多年来，我们不曾涉及任何称得上大规模的战争。民主政体的现代帝国处处都在加强经济发展，力争物质繁荣，这尤其是奥地利和加拿大两国的当务之急。近来，市场上喧嚣声震耳欲聋，国家元气面临比遭到战争时更重大的考验，因为我们都知道帝国的优良传统是责任感及勇于牺牲精神塑造出的成果，绝非由于一时承受重压考验所致。

批：两国陷入战争，对经济发展造成了极大的破坏，而战争又是以物质和经济为基础的。

批：国家面临的考验是严峻的，但只要有责任感和牺牲精神的优良传统，相信是能战胜困难的。

战争一开始，我们就很高兴地看到全民不论老弱妇孺都很乐于为我们的崇高理想而牺牲。我坚信加拿大与海外人民都衷心希望互相合作，英勇牺牲。内心常怀爱国主义的人最大的慰藉就是以牺牲小我来成全大我，所以我钦佩及感谢的就是世界各地及我国人民表现出来的互助牺牲精神，及其伟大的贡献。

批：进一步赞扬国民的牺牲精神，树立信心，鼓舞斗志。

昨天我走过大堤，右边是大寺院，左边是大教堂，脚下就是朝夕不断的历史洪流。在过去的几个世纪中，丹麦人及撒克逊人等都曾轮流占据过我们的领土，最后却共同影响了我们全国的生活。瞧！他们的建筑物是多么雄伟啊！

批：战争会改变被入侵国家的生活，但是，没有任何一个民族或国家希望其他民族或国家的侵略。因加拿大属于英属自治领地，所以博登才这么说。

他们对世界的影响又是何等久远啊！

批：抒情中传达强烈的必胜信念。

来自国外的我们站在这具有历史纪念价值的地方，脑海中所想的绝非只是你们对过去辉煌历史的缅怀。让我们时时记住我们现在面临的问题就是不亚于过去，且更严重。过去的已无法挽回，我们值得为祖国活着吗？是的，我们应该与她生死与共。现在选择和平还是战争两条路都密切关系着我国人民的生死存亡问题。

批：历史终归是历史，不能沉浸于历史的辉煌之中，必须清醒地面对严峻的现实。

批：在生死存亡关头，必须与祖国生死与共，才能续写辉煌。

同时，在这场战争中我们必须自强不息。不论本国或外国人士都正在创造比过去更辉煌更伟大的历史，我刚才已谈到处在这个伟大时代须注意的事项，这正是我的职责所在。

批：自强不息才能最终战胜敌人。"创造比过去更辉煌更伟大的历史"，就是自己的责任，明确了奋斗的方向。

在我结束这段谈话之前，让我对你们说：

为那些已经投身到这场大战的人，我们不会丝毫懈怠。我们深信我们的理想必将获得成功，必将获得人们的赞扬，我们将为了达到我们盼望的那个伟大的目标，我们必须做到的是坚守岗位，献出自己的每一份力量。

(佚名/译)

批：再一次号召人们为实现伟大目标，坚守岗位，切实行动，贡献力量。语言热情洋溢，充满鼓动性，这也正是演讲的目的所在。

慷慨陈词体现爱国热情

虽然一战的硝烟飘逝百年，但这篇演讲词蕴含着的爱国热情仍旧激励着一代又一代的人。罗伯特·博登激情四射、斗志昂扬的一字一句的演讲依然响彻我们耳边，让我们心潮澎湃，热血沸腾。

罗伯特·博登首先回顾了国家的历史发展进程，他肯定了自己的国家历来具有不屈不挠的伟大精神，在困难与压力下成长，"帝国的优良传统是责任感及勇于牺牲精神塑造出的成果，绝非由于一时承受重压考验所致"，同时他还赞美了广大的民众"高兴地看到全民不论老弱妇孺都很乐于为我们的崇高理想而牺牲"。作为一国之总理，只有亲身经历了血与火的考验，才能深切地体会到战火纷飞中普通百姓的民生疾苦，才会有发自内心的对天下苍生的关怀与同情。

缅怀了过去，更重要的是面对现实和未来。正如罗伯特·博登所言"让我们时时记住我们现在面临的问题就是不亚于过去，且更严重"，"现在选择和平还是战争两条路都密切关系着我国人民的生死存亡问题"。因此，当国家与个人都面临着重大抉择时，作者开始用充满号召力和感染力的话语唤起人们爱国报国之心，激发人们必胜的信念："我们深信我们的理想必将获得成功，必将获得人们的赞扬，我们将为了达到我们盼望的那个伟大的目标，我们必须做到的是坚守岗位，献出自己的每一份力量。"（屈平、戴汝光、刘宇）

芳草地　　　　## 邻人实与我们并无区别

作为一名基督徒，究其本质而言，我们的希望不在于人类天然本真的善意和理性。我们认为，人类有足够的能力去认识到自己是仁慈博爱的宇宙之主的孩子，从而克服阶级、教派以及种族的致命私利。如果人认识到自己是万物造物主的爱子，他将乐于视世上的邻人为自己的兄弟姐妹。所以，对于那些有权对上帝的旨意进行解释的人来说，他决不会认为上帝仅仅只属于某个国家或者是某个民族，这也是其中的缘由之一。战争源于热忱与忠诚，这种热忱与忠诚本该奉献给上帝，却错误地献给了取代上帝的其他东西，而民族主义是其中最危险的一个。

这是一个危险的世界，邪恶滋生出许多盲目的凶残。上星期在这个城市里就有许多人因此受到残杀或致残。在面对由于人的不公正和非理性可能会给世界带来的更大的灾难时，尽管我们有时并非心甘情愿，可武力还是有其必要性的。可即便如此，并非一切已经过去，希望仍然尚存。即便战争失败，希望也并未完全丧失。在莎士比亚那场伟大的战争戏剧（注：指《亨利五世》）里，亨利五世说："邪恶中亦有善的存在，可人们却往往对之视而不见，轻易将其舍弃。"冲突双方的人们都在哀悼着。在祈祷中，我们理所应当地回想起自己国家失去的人们和战死的阿根廷年轻士兵的家属。共同的悲痛会使参战的双方最终走到一起来，共同的痛苦可以化为一座和解的桥梁。我们的邻人实与我们并无区别。

我收到了大量有关这次礼拜仪式的信件和劝告。有些人在信上质疑道："为什么要把上帝扯进来？"好像是抬出上帝特意支持某种特定政策或者是态度一样。我们的祈祷和仪式的目的截然不同，正是因为这种不同，世界才重新充满希望。我们在祈祷中来到鲜活的上帝面前。我们带着人类的情感，为取得的成就和勇气倍感自豪，为遭受的损失和毁灭深感悲伤。我们坦诚面对，并不装腔作势地以时尚认可的意见和感恩为谈资。我们的哀痛、自豪、耻辱和信念不可避免地因人而异。当我们把这些注入到祈祷，全身心地投入其中，真正倾心于上帝，而不仅仅是求得他的认可，那么上帝就有可能对我们产生作用。他能使我们的同情更加深切，使我们的感恩之情更加醇厚。那些痛悼亡子的父母们也许会在这里找到一丝慰解，找到一种精神，把我们的同情推而广之，扩展到阿根廷所有失去儿子的父母身上。

心中没有上帝的人将会发现其内心很难实现这一巨变。不过这种巨变对我们而言却是极为必需的，否则所谓的和平和和解不过是空中楼台，万难实现。我曾听到不少报道，说参战的士兵在谈到面临生命根本的时候，即使是在冲突之中，也能够寻找到新的力量源泉和同情。可笑的是，有时倒是那些无所事事地坐在家中的看客们，不论是否支持这场冲突，仍是态度粗暴、麻木不仁。

心中没有上帝便不能称之为人。在上帝面前，人会将自己的失败与缺点暴露出来，可与此同时也得到了力量，把自己的生命和行动越来越多地化为对其同类人的爱与同情。在这个星球上，只有当越来越多的人发现这一点时，生命才会继续繁衍下去。我们面临着抉择。人掌握着毁灭自己的力量，足以在某个上帝替代者的祭坛上将整个人类毁于一旦，同时人也可以选择与万生之父的上帝同在。根据现有证据显示，我坚信正有越来越多的人处于觉醒之中，意识到此时此刻，这个至关重要的抉择就摆在我们的面前。

教堂是人永远把其各种经历——出生、嫁娶、死亡、同上帝若隐若现的交流、我们同他人之间脆弱的联系——带到那里，从而使我们得到基督精神深化和指引的地方。就在今天，我们将感恩、悲哀与对更加有序世界的期望交织在一起。祈求上帝净化、壮大，并继续指引朝着他的爱与和平王国前进的人们。阿门！

［英国］罗伯特·朗西／文，侯勇／译

品读

　　罗伯特·朗西（Robert Runcie，1921 年 10 月 2 日~2000 年 7 月 11 日），1980 ~ 1991 年任英国坎特伯雷大教堂大主教，曾在第二次世界大战中荣获军队十字勋章。英国国教是英国一股强有力的社会批评力量，而批评的矛头常常指向保守党领导人。罗伯特·郎西虽然是由保守党第一位女领袖玛格丽特·撒切尔任命为坎特伯雷大主教的，但他们之间的关系并不和谐。

　　1982 年 4 月 2 日，英国与阿根廷为争夺南大西洋马尔维纳斯群岛的领土主权展开战争，双方损失惨重。1982 年 6 月 14 日，以英军获胜而结束。1982 年 7 月 26 日，英国政府在坎特伯雷大教堂为死难者举行的祈祷仪式上，罗伯特·朗西发表了这篇演讲。朗西在演讲中敢于提醒人们既应该为获胜的英国哀悼，也应该为失败的阿根廷哀悼。据说撒切尔对此极为不满，但她从未公开发表过评论。

人格魅力

人，有目标就不会绝望

◇[法国]弗朗索瓦·莫里亚克

读点

朴实无华的语言，透露出诚挚而深情的关怀。
深刻卓越的见解，闪烁着一代文豪的智慧光芒。

演讲背景：

弗朗索瓦·莫里亚克（François Mauriac，1885年10月11日~1970年9月1日），法国小说家、戏剧家、文学评论家、诗人。代表作有诗集《握手》（1909）等，小说《给麻风病人的吻》（1922）、《爱的荒漠》（1925）、《蝮蛇结》（1932）、《羔羊》（1954）等，戏剧《阿斯摩泰》（1938）等。

1952年11月6日，莫里亚克因在小说中"深入刻画人类生活的戏剧时所展示的精神洞察力和艺术激情"而获得诺贝尔文学奖。这是莫里亚克1952年12月10日在诺贝尔文学奖授奖仪式上发表的演讲，展示了他的写作态度：严肃坦诚地对待生活，而绝不用"惬意的谎言"欺骗人们。尽管莫里亚克的作品是忧郁的，但他忠实于生活，忠实于自己的灵魂，因此极具震撼力。

你们正在给予荣誉的这位文人，他应该触及的最后话题，我想，是他本人和他的创作。我的思想怎能摆脱那种创作和那个人、那些贫乏的故事和那个平凡的法国作家？由于瑞典学院的恩宠，他突然发现自己享有过高的荣誉，几乎不知所措。不，我不认为那是出于虚荣心，我才回顾这段漫长的道路：从一个无名的孩子直至今晚在你们中间占据这一席位。在我开始写作的时候，我从未想到这个幸存在我的作品中的小小世界，这个我在那里度过学校假期而几乎连法国人自己也不知道的外省角落，居然会引起外国读者的兴趣。我们一向相信我们的独特性，

批：第三人称便于以旁观者身份评价自己。用反问句表达这位热爱生活、热爱祖国的作家，他的成功离不开和他息息相关的生活土壤的培育。

批：用一句话概述自己的成长史，表现出了无比谦逊的态度。

批：莫里亚克的成功看似偶然，实则必然，这是他长期体察生活、严谨写作的结果。

我们忘记了:那些迷住我们的作品,乔治·艾略特和狄更斯、托尔斯泰或陀思妥耶夫斯基以及塞尔玛·拉格洛夫的小说描写的是与我们迥然不同的国家,描写的是另一种族和另一宗教的人类。但是,尽管如此,我们迷上它们,仅仅因为我们从中发现了我们自己。整个人类展示在我们出生地的农民中,世界地平线内所有农村通过我们童年的眼光呈现。我们出生在狭小的世界,在那里学会爱和忍受;小说家的天才就在于他能揭示这个狭小世界的普遍性。对于法国内外许多读者,我的世界似乎是忧郁的。我会说这一直使我感到惊讶吗?凡人,因为他们终有一死,所以害怕提及死亡;那些从不爱人也不被人爱的人,那些已经被人抛弃或背叛的人,或者还有一些人,他们徒劳地追求不可企及者,不屑于看上一眼追求他们而不为他们所爱的可怜者——所有这些人,一旦读到一部小说作品描写爱之心的孤独,就会感到震惊和愤慨。犹太人对先知以赛亚说:"告诉我们愉快的事情,用惬意的谎言欺骗我们。"

是的,读者要求用惬意的谎言欺骗他们。尽管如此,活在人类记忆中的作品是那些完整地描写人类戏剧的作品,不回避无法治疗的孤独。我们人人都必须在孤独中面对自己的命运,直至死亡——这是最终的孤独,因为我们最终都将孤独地死去。

这是一个没有希望的小说家的世界。这是你们伟大的斯特林堡[注:奥古斯特·斯特林堡(August Strindberg,1849年1月22日~1912年5月14日),瑞典最杰出的小说家和戏剧家,瑞典自然主义文学的奠基人,欧洲表现主义和象征主义的先驱]引导我们进入的世界。如果不是为了那个无限的希望,这也将是我的世界,因为自从我领悟到自觉的生活,我实际上已经迷上那个无限的希望。它以一线光明穿透我所描写的黑暗,我的色彩是黑暗的,我被认定是黑暗,而不是穿透黑暗

批:这些作品能迷住读者,不仅仅在于其独特,更在于读者能从中发现自己,能获得共鸣。

批:创作不等同于生活,文学创作来源于生活又高于生活,是对生活普遍性的概括和再现。

批:文学的魅力在于给人以震撼力,而震撼力往往在于表现那些似乎是人们不愿意直面或亲历的东西。

批:为博取读者的喜好而不惜以谎言欺骗。这既是对生活的不尊重,也是对读者的不负责!

批:文学虽然描写的是残酷,但毕竟是生活的"真实"。

批:肯定瑞典作家斯特林堡的伟大作用,不仅拉近与听众的距离,也为了阐明自己的文学追求。

批:以希望追求写自己的文学追求。

并在那里秘密燃烧的光明。每当某个法国女人企图毒死她的丈夫或勒死她的情人，人们就告诉我说："这是你的题材。"他们以为我开着一个恐怖博物馆，我是一个怪物专家。然而，我的人物与当代小说中的大多数人物有一个本质不同：他们感到自己有灵魂。在这个尼采之后的欧洲，仍能听到琐罗亚斯德呼叫"上帝死了"的反响，仍能见到这一反响的可怕后果。我的人物或许不全相信上帝还活着，但是，他们全都有一颗道德心，知道他们存在中的一部分认识罪恶，不可能犯罪。他们全部隐隐约约感到他们是他们的行为的奴隶，在别的命运中有反响。

对于我的那些或许是可怜的主角，生活是无限运动的经验，一种无限的超越自身的经验。人，只要不怀疑生活有方向和目标，就不会绝望。现代人的绝望产生于世界的荒谬、他们的绝望以及对于代理神话的屈从：这种荒谬使人变成非人。当尼采宣告上帝死亡，他也宣告在我们曾经生活和我们仍然必须生活的时代里，人失去自己的灵魂，因而也失去个人的命运，变成驮畜，受到纳粹分子和今日使用纳粹手段的那些人的虐待。一匹马、一头骡和一头牛有市场价格，但是，由于一种有组织、有系统的清洗，不用破费就可以获得人这种动物，从中榨取利润，直至它枯竭而死。任何一个作家，如果他把依据上帝形象创造的，得到耶稣基督拯救和受到灵圣启示的人作为他的创作中心，按照我的观点，他就不能被认为是绝望的画家，即使他的画面始终这样忧郁。他的画面之所以忧郁，那是因为在他看来，人的本性如果不是受到腐化，也是受到伤害。不待说，一个基督教小说家不能依据田园诗叙述人类历史，因为他无须避开罪恶的秘密。

但是，念念不忘罪恶也是念念不忘纯洁和童年。令我伤心的是，过于草率的批评家和读者没有认识到儿童在我的故事中占据的地位。在我的所有作品中间，有个儿童在梦想。它们含有儿童们的爱、最初的亲吻和最初的孤独，含有我所珍爱的莫扎特音乐中的一切东西。人们已经注意到我的作品中的毒蛇，但是没有注意到鸽子在不止一章中筑窝，因为在我的作品中，童年是失去的乐园，它介绍罪恶的秘密。

……

我请求你们原谅我说了这么一些过于私人的话，或许还说得过于阴沉。但是，为了报答你们给予他的荣誉，他不仅向你们展示他的心，而且也展示他的灵魂，还能有比这更好的报答吗？因为他已经通过他的人物告诉你们他的苦恼的秘密，他也应该在今晚向你们介绍他的安宁的秘密。

（佚名/译）

批：莫里亚克吸取了弗洛伊德的精神分析理论和意识流小说的手法，这集中表现在他对人的罪恶的心灵世界描写得细致入微上。

批：作家的生活使然，作家的作品渗透他的生活经历使然！

批：通过莫里亚克的演讲，我们又触到那颗高贵而敏感的心灵。而在荣誉面前，莫里亚克内心激动而语气诚恳。

忠实于自己的灵魂

莫里亚克的这篇演讲，向听众展示了他的写作态度：严肃坦诚地对待生活，而绝不用"惬意的谎言"欺骗人们。莫里亚克在法国乃至世界文坛上是以现实主义的继承与发扬者的面貌出现的，虽然其作品是忧郁的，但他忠实于生活，忠实于自己的灵魂，极具震撼力。

莫里亚克的现实主义风格表现在对现代人精神世界的深刻挖掘，从而揭示了人类心灵世界的深刻性。他以为真正的作品"不回避无法治疗的孤独"，而是要真实地面对苦难和生活。

莫里亚克幼年丧父，形成了他内向、善于静思默想的性格。他从小受母亲天主教思想的熏陶，又长期受教会学校的教育，他认为现实世界充满了"罪恶"，"人人都必须在孤独中面对自己的命运，直至死亡——这是最终的孤独，因为我们最终都将孤独地死去"。这种悲观思想正好与西方现代社会中传统价值观念失落后人们对世界产生的绝望感相契合，因此，莫里亚克作品的基调主要是忧郁的。但莫里亚克认为小说家创造的世界中仍然存有一丝希望，他在承认现实世界的丑恶，否定现实世界的同时，又从宗教爱的教义出发，将人类的希望寄托于灵魂的拯救和道德感的内心呼唤。

整篇演讲没有直述作品是怎样写的，但听众却从中窥出莫里亚克内心深处孤独而深刻的思想:"现代人的绝望产生于世界的荒谬、他们的绝望以及对于代理神话的屈从:这种荒谬使人变成非人。"正基于此,作为一个有良知的小说家才有承担起拯救自我、拯救人类灵魂的责任。

作为一位从事现实主义创作的作家,莫里亚克是饱含着人类理想主义精神来创作的,同时吸取了弗洛伊德的精神分析理论和意识流小说的手法,使心理描写在传统的基础上有所创新,这集中表现在他对人的罪恶的心灵世界描写得细致入微,但最终却是为人类寻找那微茫的希望。因此,在演讲词的最后他深沉地说:"念念不忘罪恶也是念念不忘纯洁和童年……童年是失去的乐园,它介绍罪恶的秘密。"(子夜霜、贾少敏)

芳草地　　　　奋斗不息的人生

你们是西部最大城市芝加哥的市民,是为这个国家奉献了林肯和格兰特的伊利诺斯州的州民,你们卓越地体现了美国国民性中最具美国特征的所有一切。在向你们讲话时,我想提倡的不是耽于安逸的人生哲学,而是奋斗不息的人生哲学——含辛茹苦,辛勤奋斗,锐意进取,终其一生;我想宣扬的是,成功的最高境界与贪图安逸、碌碌无为之辈毫无缘分,而只属于那些不畏险境、不惧困苦、不避辛劳,并因此终获辉煌胜利的人们。

慵懒安逸的一生,仅仅因为缺乏欲望或缺少能力去成就大事而归于平淡安稳的一生,无论是对个人还是对民族,都不足称道。我只不过希望,每个有自尊的美国人对自己、对子女所作的要求,同样适用于要求美国这一国度。你们当中有谁会教导自己的孩子,闲逸安稳是他们首要的考虑对象,是他们矢志追求的最终目标?你们这些芝加哥的市民将这个城市建设成了一座伟大的城市,你们这些伊利诺斯州的州民在把美国建设成为一个伟大国度的进程中作出了应有并且是卓越的贡献,因为你们既不鼓吹、也不实行这样的人生哲学。你们自己辛勤劳作,并教育子女也辛勤劳作。

假如你们家道殷实,名副其实,你们会教导子女,尽管他们可能会有闲暇,但是不可无所事事地虚掷光阴;因为明智使用闲暇只是意味着,那些有幸拥有闲暇、无须为谋生计而不得不工作的人,更加应该献身于科学、文学、艺术、探险、历史研究领域内无分文报酬的工作——那种国家丞须的工作,这些工作的成功开展将为国家赢得巨大声誉。

对苟且偷安、不敢作为的人,我们毫无敬佩之意。对奋斗不息、终达辉煌的人,我们则满怀崇敬;他们对邻人从来不作不义之举,对友人及时伸出援手,但是同时又具备阳刚之气,能够在现实生活的严峻斗争中赢得胜利。失败固然令人难以承受,但是从来不努力追求成功更为糟糕。

在人生旅程中,不付出努力,就会一无所获。现在无须努力仅仅意味着,目前已经积累了过去的努力成果。一个人只有在自己或祖辈努力有成的情况之下，才可以摆脱必须工作的束缚。假若如此获得的自由使用得当，并且这个人仍然在从事实际工作，只是工作性质有所不同，无论是成为作家还是将军，无论是涉足政界还是探幽历险，他都向我们证明了他理所应当获得命运的垂青眷顾。

但是，假若他将这段免于工作的自由时间不是当作准备时期，而是当作纯粹的享乐时光，即便可能不是那种堕落的享乐，这只能表明他不过是这世上的累赘，并且有朝一日必须自食其力时，他肯定技不如人。安安逸逸的人生，一言以蔽之，并非满足的人生。非凡对那些渴望在世上有所作为的人来说，尤其显得格格不入。

归根到底，一个国家如要称得上健康的国家，只有构成这个国家的男男女女都过着纯洁清白、朝气蓬勃、身心健康的生活，只有孩子们接受教育，学会竭尽全力，不逃避困难，而是克服困难；不贪恋安逸，而是不畏艰辛、不惧风险，知道如何赢得胜利。男子必须勇敢、忍耐、勤劳，乐于承担男人的工作，能够自立于世，抚养依靠他的亲眷。女子应该成为家庭主妇、持家的良伴、众多健康孩子的机智无畏的母亲。

在都德的一部动人心魄、令人感伤的著作中，他谈到"当今世上，年轻妻子对生儿育女的惧怕挥之不去"。当这些言辞成为一个国家的真实写照之际，那么这个国家已经腐烂透顶了。当男人对工作或正义的战争望而生怯，当女人将为母之道视为畏途，他们将会因为已处危亡的边缘而战栗不已；他们如从这世上消失殆尽，也不足为奇；他们是一切性格坚强，行为果敢，品格高尚的男人和女人理所当然的嘲笑对象。

个人如是，民族亦然。

[美国]西奥多·罗斯福/文，佚名/译

品 读

西奥多·罗斯福（Theodore Roosevelt，1858 年 10 月 27 日～1919 年 1 月 6日），美国军事家、政治家，第 26 任总统（1901 年 9 月 14 日～1909 年 3 月 4 日）。1906 年他获诺贝尔和平奖，成为获得诺贝尔奖的首位美国人。

西奥多童年一直饱受致命的气喘病折磨，通过长期艰苦锻炼，终于恢复健康，这一童年经历成为他人生的宝贵财富，他称自己的人生哲学为"奋斗不息的人生"。西奥多被认为是美国历史上最具个性、最有作为和最为伟大的总统之一。

这篇演说是西奥多于 1899 年 4 月 10 日在美国伊利诺斯州芝加哥市的汉密尔顿俱乐部发表的。他倡导生命不止、奋斗不息的处世哲学，批驳耽于安逸、碌碌无为的人生态度，在人生旅程中，必须自强不息，不付出努力，就一事无成，个人如此，民族亦然。这一雄辩的演讲，铿锵有力，掷地有声，振聋发聩，通篇洋溢着奋发向上的精神，令人读来感慨良多。

美丽的微笑与爱

◇[印度]特蕾莎

读 点

或叙事，或说理，洋溢着一种触动灵魂的爱的感情。

语言朴素诚挚，信仰震撼人心。

演讲背景：

特蕾莎(Mother Teresa，1910年8月26日~1997年9月5日)，印度著名的慈善家，印度天主教仁爱传教会创始人。特蕾莎出生于奥斯曼帝国(1299~1922)科索沃省的斯科普里(斯科普里今为马其顿共和国首都)。

1945年她远赴印度加尔各答，两年后成立仁爱传教修女会，为加尔各答的穷人服务。而今她所建立慈善机构网已遍布世界，赢得了国际社会的广泛尊敬。特蕾莎修女把终生献给拯救贫病和濒死者的事业，得到各方面的认可，于1979年获诺贝尔和平奖。2009年10月4日，诺贝尔基金会评选特蕾莎修女为诺贝尔奖百余年历史上最受尊崇的三位获奖者之一(其他两位是1964年和平奖得主马丁·路德·金和1921年物理学奖得主爱因斯坦)。

1979年12月10日，特蕾莎在诺贝尔和平奖的领奖典礼上发表了这篇演讲。

穷人是非常好的人。一天晚上，我们外出，在街上带回了四个人，其中一个奄奄一息。我告诉修女们说："你们照料其他三位，我照顾这个濒危的人。"这样，我为她做了我的爱所能做的一切事情。我将她放在床上，她的脸上露出如此美丽的微笑。她握住我的手，只是说"谢谢您"，随后就死了。

我情不自禁地在她的面前审视我的良心，我自问：如果我处于她那种状况，会说些什么呢？我的回

批："好"，定下博爱的感情基调。

批：美丽的微笑，是不幸者感知人世间温暖最真实的体现，亦是对施爱者的最大慰藉。

批：人们处于那种情况下，通常会诉说自己的苦处，而这个穷人

答很简单。我会试图引起别人对我的一点关注，我会说：我饥寒交迫，奄奄一息，痛苦不堪，等等。但是，她给我的要多得多——她将她的感激之爱给了我。然后她死了，脸上还带着微笑。我们从阴沟里带回来的那个男人也是这样。他快要被虫子吃掉了才被我们带回了家。"在街上我活得像动物，但我将像天使一样死去，因为我得到了爱和照料。"真是太好了，我看到了那个男人的伟大，他能说出那样的话，能够那样地死去：不责备任何人，不辱骂任何人，与世无争。像一位天使——这便是我们的人民的伟大之处。因此我们相信耶稣所说的话——我饥肠辘辘——我无衣裹身——我无家可归——我不为人要，不为人爱，不为人管——而你却对我做了。

我认为，我们并不是真正的社会工作者。在人们的眼中，我们或许是在从事社会工作，但是，我们实际上是在世界的中心沉思冥想的人。因为我们一天24小时都在触摸基督的身体……我想，在我们的家庭里，我们不需要枪炮弹药来进行破坏或是带来和平——我们只需要团结起来，彼此相爱，将和平、喜悦和活力带回家庭。这样，我们将能够战胜世界上现存的一切邪恶。

我准备以获得的诺贝尔和平奖奖金，努力为很多无家可归的人建立家庭。因为我相信，爱开始于家庭。如果我们可以为穷人建立家庭，我想越来越多的爱将会传播开来，而且我们将能够通过这种体谅他人的爱带来和平，给穷人带来福音。这些穷人首先是我们自己家里的穷人，其次是我们国家和世界上的穷人。为了做到这一点，我们的修女、我们的生命就必须同祈祷紧密相连。他们必须同基督结合在一起，这样才能够相互谅解和共同分享。因为同基督结合在一起就意味着谅解与分享。因为在今天的世界上有如此之多的痛苦……当我从大街上带回

却在感谢施爱者。换位思考，方知"穷人是非常好的人"！

批：如此认知"给予"与"获得"，可见演讲者博爱之胸怀。

批：感人的语言描写让人感到不幸者的宽厚与满足。善待不幸者吧，有时他们是我们生活的老师。

批：我们虽不是圣者，但也应有一颗感恩的心。

批：人之所以成为人，不仅仅会工作，更会深深思索，思索那些无比美好的东西。

批："将和平、喜悦和活力带回家庭"，道出世界人民的美好愿望。

批：奖金用于无家可归的人，再次见证其博爱精神和高尚情操。

批：穷人是"非常"好的人，处处为穷人着想的人，更是"非常非常"好的人。

批："首先……其次……"，并非出于私心，实际上也告诉我们，表达爱心应该从身边做起。

批：强烈对比，倾洒出演讲者浓浓

一个饥肠辘辘的人时，给他一盘米饭、一片面包，我就心满意足了，因为我已经驱除了那个人的饥饿。但是，如果一个人露宿街头，他感到不为人要，不为人爱，恐惧不安，被我们的社会所抛弃——这样的贫困如此充满伤害，如此令人无法忍受，我发现这是极其艰难的……因此，让我们经常以微笑相见，因为微笑是爱的开端。一旦我们开始彼此自然地相爱，我们就想做点事情了。

批：爱从微笑开始，有爱我们就能去做有爱心的事情。

的爱意。熟视不幸者而无睹，其实也是一种不幸。

（佚名/译）

朴实无华　感人至深

这是1979年诺贝尔和平奖获得者、印度著名慈善家特蕾莎修女在诺贝尔和平奖颁奖典礼上的著名演讲的节选。

这部分演讲，作者开宗明义，开口言明演讲的中心话题："穷人是非常好的人。"并以此话题坚定地表明了自己的信心："要团结起来，彼此相爱，将和平、喜悦和活力带回家庭"，去"战胜世界上现存的一切邪恶"。同时，还表达了美好的愿望：要用自己"获得的诺贝尔和平奖奖金"，去"努力为很多无家可归的人建立家庭"，"通过这种体谅他人的爱带来和平，给穷人带来福音"，借此将爱"传播开来"。

整个演讲中，作者将叙事和说理有机结合，不但深情地为听众讲述了在照顾一个濒危的流浪女人和男人的过程中，从他们身上看到的美丽的微笑，感受到的"不责备任何人，不辱骂任何人，与世无争"的那种对社会的宽容、对生活的豁达的伟大精神，而且还"情不自禁"地审视自己的"良心"，并从心底由衷地赞美"这便是我们的人民的伟大之处"！

整篇演讲虽然语言朴实无华，但却是热烈昂扬，激情澎湃。其所列举的事例听来似乎非常平凡，但细细品味，却是平凡中孕育伟大，真实中渗透挚情。整个演讲字里行间始终洋溢着一种触动灵魂的爱的深情，可谓感人至深。（子夜霜、唐仕伦、仲维柯）

芳草地　**在特蕾莎嬷嬷葬礼上的演说**

亲爱的兄弟姊妹们，印度以及世界各国尊贵的政府要员们，失去特蕾莎嬷嬷的慈善传教士会：

向过世的特蕾莎嬷嬷最后说再见的时刻到了。我们来自世界不同的角落,一起来表达我们的热爱和感激,献上我们的敬意。令人难以忘怀的亲切的嬷嬷仍然在冰冷的棺架上继续对我们说话,好像在重复上帝的话:"给予的人比得到的人更加有福。"

这里蕴含着福音的精髓,是上帝爱我们,他的创造物,以及我们爱他的福音——这种爱要求我们在与人打交道时真心付出,献出爱心。加尔各答的特蕾莎嬷嬷完全理解爱的福音。她虽然身体羸弱,但是她用不屈不挠的精神和每一份力量去理解爱的福音。她每天都用心和双手的劳动去实践爱的福音。她跨越了宗教、文化和种族的差异,给这个世界上了一堂必要和有益的课:给予的人比得到的人更加有福。

这个世纪经历了极端黑暗的时刻,然而在世纪之末,良知的光辉还尚未完全熄灭。神圣、宽容、善良和爱在历史的舞台上出现时人们仍然认得出来。境况各异的很多人都发现了这位信仰毫不动摇的女性的品质,教皇保罗二世就说出他们心中对特蕾莎嬷嬷的看法:她的精神视野不同寻常,她遇到每个人都表现出对上帝专注而自我牺牲的爱,她完全尊重每个人生命的价值,她有勇气面对如此多的挑战。保罗二世与特蕾莎嬷嬷很熟悉,他希望这次葬礼成为向上帝表示感谢的伟大祈祷,感谢上帝把她赐予给教会和世界。

特蕾莎嬷嬷一生的故事不仅是纯粹的人道主义功绩,她自己肯定也会第一个这么说。这只能解释为——用她自己的话说——通过"敬爱和伺服装扮成赤贫的他,在物质和精神两个层面恢复人们心中上帝的形象"来表现耶稣基督。有人说特蕾莎嬷嬷本可以与世界贫困的根源作更多斗争。特蕾莎嬷嬷知道这种批评。她听到了就会耸耸肩,好像在说:"你们继续谈论贫困的根源,想法解释贫困的现象吧,我会跪在赤贫的人身边照料他们。"乞丐、麻风病患者、艾滋病受害者不需要讨论和理论,他们需要的是爱。

饥饿的人们不能等到世界想出一个完美的解决方案,他们需要有效的团结。乌托邦的一些理论一直试图塑造一个完美的世界,在过去的二百年里尤其如此,但是这些理论并不支持奄奄一息的人、残疾的人,还有未出世的婴儿,而他们需要别人的关爱和照顾。

特蕾莎嬷嬷给我们留下的精神遗产都包含在《马太福音》中耶稣的这些话里:"我跟你说真的,你对我兄弟姐妹中最卑微的那个行善,这就相当于你替我行善。"特蕾莎嬷嬷在礼拜堂前沉默思考,祈祷敬仰,从而学会了从每个受苦的人那里看到上帝真正的面孔。她通过祈祷发现了古往今来世界各地人道主义工作的实质:人类的救赎者耶稣基督希望支持每一个人——尤其是贫困和患病的人——"你替我行善"。

加尔各答的特蕾莎嬷嬷点燃了爱的火焰,她精神的儿女们,必须将其发扬光大。世界很需要这个火焰发出的光和热。特蕾莎嬷嬷对印度和加尔各答市的热爱并未使她无法成为世界的公民。如果我们不担负起她未竟的事业,那么我们现在对这位谦恭的修女表示敬意就是徒劳之举。我们身边还有穷人。因为他们是在十字架上被处死的上帝之子的反映,我们必须牵挂着他们,他们应该是政治行动和宗教承诺的中心。

上周日，教皇在奉告祈祷时回忆起特蕾莎嬷嬷的这些话："祈祷的果实是信仰，信仰的果实是爱，爱的果实是奉献，奉献的果实是和平。让我们谦恭地向万物的造物主上帝祈祷吧，从而使这个世界变得更好。让我们恢复信仰。让我们的内心充满真正的爱。让我们每个人亲自为穷人们做些有用的事。只有当我们学会把别人——不论他们与我们有多大的区别，相距多远——视为我们可爱的兄弟姊妹，人类才能学会如何实现和平。这样我们才能真正为人类指出通往幸福的道路：给予的人比得到的人更加有福。

亲爱的特蕾莎嬷嬷，《圣徒相同》中给予人慰藉的教义允许我们感到你永远和我们在一起。你树立了光辉的榜样，我们都为此感谢你，并且保证将其作为我们的遗产。

教皇保罗二世（注：即约翰·保罗二世，1920年5月生于波兰，1978年10月在梵蒂冈教皇选举中当选为罗马教皇，2005年去世）派我来参加葬礼，今天我们向你最后告别，我以他的名义感谢你为世界的穷人所做的一切。他们受到耶稣的宠爱。他们也受到上帝在人世间牧师的宠爱。我以他的名义把代表我们最深谢意的花朵放在你的灵柩之上。

亲爱的特蕾莎嬷嬷，安息吧！

［梵蒂冈］安杰洛·索达诺/文，佚名/译

品 读

安杰洛·索达诺（Angelo Sodano，1927年11月23日～　），意大利宗教活动家、外交家，梵蒂冈国务卿（1991～2006）。在阿斯迪的神学院学习哲学和神学，后来在教皇格列高利大学获得神学博士学位，从教皇拉特兰大学获得教会神学博士学位。1991年6月29日被任命为梵蒂冈国务卿。

1997年9月5日晚上特蕾莎嬷嬷在印度加尔各答去世，9月6日，印度内阁召开紧急会议，宣布印度进入国殇期，并下令全国降半旗致哀两天，政府机构一律停止办公，同时宣布9月13日举行国葬。

参加特蕾莎嬷嬷葬礼的，除了印度总统和总理外，还有来自20多个国家的400多位政要，其中包括3位女王和3位总统。

这个盛大的典礼几乎惊动了全世界的所有媒体。从世界各地赶来报道葬礼的新闻记者根本无法统计，仅是直播葬礼的电视台就有数十家。这样的葬礼盛况，在印度的近现代史上，或许只有两个人可以与之相比：一个是圣雄甘地，另一个则是被印度人称为国父的尼赫鲁总理。

1997年9月13日上午，在印度加尔各答内温塔基体育馆举行安葬典礼。教皇约翰·保罗二世则派出了由国务卿安杰洛·索达诺等数人组成的一个庞大代表团。本文即是安杰洛·索达诺在葬礼上发表的演说。

失败的是我不是你们

◇[美国]约翰·麦凯恩

读点

感受演讲者享受奋斗的过程。
欣赏竞争对手,展现了天空般宽广的胸怀。

演讲背景:

　　约翰·席德尼·麦凯恩三世(John Sidney McCain Ⅲ,1936年8月29日~),美国政治家、共和党重量级人物。出生在美国海外领地巴拿马运河区的一个海军世家。2008年9月,美国共和党正式提名麦凯恩为总统候选人。9月4日在明尼苏达州首府圣保罗举行的共和党全国代表大会上,麦凯恩正式接受总统候选人提名。

　　美国的2008年总统大选结果,民主党总统候选人奥巴马在大选日(2008年11月4日)以大幅领先的优势当选第44任美国总统。麦凯恩于2008年11月4日晚9时在亚利桑那州的凤凰城比尔特摩尔酒店发表败选感言,对奥巴马表示祝贺,同时对支持者们表示感谢,并呼吁他们团结起来支持奥巴马。

　　<u>谢谢! 谢谢,朋友们! 感谢大家在亚利桑那州的美妙之夜来到这儿。朋友们,经过长途跋涉,我们终于走到了终点。美国人民已经作出了选择,很明确的选择。就在刚才,我很荣幸地与民主党参议员奥巴马通了电话并恭喜了他。</u>

　　祝贺他当选了我们共同热爱的国家的新总统。

　　在这场冗长而又艰苦的战役中,他的成功、能力和坚持不懈令人肃然起敬。但他用实际行动告知了数百万原本认为自己在总统选举中无足轻重的美国人,也点燃了他们的希望。<u>这一点深深地让我钦佩,</u>

> 批:大选已结束,发自内心地感谢支持者!

> 批:欣赏"对手",胸怀豁达。

> 批:国家利益高于一切,有感召力。

> 批:敬佩对手,不仅是一种博大的胸怀,更是一种高贵的品格。

> 批:每个人都是国家的一分子,对

值得我们颂扬。

这是一个历史性的选举。这份特殊意义并不只为非裔美国人，今天的荣耀也属于他们。

我一直深信在美国，机遇是留给所有勤奋努力以及时刻准备着的人的。相信奥巴马也这样认为。

然而，我们依然记得，虽然距玷污我们国家声誉和否定部分人不具备完全公民身份的时期已经有很长时间，但历史记忆仍然布满伤痕。

一个世纪前的1901年，罗斯福总统首次邀请一位名为华盛顿的黑人在白宫共进晚餐，这在当时引起了不少怨愤情绪。

今天的美国已经远离了当时残酷可怕的偏见时代。如今非裔美国人当选总统就是最好的佐证。

希望不再有争辩……希望在这个伟大的民族里，不再有对公民身份的偏见与歧视。

奥巴马为自己也为国家赢得了伟大的胜利。我为他鼓掌，并对他那深爱着的未能感受此刻、业已离去的外祖母（注：奥巴马的外祖母在其当选总统的前两天去世）表示问候。

奥巴马和我曾为双方存在的分歧争辩过，最终他取胜了。毫无疑问我们之间的很多分歧仍然存在。

这是我们国家的困难时刻。我在今晚保证，尽我所能帮助他领导我们面对诸多挑战。

我呼吁所有国民……我呼吁所有支持我的国民，和我一起不仅仅祝贺他，而且给予我们的新总统良好的意愿和最诚挚的努力，寻找团结的道路，寻找可能的方法来排除分歧、恢复繁荣、保障安全，给我们的子孙留下一个更加强大和美好的国家。

无论有什么分歧，我们都是美国公民。

这很正常。这很正常，今晚，我感到了些许失望。但明天，我们将继续前行，共同努力让我们的国

于国家，并非无足轻重。

批：这是一次无种族歧视偏见的民主选举，奥巴马当选意义非凡。

批：机会不等你，只有你等着机会。

批：奥巴马是美国首位黑人血统的总统，他的当选是美国人民对种族歧视偏见的又一次胜利。

批：讲述昔日的种族歧视偏见是为今日的民主与平等作铺垫。

批：这的确是选举无种族歧视偏见的最好的证明。

批：奥巴马的胜利是美国民主观念的胜利，是美国国家进步的标志。点出奥巴马外祖母去世，以情动人。

批：虽败选，但不否定自己的一些主张，立场坚定。

批：宽广无私的胸怀，伟大的爱国精神。

批：无私的支持！不分党派，团结一致，才能让国家更加强大、更加美好！

批：今天的失望比起共同的目标来说，是微不足道的，所以演讲者

家继续发展。

我们战斗——我们作出了最努力的斗争。虽然我们感受到了失望,但失败是我个人的,而不是你们的。

我深深地感谢所有支持我的人以及你们为我所做的一切。我多么希望结果能有所不同,我的朋友们。

从一开始,这条道路就注定是艰难曲折的。但你们的支持和友情让我从不动摇。我无法充分表达我是多么感激你们大家。

我要特别感谢我的夫人辛迪和我的孩子们,以及我亲爱的母亲……我亲爱的母亲和家庭,以及在选举的沉浮中一直站在我身边的老朋友们。

我是个幸运的人,一直拥有来自你们的爱和鼓励。

你们知道,竞选对候选人家庭的挑战比对本人要多,这次竞选也是这样。

我当然也十分感谢佩林,她是我见过最好的竞选者之一……也是共和党内要求改革的代表人物……在这场混战中表现出了勇气和风度,给予了孜孜不倦的奉献。

我们完全可以对她今后在阿拉斯加的贡献寄予厚望。

我不知道能再做什么来赢取竞选的胜利。我将这个问题留给其他人思考。每一个候选人都会犯下错误,我也会。但我不会后悔所做的事,以及设想未来将会怎样。

这次选举将一直是我人生中最大的荣誉,我为能经历此战而倍感欣慰。我相信奥巴马及其搭档拜登将在未来四年里更好地领导国家和人民。

作为一个美国公民,我对能服务于国家半个世纪感到无比荣耀。

说"些许失望"。

批:宽慰选民,激励选民。

批:表达对支持者的感激之情!

批:表达对家人、朋友的感激之情!

批:尽管败选,但感谢这些人是应有的美德。

批:美好的祝愿!

今天，我是国家最高领导者的候选人。今晚，我仍是她的仆人。这是值得任何人祈祷的，为此我要感谢亚利桑那州的人们。

今晚——不仅仅今晚，我的心中充满对国家和国民的爱意——无论他们支持我还是奥巴马。

批：不以物喜，不以己悲，但一切以国家利益为重。

我再次祝福我此前的劲敌、未来的总统奥巴马。我还要呼吁所有国民，不要对国家失去希望，请相信伟大而又充满希望的美利坚，因为在这里一切皆有可能。

批：表达国家的自豪感！

美国人从不退缩，我们从不投降。

批：伟大的不屈服的精神。

我们从来都正视历史，我们创造历史。

批：伟大的历史观！

谢谢！上帝保佑你们，上帝保佑美国！谢谢大家！

（周晶璐/译）

失败，也是伟大的

在生活中，我们当中的许多人都是把竞争对手看成是自己敌人，这实际上是偏见、狭隘、气度小的表现。这里约翰·麦凯恩在竞争失败时发表的演讲给我们作出了大度的表率。所以，麦凯恩竞选总统失败了，但他的人格却是伟大的。

在对手成功时给对手以热烈而衷心的祝贺，这是对对手的大加褒奖，也是对公众的选择给予热烈的赞扬，同时站在历史与时代的角度上对国家体制进行颂扬，又是对时代进步的歌颂。这种表现实际上也表现了败选者的一颗宝贵的公心。"在美国，机遇是留给所有勤奋努力以及时刻准备着的人的"，深刻地表现了一个败选者对失败的服气与大度。

在对大家褒奖的同时，不否认分歧的存在，但是他呼吁大家要尽可能地寻找消除分歧的方法与团结的道路，为国家的繁荣而努力。同时，不忘对家人、朋友、支持者以及竞选者的感谢，表现出浓厚的人情味。

一般的失败者很难清醒地认识自己和别人，而这里的演讲者却勇敢大度客观地表明自己的幸福，对别人的祝福，表现出一个良好修养的败选者形象。（子夜霜、王崇翔、夏发祥）

论人的伟大

思想形成人的伟大。

人只不过是一根苇草,是自然界最脆弱的东西,但他是一根能思想的苇草。用不着整个宇宙都拿起武器来才能毁灭,一口气、一滴水就足以致他死命了。然而,纵使宇宙毁灭了他,人却仍然要比致他于死命的东西更高贵得多,因为他知道自己要死亡,以及宇宙对他所具有的优势,而宇宙对此却是一无所知。

因而,我们全部的尊严就在于思想。正是由于它而不是由于我们所无法填充的空间和时间我们才必须提高自己。因此,我们要努力好好地思想,这就是道德的原则。

能思想的苇草——我应该追求自己的尊严,绝不是求之于空间,而是求之于自己的思想的规定。我占有多少土地都不会有用;由于空间,宇宙便囊括了我并吞没了我,有如一个质点;由于思想,我却囊括了宇宙。

人既不是天使,又不是禽兽,但不幸就在于想表现为天使的人却表现为禽兽。

思想——人的全部的尊严就在于思想。

因此,思想由于它的本性,就是一种可惊叹的、无与伦比的东西。它一定得具有出奇的缺点才能为人所蔑视,然而它又确实具有,所以再没有比这更加荒唐可笑的事了。思想由于它的本性是何等的伟大啊!思想又由于它的缺点是何等的卑贱啊!

然而,这种思想又是什么呢?它是何等的愚蠢啊!

人的伟大之所以为伟大,就在于他认识自己可悲。一棵树并不认识自己可悲。

因此,认识自己可悲乃是可悲的;然而认识我们之所以为可悲,却是伟大的。

这一切的可悲其本身就证明了人的伟大。它是一位伟大君主的可悲,是一个失了位的国王的可悲。

我们没有感觉就不会可悲;一栋破房子就不会可悲。只有人才会可悲。

人的伟大——我们对于人的灵魂具有一种如此伟大的观念,以致我们不能忍受它受人蔑视,或不受别的灵魂尊敬,而人的全部的幸福就在于这种尊敬。

人的伟大——人的伟大是那样地显而易见,甚至于从他的可悲里也可以得出这一点来。因为在动物是天性的东西,于我们人则称之为可悲;由此我们便可以认识到,人的天性现在既然有似于动物的天性,那么他就是从一种为他自己一度所固有的更美好的天性里面堕落下来的。

因为,若不是一个被废黜的国王,有谁会由于自己不是国王就觉得自己不幸呢?人们会觉得保罗·哀米利乌斯(注:保罗·哀米利乌斯于公元前 168 年之前曾两度任罗马执政官,第二次任执政官时击败马其顿王柏修斯)不再任执政官就不幸了吗?正相反,所有的人都觉得他已经担任过了执政官乃是幸福的，因为他的情况就是不得永远担任执政官。然而人们觉得柏修斯（注：柏修斯，马其顿末代国王，公元前179年至前168年在位，公元前168年为保罗·哀米利乌斯所败后被俘）不再做国王却是如此之不幸，因为他的情况就是永远要做国王，以至人们对于他居然能活下去感到惊异。谁会由于自己只有一张嘴而觉得自己不幸呢？谁又会由于自己只有一只眼睛而不觉得自己不幸呢？我们也许从不曾听说过由于没有三只眼睛便感到难过的，可是若连一只眼睛都没有，那就怎么也无法慰藉了。

对立性。在已经证明了人的卑贱和伟大之后——现在就让人尊重自己的价值吧。让他热爱自己吧，因为在他身上有一种足以美好的天性。可是让他不要因此也爱自己身上的卑贱吧。让他鄙视自己吧，因为这种能力是空虚的。可是让他不要因此也鄙视这种天赋的能力。让他恨自己吧，让他爱自己吧：他的身上有着认识真理和可以幸福的能力，然而他却根本没有获得真理，无论是永恒的真理，还是满意的真理。

因此，我要引人竭力寻找真理并准备摆脱感情而追随真理（只要他能发现真理），既然他知道自己的知识是彻底地为感情所蒙蔽；我要让他恨自身中的欲念——欲念本身就限定了他——以便欲念不至于使他盲目作出自己的选择，并且在他作出选择之后不至于妨碍他。

[法国]布莱斯·帕斯卡/文，何兆武/译

品读

布莱斯·帕斯卡（Blaise Pascal，1623年6月19日~1662年8月19日），法国卓越的数学家、物理学家、哲学家、化学家、音乐家、教育家、气象学家。他在理论科学和实验科学两方面都作出了巨大贡献，几何学上的帕斯卡三角形（12岁时发现）、帕斯卡定理（17岁时发现），物理学上的帕斯卡定理等均是他的贡献。1642年他还创制了世界上第一架机械式计算装置（是后来复杂计算机的雏形），制作了水银气压计（1648年）。他同时还是概率论的创立人之一。1670年，《帕斯卡思想录》一书在法国首版，被认为是法国古典散文的奠基之作。该书以其论战的锋芒、思想的深邃以及文笔的流畅而成为世界思想文化史上的经典著作。

本文选自《帕斯卡思想录》。帕斯卡从对比的角度论证人的伟大：人与苇草同样脆弱，但是人有思想；人与动物有相同的天性，但人有尊严；一棵树、一栋房子不会感到悲哀，而人能够认识到自己的可悲，因此人是伟大的。人是"能思想的苇草"，因为能够思想而使人认识宇宙，囊括宇宙；人的伟大在于通过思想认识到自己的可悲，而去追求真理，认识宇宙，获得伟大的观念，从而受到人的尊敬。作者还举例论证了：好的思想方法，不应为感情所蒙蔽，不应被欲念所限制。总之，作者以深邃而有哲理的散文语言，辩证地分析了人的伟大并指引读者有效思想，完善灵魂，追求真理。

论 气 节

◇[中国]朱自清

读点

辨明对"气节"一词的认识误区。

为知识分子指明行动的方向。

材料翔实,论证严密,照应周到,浑然一体。

演讲背景:

抗日战争时期,周作人在伪政府任职。抗战结束后,于1946年5月被解往南京受审。冯雪峰认为周作人背叛"五四"传统,于是撰写《谈士节兼论周作人》加以批判。

1947年,朱自清读了冯雪峰的文章,感慨颇多,并就"气节"问题进行了学术考证。

1947年4月9日,清华新诗社分社为了庆祝联大新诗社成立三周年,举办了"诗与歌"晚会,朱自清作了诗歌讲演。

1947年4月11日晚,朱自清又应清华通识社之邀,作了《谈气节》的演讲,充分肯定了"五四"以来青年知识分子用正义的斗争行动代替消极的"气节"的"新的做人的尺度"。随后该演讲在1947年5月1日《知识与生活》杂志第二期发表,整理为《论气节》,遂成广为传诵的名篇。

气节是我国固有的道德标准,现代还用着这个标准来衡量人们的行为,主要的是所谓读书人或士人的立身处世之道。但这似乎只在中年一代如此,青年一代倒像不大理会这种传统的标准,他们在用着正在建立的新的标准,也可以叫作新的尺度。中年一代一般的接受这传统,青年一代却不理会它,这种脱节的现象是这种变的时代或动乱时代常有的。因此就引不起什么讨论。直到近年,冯雪峰先生才将这标准这传统作为问题提出,加以分析和批判;这

批:开篇紧扣主题,强调并解释"气节"。

批:冯雪峰《乡风与市风》里才将这传统问题加以分析和批判。

是在他的《乡风与市风》那本杂文集里。

　　冯先生指出"士节"的两种典型：一是忠臣，一是清高之士。他说后者往往因为脱离了现实，成为"为节而节"的虚无主义者，结果往往会变了节。他却又说"士节"是对人生的一种坚定的态度，是个人意志独立的表现。因此也可以成就接近人民的叛逆者或革命家，但是这种人物的造就或完成，只有在后来的时代，例如我们的时代。冯先生的分析，笔者大体同意；对这个问题笔者近来也常常加以思索，现在写出自己的一些意见，也许可以补充冯先生所没有说到的。

批：冯先生认为"士节"分了两种典型，这既是为了奠定论述基础，也为了使论述进一步深入。

批：肯定冯先生的观点，补充他没说到的。

　　气和节似乎原是两个各自独立的意念。《左传》上有"一鼓作气"的话，是说战斗的。后来所谓"士气"就是这个气，也就是"斗志"；这个"士"指的是武士。孟子提倡的"浩然之气"似乎就是这个气的转变与扩充。他说"至大至刚"，说"养勇"，都是带有战斗性的。"浩然之气"是"集义所生"，"义"就是"有理"或"公道"。后来所谓"义气"，意思要狭隘些，可也算是"浩然之气"的分支。现在我们常说的"正义感"，虽然特别强调现实，似乎也还可以算是跟"浩然之气"联系着的。至于文天祥所歌咏的"正气"，更显然跟"浩然之气"一脉相承。不过在笔者看来两者却并不完全相同，文氏似乎在强调那消极的节。

批：指出"气"和"节"原是两个独立意念。本段先说"气"，并举《左传》里的"一鼓作气"之"士气"、孟子提倡的"浩然之气"、文天祥歌咏的"正气"的说法为证。

批：提出自己的看法，指明文氏强调的节是消极的，引出下文。

　　节的意念也在先秦时代就有了，《左传》里有"圣达节，次守节，下失节"的话。古代注重礼乐，乐的精神是"和"，礼的精神是"节"。礼乐是贵族生活的手段，也可以说是目的。他们要定等级，明分际，要有稳固的社会秩序，所以要"节"，但是他们要统治，要上统下，所以也要"和"。礼以"节"为主，可也得跟"和"配合着；乐以"和"为主，可也得跟"节"配合着。节跟和是相反相成的。明白了这个道理，我们可以说所谓"圣达节"等的"节"，是从礼乐里引申出来成了行为的标准或做人的标准；而这个节其实

批：本段强调"节"，引用《左传》里的话，并作详细分析。

批：点出要"节"之因。

也就是传统的"中道"。按说"和"也是中道,不同的是"和"重在合,"节"重在分;重在分所以重在不犯不乱,这就带上消极性了。

向来论气节的,大概总从东汉末年的党祸起头。那是所谓处士横议的时代。在野的士人纷纷地批评和攻击宦官们的贪污政治,中心似乎在太学。这些在野的士人虽然没有严密的组织,却已经在联合起来,并且博得了人民的同情。宦官们害怕了,于是乎逮捕拘禁那些领导人。这就是所谓"党锢"或"钩党","钩"是"钩连"的意思。从这两个名称上可以见出这是一种群众的力量。那时逃亡的党人,家家愿意收容着,所谓"望门投止",也可以见出人民的态度,这种党人,大家尊为气节之士。气是敢作敢为,节是有所不为——有所不为也就是不合作。这敢作敢为是以集体的力量为基础的,跟孟子的"浩然之气"与世俗所谓"义气"只注重领导者的个人不一样。后来宋朝几千太学生请愿罢免奸臣,以及明朝东林党的攻击宦官,都是集体行动,也都是气节的表现。但是这种表现里似乎积极的"气"更重于消极的"节"。

在专制时代的种种社会条件之下,集体的行动是不容易表现的,于是士人的立身处世就偏向了"节"这个标准。在朝的要做忠臣。这种忠节或是表现在冒犯君主尊严的直谏上,有时因此牺牲性命;或是表现在不做新朝的官甚至以身殉国上。忠而至于死,那是忠而又烈了。在野的要做清高之士,这种人表示不愿和在朝的人合作,因而游离于现实之外,或者更逃避到山林之中,那就是隐逸之士了。这两种节,忠节与高节,都是个人的消极的表现。忠节至多造就一些失败的英雄,高节更只能造就一些明哲保身的自了汉,甚至于一些虚无主义者。原来气是动的,可以变化。我们常说志气,志是心之所向,可以

批:指明"节"在区分等级"不犯不乱"上带有消极性。

批:指明论气节源于东汉末年的党祸那个处士横议的时代。

批:那时的"气节","气"是敢作敢为,"节"是有所不为。这与通常所说"气节"的含义不同。

批:肯定宋、明这种集体行动与孟子的"浩然之气"、世俗的"义气"不同,都是"气节"的表现。

批:这种集体气节行动里积极的"气"更重于消极的"节"。

批:专制时代,士人立身重在"节"。

批:评价忠节与高节。

在四方,可以在千里,志和气是配合着的。节却是静的,不变的,所以要"守节",要不"失节"。有时候节甚至于是死的,死的节跟活的现实脱了榫,于是乎自命清高的人结果变了节,冯雪峰先生论到周作人,就是眼前的例子。从统治阶级的立场看,"忠言逆耳利于行",忠臣到底是卫护着这个阶级的,而清高之士消纳了叛逆者,也是有利于这个阶级的。所以宋朝人说"饿死事小,失节事大",原先说的是女人,后来也用来说士人,这正是统治阶级代言人的口气,但是也表示着到了那时代士的个人地位的增高和责任的加重。

"士"或称为"读书人",是统治阶级最下层的单位,并非"帮闲"。他们的利害跟君相是共同的,在朝固然如此,在野也未尝不如此。固然在野的处士可以不受君臣名分的束缚,可以"不事王侯,高尚其事",但是他们得吃饭,这饭恐怕还得靠农民耕给他们吃,而这些农民大概是属于他们做官的祖宗的遗产的。"躬耕"往往是一句门面话,就是偶然有个把真正躬耕的如陶渊明,精神上或意识形态上也还是在负着天下兴亡之责的士,陶的《述酒》等诗就是证据。可见处士虽然有时横议,那只是自家人吵嘴闹架,他们生活的基础一般的主要的还是在农民的劳动上,跟君主与在朝的大夫并无两样,而一般的主要的意识形态,彼此也是一致的。

然而士终于变质了,这可以说是到了民国时代才显著。从清朝末年开设学校,教员和学生渐渐加多,他们渐渐各自形成一个集团;其中有不少的人参加革新运动或革命运动,而大多数也倾向着这两种运动。这已是气重于节了。等到民国成立,理论上人民是主人,事实上是军阀争权。这时代的教员和学生意识着自己的主人身份,游离了统治的军阀;他们是在野,可是由于军阀政治的腐败,却渐渐获得了

批:"节"与现实无关时,高节者易变节。如冯先生提到周作人。

批:由"节"说到士。

批:分析"士"与君相利害是相同的。

批:陶渊明就是读书人的典型。

批:士的变质到民国时代才显著。人们开始有多元选择。

一种领导的地位。他们虽然还不能和民众打成一片，但是已经在渐渐地接近民众。五四运动划出了一个新时代。自由主义建筑在自由职业和社会分工的基础上。教员是自由职业者，不是官，也不是候补的官。学生也可以选择多元的职业，不是只有做官一路。他们于是从统治阶级独立，不再是"士"或所谓"读书人"，而变成了"知识分子"，集体的就是"知识阶级"。残余的"士"或"读书人"自然也还有，不过只是些残余罢了。这种变质是中国现代化的过程的一段，而中国的知识阶级在这过程中也会尽了并且还在想尽他们的任务，跟这时代世界上别处的知识阶级一样，也分享着他们一般的命运。<u>若用气节的标准来衡量，这些知识分子或这个知识阶级开头是气重于节，到了现在却又似乎是节重于气了。</u>

批："气"与"节"在转换。

知识阶级开头凭着集团的力量勇猛直前，打倒种种传统，那时候是敢作敢为一股气。可是这个集团并不大，在中国尤其如此，力量到底有限，而与民众打成一片又不容易，于是碰到集中的武力，甚至加上外来的压力，就抵挡不住。而一方面广大的民众抬头要饭吃，他们也没法满足这些饥饿的民众。他们于是失去了领导的地位，逗留在这夹缝中间，渐渐感觉着不自由，闹了个"四大金刚悬空八只脚"。<u>他们于是只能保守着自己，这也算是节罢；也想缓缓地落下地去，可是气不足，得等着瞧。</u>可是这里的是偏于中年一代。青年一代的知识分子却不如此，他们无视传统的"气节"。特别是那种消极的"节"。替代的是"正义感"，接着"正义感"的是"行动"，其实"正义感"是合并了"气"和"节"，"行动"还是"气"。这是他们的新的做人的尺度。等到这个尺度成为标准，知识阶级大概是还要变质的吧？

批：分析这个时代，强调青年知识
分子应保持正义感和行动这样
新的做人的气节尺度。

1947 年 4 月 13、14 日作。

有气节者论气节

朱自清《论气节》的演讲,充分肯定了"五四"以来青年知识分子用正义的斗争行动代替消极的"气节"的"新的做人的尺度"。

朱先生侧重于探讨"气""节"的历史演变。从先秦到民国,逐渐渗透于我们民族的精神之中,尤其深入到读书人的骨髓,成为士人立身处世的标准。但是,"忠节与高节,都是个人的消极的表现。……所以要'守节',要不'失节'……死的节跟活的现实脱了榫……"于是,一些坚持气节的人到了紧要关头往往不彻底,甚至变节。

中国知识分子始终没有成为强大的独立社会力量,缘由何在呢?

"这个集团并不大……力量到底有限……于是碰到集中的武力,甚至加上外来的压力,就抵挡不住。而一方面广大的民众抬头要饭吃,他们也没法满足这些饥饿的民众。他们于是失去了领导的地位,逗留在这夹缝中间……"

但是,时代在发展,气节在变化。"青年一代的知识分子……他们无视传统的'气节'。特别是那种消极的'节'。替代的是'正义感',接着'正义感'的是'行动'……这是他们的新的做人的尺度。"

朱自清就是一个刚正不阿、严于操守的人。他多次拒绝国民党的高官厚禄,积极寻求现代化的道路,严厉斥责独裁者的暴政和侵略者的伪善。毛泽东称颂他"一身重病,宁可饿死,不领美国的'救济粮'"。年仅50岁的朱自清在贫病交加中与世长辞,把他的高尚气节、人格尊严永远留在了人间!(聂琪、京涛)

芳草地 　最后的陈述

肖伊:……无可争辩的事实是:胜利的一方总是以自己的原则为尺度,来评价失败的敌人的。其次,现在所讨论的事件并不是在奥地利发生的。英国法官鉴于巴黎斗争的政治性质,已宣告法律上不许可引渡在英国的公社参加者。这些人恰好不能看作是刑事犯……被列为罪证的那段引自帝国大学教授罗·冯·施泰因的著作。这两篇文章都没有赞扬任何违法行为,陪审员们裁决时应当依据被指控的文章本身,而不是以没有表达出来的思想为依据……

庭长:你是否把巴黎的战士描述成英雄,而把凡尔赛的军队说成刽子手?

肖伊:当然,前者为自己的信仰而斗争。凡尔赛集团的军队的情况就不一样了。

庭长:这个集团就是指大家承认的政府吗?

肖伊:目前它确实是统治者,但是立即就出现了反对派。对凡尔赛政府的产生,巴黎人民是起了很大作用的,但当它出卖了国家,并想扼杀共和政体时,巴黎人民就抛弃了它。

庭长:你所说的巴黎人民,大概只是指社会主义者,他们都属于工人阶层。

肖伊:公社内有各阶层的人,既有无产阶级的人,也有有产阶级的人,这是事实。

庭长:现在不是谈这些人,而是谈那些跑上街头,鼓动杀人放火的人。

肖伊:他们从来没有鼓动过杀人和放火,只是到了最后没有其他办法时,才作为自己的极端办法加以采用的。

庭长:你不是还赞扬了革命吗?

肖伊:这一点我至今还认为是理所当然的,因为历次革命都使各国人民获得巨大的成就。

庭长:在第二篇文章中也有……类似的说法吗?

肖伊:文章中有告诫法国资产阶级的话,叫它不要高兴得太早。让它知道,它应当向劳动人民作出让步,应当改变当前制度。

庭长:这里指的是什么制度?

肖伊:财产的不合理分配。

庭长:你指的是什么?

肖伊:每个人应当享有自己劳动的果实。少数人对群众的剥削应当终止,欺骗、掠夺和舞弊应当消灭。

庭长:你在这里所说的是一无所有,而且也没有任何东西可以丧失的那个阶级吗?

肖伊:不言而喻,这个阶级是资产阶级自己造成的,并且(正因为它没有什么东西可以丧失)它同这个资产阶级进行着斗争以保证自己的生存。其他报纸上的文章也证明,在法兰西存在着这种制度,那些文章说的正是:现在法国政府的做法会导致新的灾难。我毫不明白,政府当局怎么竟想要我对历史事实确定不移的逻辑负责。

(检察官接着发言……)

庭长:被告还要说些什么为自己辩护?

肖伊:检察官先生说,公民们的个人财产没得到不受巴黎公社暴力掠夺的保障。他同时还企图证明,公社的唯一目的就是掠夺有产者。然而,我肯定,并能证明,还没有一个政府能像屡遭诽谤的巴黎公社一样要根除盗窃行为。我只要举五月法令作为实例,该法令的精神可用一句话表示:处死窃贼!显然,公社并不是按照这条声名狼藉的阶级格言的字面意义来行动的,它不仅绞死小偷,而且也针对现在各处都逍遥法外的大盗进行打击。正是这一措施使公社遭到联合起来的欧洲强盗们的本能的仇恨。公社不会只满足于砍掉分蘖,而让莠草的主茎有可能更加繁茂地生长;它会很好地将罪恶连根铲除,并且消灭特权,从而使私有财产受人尊重!此外,我还必须提到,在德国和其他国家举行过公开的声势浩大的声援游行,当着政府官员的面表达对公社的同情,更不用说报刊上的声援了,而当局对此并不干涉。然而奥地利的检察院却想充当全欧洲法官的角色行为……

[奥地利]安得烈阿斯·肖伊/文,佚名/译

安得烈阿斯·肖伊(1844~?),奥地利工人运动活动家,曾任维也纳政治周刊《人民意志报》编辑和发行人。

肖伊热情支持巴黎公社革命运动,极其关注公社的生死存亡。巴黎公社成立后,肖伊多次通过《人民意志报》给予声援。1871年6月12日正当他高唱《马赛曲》参加工人示威游行时,被奥匈帝国警察逮捕。

奥匈帝国检察官以他在5月27日《人民意志报》上刊登《巴黎的决定性战斗》一文为根据,指控他犯了赞许犯法行为罪,并于7月8日对此案进行审理,判处肖伊监禁4个月,每周一日素食及罚款。

9月20日维也纳陪审法庭又指控肖伊构成赞许犯法行为罪,其理由是肖伊在6月3日的《人民意志报》上刊登了两篇醒目的、框以致哀黑边的文章:《巴黎社会主义者的失败》和《法国的社会革命》。

对此,肖伊在1871年7月8日至9月20日的法庭答辩中给予了针锋相对的反击。

本文是肖伊于1871年9月20日在维也纳陪审法庭作的辩护词。

肖伊在法庭上面对指控的罪名,义正辞严地否定了法庭的观点。他还引证历史,联系巴黎公社的革命行为,步步推论,层层释理,大胆揭露对方荒谬的指控,单刀直入,多次将对手逼入尴尬的境地。潜在的逻辑力量和语锋灼灼的鞭笞,使对方无言以对、狼狈不堪,显示了他临危不惧、大义凛然的战斗风采和据理力争、以理制人的论辩技艺。辩词宣扬正义,揭露阴谋,令法庭理屈词穷,最后只好宣布肖伊无罪。

校园元声

你，并不特别

◇[美国]小戴维·麦卡洛

读点

美国有史以来最伟大的毕业致辞。
反其道行之、别开生面的演说构思。

演讲背景：

　　卫斯理高中（Wellesley High）是美国的精英高中，闻名遐迩。2012 年 5 月 23 日下午卫斯理高中举行毕业典礼，该校资深英语教师小戴维·麦卡洛（David McCullough Jr.）作致辞。小戴维·麦卡洛的父亲是曾获普利策奖的知名历史学家戴维·麦卡洛（David McCullough）。

　　这篇致辞 2012 年 6 月 7 日刊登在《波士顿先驱报》上，立即引发美国各大网络的热议，欧美主流媒体也很快介入报道和讨论，不少人将其誉为"美国有史以来最伟大的毕业致辞"。

　　王博士、基奥博士、诺戈瑞斯基女士和柯伦小姐，教育委员会委员和毕业生的亲朋好友，卫斯理高中 2012 年毕业班的女士们、先生们，有机会能在这个下午对你们演讲令我感到十分荣幸与感激，谢谢。

　　好，进入主题吧！

　　毕业典礼是生命中重要的前瞻性仪式，代表生命中一个伟大仪式的开始，有其自身的影响力和高度的象征意义。此时此刻，我们面临着均等的机会。这一点很重要，它代表了某些意义。你们的毕业礼服，毫无造型、外观统一、尺码相同；无论是男是女，是高是矮，是优等生还是差生，是晒成古铜色的舞会皇后还是 Xbox 的星际刺客，你们会注意到，你们每个人的穿着都一模一样。还有你们的毕业证书，除

批：简单而礼貌的问候和感谢，是演讲常见的开场白。

批：干脆直接，切入正题。

批：铺垫，为提出演讲的主题提供有力的佐证。所选例子源自高中生生活，既平实而亲切，又关心细节和学生的爱好，体贴入微，很有针对性，有吸引力。

了名字以外，也都完全一样。

这一切本就应如此，因为你们中没有谁是特别的。

你并不特别，并非与众不同。尽管你有 U9 足球奖杯、辉煌的七年级成绩单，尽管你确信世上必定有肥胖的紫色恐龙、亲切的罗杰斯先生和古怪的西尔维亚阿姨；无论蝙蝠侠曾奋不顾身地救过你多少次，你依然没什么特别。

是的，你被骄纵、溺爱、宠爱、保护、呵护；是的，忙碌不堪的大人抱着你、亲吻你、喂养你，替你擦嘴、擦屁股；训练你、教导你、指引你、辅导你、倾听你、规劝你、鼓励你、安慰你，并一再地鼓励你。你们被轻拥在怀里，好言哄劝和恳求；你们被赞美讨好，还被称为甜心。是的，你确实有。当然，我们曾参加你的比赛、戏剧演出、演奏会、科学展览；当然，当你走进教室时，每个人都露出微笑；对你贴出的每一则讯息发出千百次兴奋的惊叹。为什么？也许你的照片曾登上 *Townsman*（注：卫斯理高中校内刊物）。

现在你们已经征服了高中阶段，无疑，我们全都是为了你们而聚在这里。你们是这个优秀社区的骄傲和喜悦，第一批从那栋宏伟新大楼里走出的人。但不要认为你有什么特别，因为你并不特别。

实证无处不在，这个数字大到连一位英语老师都无法忽视。牛顿中学、内蒂克中学等（注：均为邻近高中），就说尼达姆高中吧，总共有两千名高中毕业生。大约这个数目，而这只是邻近地区。现在，全美 37000 多所高中里就有不少于 320 万的毕业生。也就是说，他们之中至少有 37000 名做毕业致辞的学生代表，37000 名班长，92000 名合唱团成员，34 万名趾高气扬的运动健将……他们穿着 2185967 双靴子。但是，为何要局限在高中呢？毕竟你们即将离开它。所以想想：就算你是百万里挑一的宠儿，但地

批：提出与众不同的见解，吸引听众。

批：明确演讲中心论题，并作具体阐释。所举之例源自学生个性化的喜好，亲切贴心，易于博得听众的好奇与好感。

批：铺排，极简省地表现父母亲友对"你"的关爱，目的在于强调"你"所受的关心与他人无异。

批：一方面为他们而骄傲，另一方面又理性地告诫不能自满。

批：以大量详细的数据和事例说明"你"很普通，不能沾沾自喜。

球上有68亿人口,这就意味着有将近7千万人与你一样。再以更宏观的角度来想:我得提醒大家,你的星球不是太阳系的中心,你的太阳系不是银河的中心,你的银河不是宇宙的中心。事实上,天文物理学家肯定地说,宇宙没有中心。因此,你也不会是宇宙的中心。

你们看,如果每个人都是特别的,那么便没有人是特别的了,如果每个人都能得到一座奖杯,那么奖杯就变得毫无意义。

最近,我们美国人有一个致命的缺点,那就是受赞美胜过真实的成就。我们必须认真看待这一点。我们乐于向标准妥协,或忽略事实,如果我们认为这是最快或唯一的方式,让我们能得到某种放在壁炉上炫耀的东西,某种能让我们装腔作势、自吹自擂的东西,某种能让我们在社会图腾柱上爬到更佳位置的东西。我们将不再在乎比赛结果是赢是输,是否能借此学习成长或乐在其中。现在我们在乎的是,"这能给我什么好处?"结果是,我们贬低了努力的价值。

这是一种传染病,在其传播过程中,就连我们所珍视的、历史悠久的卫斯理中学也没能幸免。在全国37000所中学里,威尔斯利中学是最好的之一。在这里,"良好"已经不够好了,B档是过去的C档,中学水平的课程被称为大学预修课程。我希望你们注意我刚才用了"最好的之一"这个说法,我说"最好的之一"可以让我们的自我感觉更加良好,可以让我们沉浸在这种唾手可得的小荣誉所带来的喜悦中,尽管这种荣誉是含糊和无法确证的。然而,这种说法不符合逻辑。根据定义,最好的只能有一个。你是就是,不是就不是。

如果说,你们在高中岁月里学到了什么东西的话,我希望你了解到,接受教育应当是为了获得学

批:从更宏观的角度,强调个人的平凡性。这实则是对毕业生的一种安慰,可见演讲者体贴入微,注重考虑听众的感受。

批:打比方,形象论证了"你并不特别"的观点。

批:揭示出问题的症结所在,阐释提出自己观点的出发点和用意所在。

批:形象的描述,表明炫耀无益于提升自己的真正地位。

批:打比方,强调上述不良心理带来的普遍性的危害。

批:措辞严谨,论说有说服力。

批:一针见血地指出人们易于满足的惰性。

习的乐趣,而不是物质上的所得。我希望你们也了解到索福克勒斯所说的,智慧是快乐的首要元素。第二个是冰激凌,仅供参考。我还希望你们学有所成,从而认识到自己的不足,因为今天只是开始,未来的道路才是关键。

在你们毕业后准备大展宏图之前,我劝你们做任何事都不要附加其他的目的,而仅仅是因为你热爱它,并且相信它很重要。别志得意满而沾沾自喜,别被物质主义的浮华诱惑,别被自我满足麻痹,别愧对自己的优势。

要多读书,保持阅读的习惯,把阅读当作一个关乎原则的问题,一个关乎自尊的问题,把阅读作为滋养生命的精神食粮。培养和维护一种道德情怀,并要显示出展现这种情怀的品性。要有远大的梦想,并努力实现。要努力工作,要独立思考。全心全意地去爱你所爱的每件事、每个人。在这么做时,请保持紧迫感,及时行动,因为时间在一分一秒地流逝。

凡事有开始必有结束,无论你们这个下午过得多么愉快,这场典礼终究会结束。充实的人生、与众不同的人生、有意义的人生是一项成就;这不是某种只因为你是好人就会从天而降,或妈妈能为你提供的东西。你会注意到,开国元勋们费尽心力地确保你不可剥夺的权力,包括生命、自由和对幸福的追求。"追求"——一个相当积极的动词。我想,懒懒地躺着观看 Youtube 网上的鹦鹉怎么溜冰应该算不上。

老罗斯福总统——一位老练的骑士,提倡艰苦的生活;梭罗先生尽力简化生活,希望活得深刻并吸取生命的精髓;诗人玛丽·奥利弗告诉我们向前划,划进漩涡和湍流中;本校有个人——我忘了是谁,不时地鼓励年轻学子们把握当下。这些话的重点都相同:动起来,付诸行动;别枯等灵感或热情来找你。

批:幽默风趣,活跃了演讲的庄严的气氛。

批:只有不附加其他的目的而是因为热爱,才能做好事情。

批:提出针对性的人生态度。

批:任何时候读书都是有益的。

批:承上启下,提出"及时行动"的重要性。

批:这样的人生不会"从天而降",要靠我们自己去努力追求才能实现。

批:用幽默风趣的假设,指明缺少追求积极性的错误。

批:列举不同层次的人,用充足的理由,阐述"付诸行动"的重要性。

站起来、走出门外、进行探索、靠自己的力量寻找，并好好把握。

就像与赞美的本来面貌一样，充实的生活是一种结果，一种令人愉悦的副产品。当你在思考更重要的事情时，生活自然会充实起来。爬山不是为了插上旗帜，而是为了迎接挑战，享受清新的空气和欣赏风景。爬上去，你们就会看到世界，而不是让世界看到你。

去巴黎，就好好体验巴黎的一切，不是为了将它从你的清单上画去，然后庆祝自己又到过一个新国家。行使自由的意志，发挥创造性的独立思考能力，不是为了它们能给你带来的满足，而是为了其他68亿人及后代子孙带来福祉。然后，你们也会发现人类经验中的那个伟大而奇妙的事实：无私是我们能够为自己做的最棒的事。然后，你会发现人类体验到的伟大而奇妙的真理——无私是你能为自己所做的最棒的事。

要体会生命中最甜美的喜悦，前提是你认识到，你并不特别。因为每个人都是特别的。

恭喜各位，祝大家好运！请为自己，也为我们，创造你精彩的人生！

（佳佳/译）

批：逐层深入地挖掘应该怎样面对人生，在"付诸行动"的基础上提出"充实生活"的高标。

批：紧扣上段末句"看到世界"，阐释"无私"的重要性。

批：对学生提出为全人类谋福祉的远大目标。

批：通过层层分析，水到渠成地再次阐明演讲的主题，充分肯定每个人都是特别的。

反弹琵琶别样红

"你很特别"，是美式教育里最为常用的一句话。美国学校毕业典礼的毕业致辞最流行的话，最后往往落实到一句："你很特别！"此话本来无可厚非，毕竟，每个生命都有其特殊的意义。但小戴维·麦卡洛反其道而行之，对着毕业生大呼"你并不特别"，无疑是对赏识教育滥用的一种反思。

为了证明自己的观点，作者首先用大量准确的数据和鲜活的事例说明，每个人即使有着自己独特的爱好、比较出众的特长，也只不过是无数毕业生中普通的一员，不值得沾沾自喜。论述时选取学生身边个性化的事例，语言幽默生动，论证由浅入深，由小到大，形成不可阻挡之势，充分有力。接着，作者一针见血指出目前存在的"受赞美胜过真

芳草地

未有天才之前

我自己觉得我的讲话不能使诸君有益或者有趣,因为我实在不知道什么事,但推托拖延得太长久了,所以终于不能不到这里来说几句。

我看现在许多人对于文艺界的要求的呼声之中,要求天才的产生也可以算是很盛大的了,这显然可以反证两件事:一是中国现在没有一个天才,二是大家对于现在的艺术的厌薄。天才究竟有没有? 也许有着罢,然而我们和别人都没有见。倘使据了见闻,就可以说没有;不但天才,还有使天才得以生长的民众。

天才并不是自生自长在深林荒野里的怪物,是由可以使天才生长的民众产生、长育出来的,所以没有这种民众,就没有天才。有一回拿破仑过 Alps 山(注:Alps 山,即阿尔卑斯山,欧洲最高大的山脉,位于法意两国之间。拿破仑在 1800 年进兵意大利同奥地利作战时,曾越过此山),说,"我比 Alps 山还要高!"这何等英伟,然而不要忘记他后面跟着许多兵;倘没有兵,那只有被山那面的敌人捉住或者赶回,他的举动,言语,都离了英雄的界线,要归入疯子一类了。所以我想,在要求天才的产生之前,应该先要求可以使天才生长的民众——譬如想有乔木,想看好花,一定要有好土;没有土,便没有花木了;所以土实在较花木还重要。花木非有土不可,正同拿破仑非有好兵不可一样。

然而现在社会上的论调和趋势,一面固然要求天才,一面却要他灭亡,连预备的土也想扫尽。举出几样来说:

其一就是"整理国故"(注:"整理国故",是当时胡适所提倡的一种主张。胡适在 1919 年 7 月就鼓吹"多研究些问题,少谈些主义";同年 12 月他又在《新青年》第七卷第一号《"新思潮"的意义》一文中提出"整理国故"的口号。1923 年在北京大学《国学季刊》的《发刊宣言》中,他更系统地宣传"整理国故"的主张,企图诱使知识分子和青年学生脱离现实的革命斗争。鲁迅所批评的,是当时某些附和胡适的人们所发的一些议论)。自从新思潮来到中国以后,其实何尝有力,而一群老头子,还有少年,却已丧魂失魄的来讲国故了,他们说:"中国自有许多好东西,都不整理保存,倒去求新,正如放弃祖宗遗产一样不肖。"抬出祖宗来说法,那自然是极威严的,然而我总不信在旧马褂未曾洗净叠好之前,便不能做一件新马褂。就现状而言,做事本来还随各人的自便,老先生要整理国故,当然不妨去埋在南窗下读死书,至于青年,却自有他们的活学问和新艺术,各干各事,也还没有大妨害的,但若拿了这面旗子来号召,那就是要中国永远与世界隔绝了。倘以为大家非此不可,那更是荒谬绝伦!我们和古董商人谈天,他自然总称赞他的古董如何好,然而他决不痛骂画家、农夫、工匠等类,说是忘记了祖宗:他实在比许多国学家聪明得远。

其一是"崇拜创作"(注:"崇拜创作",根据作者后来写的《祝中俄文字之交》,这里所说似因郭沫若的意见而引起的。郭沫若曾在1921年2月《民铎》第二卷第五号发表的《致李石岑函》中说过:"我觉得国内人士只注重媒婆,而不注重处子;只注重翻译,而不注重产生。"他的这些话,是由于看了当年上海《时事新报》副刊《学灯》双十节增刊而发的,在增刊上刊载的第一篇是翻译小说,第二篇才是鲁迅的《头发的故事》。事实上,郭沫若也重视翻译,他曾经翻译过许多外国文学作品,鲁迅的意见也不能看作只是针对个人的)。从表面上看来,似乎这和要求天才的步调很相合,其实不然。那精神中,很含有排斥外来思想、异域情调的分子,所以也就是可以使中国和世界潮流隔绝的。许多人对于托尔斯泰、都介涅夫、陀思妥夫斯奇[注:托尔斯泰(1828~1910),俄国作家。著有《战争与和平》《安娜·卡列尼娜》《复活》等。都介涅夫(1818~1883),通译屠格涅夫,俄国作家。著有小说《猎人笔记》《罗亭》《父与子》等。陀思妥夫斯奇(1821~1881),通译陀斯妥耶夫斯基,俄国作家。著有小说《穷人》《罪与罚》等]的名字,已经厌听了,然而他们的著作,有什么译到中国来?眼光囚在一国里,听谈彼得和约翰(注:彼得和约翰,欧美人常用的名字,这里泛指外国人)就生厌,定须张三李四才行,于是创作家出来了,从实说,好的也离不了剌取点外国作品的技术和神情,文笔或者漂亮,思想往往赶不上翻译品,甚者还要加上些传统思想,使他适合于中国人的老脾气,而读者却已为他所牢笼了,于是眼界便渐渐的狭小,几乎要缩进旧圈套里去。作者和读者互相为因果,排斥异流,抬上国粹,那里会有天才产生?即使产生了,也是活不下去的。

这样的风气的民众是灰尘,不是泥土,在他这里长不出好花和乔木来!

还有一样是恶意的批评。大家的要求批评家的出现,也由来已久了,到目下就出了许多批评家。可惜他们之中很有不少是不平家,不像批评家,作品才到面前,便恨恨地磨墨,立刻写出很高明的结论道:"唉,幼稚得很。中国要天才!"后来,连并非批评家也这样叫喊了,他是听来的。其实即使天才,在生下来的时候的第一声啼哭,也和平常的儿童的一样,决不会就是一首好诗。因为幼稚,当头加以戕贼,也可以萎死的。我亲见几个作者,都被他们骂得寒噤了。那些作者大约自然不是天才,然而我的希望是便是常人也留着。

恶意的批评家在嫩苗的地上驰马,那当然是十分快意的事;然而遭殃的是嫩苗——平常的苗和天才的苗。幼稚对于老成,有如孩子对于老人,决没有什么耻辱;作品也一样,起初幼稚,不算耻辱的。因为倘不遭了戕贼,他就会生长,成熟,老成;独有老衰和腐败,倒是无药可救的事!我以为幼稚的人,或者老大的人,如有幼稚的心,就说幼稚的话,只为自己要说而说,说出之后,至多到印出之后,自己的事就完了,对于无论打着什么旗子的批评,都可以置之不理的!

就是在座的诸君,料来也十之九愿有天才的产生罢,然而情形是这样,不但产生天才难,单是有培养天才的泥土也难。我想,天才大半是天赋的;独有这培养天才的泥土,似乎大家都可以做。做土的功效,比要求天才还切近;否则,纵有成千成百的天才,也因为没有泥土,不能发达,要像一碟子绿豆芽。

做土要扩大了精神,就是收纳新潮,脱离旧套,能够容纳,了解那将来产生的天才;又要不怕做小事业,就是能创作的自然是创作,否则翻译、介绍、欣赏、读、看、消闲都可以。以文艺来消闲,说来似乎有些可笑,但究竟较胜于戕贼他。

泥土和天才比,当然是不足齿数的,然而不是坚苦卓绝者,也怕不容易做;不过事在人为,比空等天赋的天才有把握。这一点,是泥土的伟大的地方,也是反有大希望的地方。而且也有报酬,譬如好花从泥土里出来,看的人固然欣然的赏鉴,泥土也可以欣然的赏鉴,正不必花卉自身,这才心旷神怡的——假如当作泥土也有灵魂的话。

[中国]鲁迅/文

品 读

"五四"运动以后,新文化运动继续深入发展,帝国主义和封建势力十分惊慌。当时的北洋军阀反动政府勾结豢养一帮反动文人在文化教育战线上向新文化运动疯狂反扑。于是,国内封建势力、买办文人和官僚政客们为了反对新思想的传播,抵制革命运动,提出了"整理国故"的复古主张,企图引诱青年脱离革命实践。同时,文艺界也出现了鼓吹需要"天才"和"崇拜创作"的论调,这实际上也是要扼杀创作新苗,抵制外来思潮。

1924年1月17日,鲁迅在北京师范大学附属中学校友会上发表了这篇演讲,他以他独有的敏锐、犀利,剖析了这些论调的实质,号召青年在未有天才之前先做培养天才的泥土,给青年提出一条大有希望的路。

本篇演讲的结构十分严密明晰,有利于听众很快抓住问题的核心。

首先,演讲者指出目前文坛存在的现象和问题——文艺界对天才的呼声很高,正说明了现在天才的缺乏。然而,鲁迅论述的重心并不是天才有无的问题,而他有自己独到的看法:就中国目前的现状来说,与其要求天才的产生,不如先踏踏实实地做培育天才的泥土。天才需要民众,正如花木应该有好的泥土。在这一部分中,演讲者鲜明地提出了自己的观点,为本次演讲定下中心。

在提出论点之后,演讲者接着进行了深入的论证。他以确凿的事实与犀利的分析,回答了之所以提出上述观点的理由,那就是当时社会上存在着比缺乏天才更严重的问题——扼杀与阻碍天才产生的种种现象,如"整理国故""崇拜创作""恶意的批评"等。这些现象的存在不仅不利于天才的培养,而且构成了天才成长的最大障碍。

对此,鲁迅条分缕析,一一加以批判。

"整理国故"之所以要批判,是因为一些人打着这样的旗号,阻止青年从事活学问和新艺术,以致新的艺术没有生根发芽的基础。

"崇拜创作"之所以妨碍天才的产生,是因为它表面上倡导创作,实际上是排斥外来的思想和翻译过来的外国作品,结果是束缚了作者与读者的视野,使人们都缩进旧的圈套中去。这种排斥异己、唯我独尊、妄自菲薄的风气,必然会对中国文坛的发展产生负面影响,不仅产生不了天才,"即使产生了,也是活不下去的"。

"恶意的批评"则是直接打击天才的产生。本来批评家的存在应该有助于创作的发展,但目前这些恶意的批评却目空一切,肆意攻击。殊不知,任何天才也都是从幼稚走过来的。恶意批评家的做法正如在嫩苗的地上驰马一样,是万万要不得的。

这几段是本篇演讲词的重点,演讲者有理有据,全面而深刻地批判了当时文坛的种种弊端,使人们充分认识到"天才的产生,必须要有好的泥土"的道理。

演讲的最后,鲁迅发出倡导,希望大家都能来做"泥土",为天才的产生做一点贡献。为此,他还提出了一些具体的做法,如容纳、了解天才,甘于做小事情,创作、翻译、欣赏甚至消闲都可以,只要不做那戕害天才的事情就好。

你不能没有激情与勇气

◇[美国] 唐纳德·基奥

读 点

演说语气亲切,语言幽默风趣。
饱含激情,感染听众。

演讲背景:

　　唐纳德·基奥(1927~),1981~1993 年任美国可口可乐公司总裁。1993 年,唐纳德·基奥从可口可乐公司总裁的位置上退下来之后,应邀参加美国佐治亚州亚特兰大市艾默里大学第 148 期的毕业典礼。本文即是他于 1993 年 5 月 10 日在本次典礼上的演讲。

　　兰尼校长、教师们、毕业生和未来的毕业生们,我能够参加艾默里大学第 148 期毕业典礼,感到十分光荣、自豪和高兴。

批:表达参加毕业典礼的心情。

　　你们也许想知道为什么由我来讲话。是的,我到这儿来有一个原因,我想,那是因为艾默里大学同可口可乐公司差不多是一起成长起来的。这是一个长期、友好和卓有成效的联系,在某些情况下对你们某些人来说,还可能带有一些普遍性。

批:将艾默里大学与公司的成长联系起来,既拉近与毕业生的情感距离,也与毕业生成长渴望吻合。

　　可口可乐公司和艾默里大学的特点都是植根在南方,但是经过许多年后,它们都成长为享有国际声誉的机构。在吉姆·兰尼的领导下,艾默里大学已经跃登世界最高学府之列。你们都知道,《美国新闻》把艾默里大学列为美国拔尖的 25 所大学之一,这是一个了不起的成就。兰尼博士,我祝贺你拥有这样一支出色的教师队伍。

批:列举《美国新闻》,有力说明了演讲者称赞艾默里大学的国际声誉并非是恭维之词。

可口可乐公司干得也不差。我们这种简单的小饮料也的确有一段灿烂的历史。许多年来，我们一直既受到责难，也得到赞扬。这些责难和赞扬有时也来自艾默里大学的学生们。可是今天，需要可口可乐的竟有两百多个国家，使用着八十多种语言和无数方言。但是我还得告诉你们一些事情。

我们所做的一切并不都是完美无缺的。你们有些人可能还记得，几年前我们推出了一种"新可克"。我不知道这是怎么回事，我想，我当时正在度假吧。说起"可克"，几天前我听说，当艾默里大学的卫理公会奠基人寻找一位合适的人来为这个学府命名时，他们认为选一位卫理公会的主教的名字是最合适不过的。在当时，美国卫理公会内的主教为数很少，其中一位便是约翰·艾默里，而另一位主教便是托马斯·可克，竟会有这样的巧事儿。好吧，我们还是别谈它吧。

我们还是回到毕业典礼发言人这个问题上来吧。另一个原因是艾默里大学有个习俗，常要请一些离开了工作岗位的人来讲话。你们请过谢瓦尔德纳泽，那时他没有工作；你们请过戈尔巴乔夫，他也没有了工作。我刚刚从可口可乐公司总裁位置上退下来，也没有了工作，正在找工作。我猜想，你们当中有不少人也在做着同样的事。因此，你瞧，我们大伙儿都一样。

我的忠告是：不用慌。我在大学时读的是哲学。我告诉你们，四十多年来，我一直在看招工广告，希望能看到一条广告说："招聘哲学家，薪高，额外津贴多。"可是我知道，毕业典礼上的演讲人的作用很明确，他应该多出些主意。

回顾自己的一生，从依阿华州的一座农场开始，直到坐进亚特兰大一座大厦的豪华办公室，我要是能告诉你们，这是一种痛苦而令人难以忍受的经历，

批：称饮料"小"，有自谦之意，但也说明人的成长也是一个由小到大的过程。

批：谈命名、主教，看似闲谈，实则再将艾默里大学与可口可乐公司联系起来，再拉近关系。

批：面对即将走向工作岗位的毕业生，语气亲切，称自己也"正在找工作"，风趣幽默，再次拉近了和听众之间的距离。

批：语言幽默，希望看到招聘哲学家的广告，而实际自己从事的是企业管理，言外之意，所学专业与将所从事的职业并无必然联系。

那就好了。然而它不是。在某些情况下，失望和忧虑的磨炼只会使生活变得快乐和振奋。你们可能会问为什么，这问题我想得很多。几年前，剧作家尼尔·西蒙说他在想，怎样才能确切表达出他一生的主题。他的结论是，有一个词可以最恰当地描述，那就是"激情"。他说，激情是主宰和激励我一切才能的力量，如果没有激情，生命会显得苍白和凄凉。当然，他是搞艺术的，但是请相信我，朴素的真理是适用于一切活动领域的。它一直是我生活的核心。无论你们是从事商业，从事科学还是法律、宗教或教育；无论你们是绝顶聪明，还是和我们常人一样资质平平；无论你们是高矮胖瘦贫富，你们是怎样的人并不重要，如果你希望生活得有成就感，希望生活得充实，有一样必不可少的东西，那就是："激情"。

你们知道，有些悲剧会降临到某些人身上，尽管他们受过良好教育，有了硕士学位，经常出入于知识界名流的殿堂，只要不加谨慎，就会变得玩世不恭。他们摆脱不了男人和女人身上常见的缺点和弱点。我告诉你们，缺点和弱点是客观存在的。世界，特别是人类，总是在不断变坏。年轻一代更是如此。圣奥古斯丁、亚里士多德、荷马，乃至古亚述人，当年都谴责过青年人不尊敬老人、不守规矩、不诚实等。总之，不像他们当年那美好的时光了。

我感到有趣的是，婴儿潮时期出生的一些人现在正走向成熟。他们抱怨说，如今再没有优秀音乐了。但我必须说，我在当初绝对不会想到，在我们回顾往事时，会把 70 年代当作创作出伟大音乐作品的时期。我有一位当建筑师的朋友，他说："如果给我一台照相机，我可以从不同角度，把世界上任何地方的最优秀建筑师的最新的房屋，拍成行将倒塌的样子，因为我可以在上面找出五六个或七八个瑕疵。然后把镜头对准它们，就可以使人们相信整个建筑

批：经验之谈，有说服力。

批：无论做什么事情，如果没有激情，就难以做好事情。艺术家的话和演讲者自身的实例，相得益彰，说服力强。

批：演讲需要激情，工作和生活也需要激情。演讲者告诉了充满期待的大学生们，这就是正确的健康向上的人生态度。

批："玩世不恭"是我们要警惕的错误的人生态度。

批：对于年轻人，更应警惕、克服那些常见的缺点和弱点，但也不必如此悲观。

批：用事实证明，悲观沮丧只是因为一种看问题的角度。

已经摇摇欲坠了。"在社会上,总有一些人喜欢把镜头对准日常事件,如果我们让他们拍摄我们的生活,我们将会感到沮丧、忧虑和痛苦。因此我站在这儿,看着2400位从19岁到65岁的毕业生,经过自己的努力终于有了今天,你们取得了成功,还在准备继续前进,我请你们做到追求真善美,因为我相信真善美这三种品质代替了95%的人类的工作。要谨防一些人把摄像机的镜头对准我们生活中的瑕疵和缺点。我不是说我们不应该面对现实,不是说我们应该闭目塞听,也不是坚持说这个世界已经完美无缺了。不,这个世界不可能完美无缺,但我们可以使它变得美好起来。你们2400人可以使它变得更加美好。但你们必须相信自己确实能够产生影响。可是你们得有勇气。

批:每个人都有这样那样的缺点,如果陷于这些缺点,甚至放大这些缺点,将会使我们陷于痛苦之中。正确的态度是要相信自己,要有勇气去积极地创造生活,使世界变得更加美好。

什么时候才是最好的时机呢?什么时候才是办企业、写一部书、登山、冒险、完成一项壮举的最好时机呢?我愿意告诉你们,如果你是一个悲观主义者,那就永远不会开始。我曾有幸会见过海伦·凯勒。她本来有一切理由成为悲观主义者,然而她却说,悲观主义者永远不会发现星球的奥秘,也不敢航行到地图上未标明的土地,更不敢开辟通向人类心灵的新天地。客观环境总是不完美的,这是一个简单的事实。如果你要寻找一个简单的解决办法,你也许得找出一些借口,设计好退路,然后再开始。

批:海伦·凯勒的事例说服力很强,启发听众不要做一个悲观主义者。

批:千里之行,始于足下,不要畏缩,要敢于"开始"。

我的观点是,就未来而言,并无所谓不可避免之事。相反,未来是一系列无穷尽的可能和机遇,我们的责任便是充分地利用这些可能和机遇。

我把人的大脑看成是一块海绵,经过长期的发育,它的主要功能是吸收知识和技能,以及各种各样的事物。我敢肯定,在座的某些医生正在对我说的医理皱眉,但我仍要说下去。我们以后步入了社会,海绵胀得鼓鼓的,于是我们开始压挤它,就是说轮到

批:生动的比喻论证,说明毕业生要运用自己的才学去服务社

我们把信息和智慧向他人传授了。

我们挤了又挤，为的是把里面存储的东西取出来。当某些人不停地挤，天天挤着，不停地使用里面存储的东西时，终有一天会挤得空空的，变成又干又硬的一团。他们发表千篇一律的演说，写着雷同的文章，说着老生常谈的话，用万古不变的方法解决新出现的问题。他们永远在原地踏步，束缚在时代的局限里，他们的头脑里满是萧条时期、二次大战、60年代、90年代，这就是他们的现状。但也可能有另一种现状——重新充实那块海绵。在你们的一生中，要像在校读书时一样，不断地选修新的课程。我不是说，要你们真的去选课，而是说要接近世界。整个世界是一张精彩的无穷尽的课表，你们要从中吸收到新鲜而营养丰富的生命之水。富兰克林·罗斯福总统在大法官霍尔姆斯90寿辰时去看望他，发现老人正坐在书房的熊熊炉火之前埋首书本之中。罗斯福便问他："大法官先生，您干什么呢？"霍尔姆斯看了看他说："我在训练我的大脑，总统先生。"其实他正在自学希腊语。

现在我劝你们用不断更新的热情对待你们的未来。我还要向你们推荐一种价值体系。你们也许注意到了，出版物正如春潮一般充满了论述价值观的作品。价值观和道德观看来又重新时髦起来了。但我和诸位都知道，价值观不是时髦而是文明的基础。我们看重的是自由、正义、责任、慈善、诚实、宽容、法制、宗教、信仰和自我——这一套戒律规范着我们的行为。你们已经用了许多宝贵时间去检验和评价过许多思想和理想，试图确定什么是好的，什么更好，要以什么指导我们的行动。在你们整个一生中，当你们需要作出道义上的决定时，你们将继续进行这种检验和评价。我劝你们，不要放弃这种责任，不要害怕作出道义上的决定，因为犹豫不定将一事无成。

会。

批：究其原因是没有不断地充实那块海绵。

批：事实论据：活到老，学到老。

批：价值观是社会文明的基础，是每个人应当承启的；走进社会需要乐观和进取，更不能忘了道德和责任。

现在我并不劝你们去买一副望远镜。我劝你们要有梦想的勇气。审视一下自己的内心，仅仅反问一句："我究竟希望有怎样的前途?"然后保持实现自己理想的热情和道义上的信念。

对即将离校的优秀儿女来说，我们生活的时代是多么美好和精彩啊！不论你们从事什么事业，新的事业、新的挑战、新的机遇每天都在出现。罗宾·威廉推广的一句拉丁谚语是"把握今天"。<u>把握住今天，也就是把握住了未来的日子。</u>亲爱的毕业生们，愿命运的风风雨雨使你们的一生充满欢乐和希望。<u>表现出你们的热情吧！上帝保佑你们大家。</u>

批:只有把握今天，才能实现梦想。

批:结语展望未来，提出希望，把演讲推向高潮。

　　谢谢大家！

（吴兆炎/译）

一篇幽默有趣的演说

　　这篇演说十分平易近人。演讲者曾经是可口可乐公司的总裁，但他没有架子，也没有居高临下地讲大道理，开场以毕业生正在"寻找工作"为切入点，言及自己"没有了工作"而"正在找工作"，语言幽默，把一个叱咤商场风云的企业总裁说成了和"大伙儿都一样"的待业者，没有让学生感到自己有高高在上的感觉，一下子拉近了自己和听众的心理距离，赢得了他们的认同，奠定了演讲亲切温馨的基调。

　　演说幽默风趣。唐纳德读的是哲学，他说他希望能看到一条广告："招聘哲学家，薪高，额外津贴多。"幽默的说话方式进一步拉近了与听众间的距离，演讲气氛变得轻松起来，演讲的主旨就在这不经意间的谈笑风生中启发了听众。

　　整篇演讲说理生动、有趣，说服力强。唐纳德列举了摄影师对建筑拍摄的例子，既有趣地展示了拍摄技巧带来的不同效果，又十分有力地说明了缺点和弱点是客观存在的这一道理，形象生动、朴实有趣。他还把海伦·凯勒请进了自己的演讲，他并没有说什么高深的道理，只是简单而又形象地指出悲观主义者永远不会发现星球的奥秘，也不敢航行到地图上未标明的土地，更不敢开辟通向人类心灵的新天地。从而告诉人们不要悲观，否则将一事无成。更形象的是海绵，海绵吸水，到胀得鼓鼓的，再到挤压，这是生活中常见的现象，唐纳德用它来为自己服务，一下就把道理深入浅出地摆在大家面前。一目了然，平实却不乏生动，很有说服力。（屈平、聂琪）

你能实现梦想

5年前,我到南方乡村搞福利工作。我要做的就是让每个人相信自己有自给自足的能力,并鼓励他们去实现自己的梦想。

当我来到一个名叫密阿多的小镇后,当地政府帮我召集了25个靠政府福利来生活的穷人。我和他们一一握手后,问他们的第一个问题是:"你们有什么梦想?"每个人都用怪异的眼神看着我,好像我是外星人。

"梦?我们从来都不做梦。做梦又不能让我们发财。"其中一个红鼻子寡妇回答我。

我耐心地解释道:"有梦想不是做梦。你们肯定希望得到些什么,希望什么事情能突然实现,这就是梦想。"

红鼻子寡妇说:"我不知道你说的梦想是什么东西。我现在最想赶走野兽,因为它们总是闯进我家咬我的孩子。"大家都笑了起来。

我说:"哦!你想过什么办法没有?"她说:"我想装一扇牢固的、可以防御野兽的新门,这样我就可以出去安心干活了。"我问:"有谁会做防兽门吗?"人群中一个秃顶的瘸腿男人说:"很多年以前我自己做过门,现在恐怕都不会了。不过我可以试试。"

接着我问大家还有什么梦想。一位单亲妈妈说:"我想去大学里学文秘,可是没有人照顾我的6个孩子。"我问:"有谁能照顾6个孩子?"一位孤寡老太太说:"我以前帮助别人带过不少孩子,我想自己能带好那些可爱的小家伙。"我给那个秃顶男人一些钱去买材料和工具,然后让这些人解散了。

一星期后,我重新召集那些穷人。我问那个红鼻子寡妇:"你家的防兽门装好了吗?"

红鼻子寡妇高兴地说:"我再也不用在家守护我的孩子了,我有时间去实现我的梦想了。"

我接着问秃顶男人感受如何。他对我说:"很多年前我给自家做过防兽门,当时做得也不好,后来我就再也没有做过。这次我想我一定要做好,结果真的做好了。许多人说我很了不起,能做那么结实漂亮的门。"

我对需要帮助的穷人们说:"这位先生的经历是个很好的例子。它说明梦想真的是可以实现的。好多时候不是我们自己没有本事,而是我们故步自封,不愿意去尝试,或者不愿意去努力。"

5年后,当我回访密阿多时,当时那25个穷人中,只有6个智力低下的残疾人继续靠政府福利生活,其余19人都过上了自给自足的幸福生活:红鼻子寡妇种的咖啡收成很好,秃顶男人成了当地有名的木匠,孤寡的老太太开了个托管所。那个上完大学的单亲妈妈最优秀,她开了一家大家具公司,吸引了许多需要帮助的人到她的公司来就业。

[美国]维吉尼亚·萨迪尔,徐娜/编译

人从最初记事儿开始，就已经生长出了梦想的翅膀。梦想是什么？你希望得到什么和实现什么，就是梦想。你可以梦想有一天成为举世闻名的科学家，你可以梦想有一天和所有朋友在一座大房子里生活，你可以梦想有一天会成为总统……

梦想与现实距离多远？你只要迈出那个封闭自己的温暖的囚笼，然后朝梦想大胆尝试、努力奋斗就可以了。当你梦想下一顿晚餐更可口的时候，实际上只要你自己动手，也许马上就能享受到美味。当你梦想能成为总统的时候，你其实已经具备了领袖的气质——敢于梦想！

任何时候都不要放弃梦想。每个人都可以有梦想，但如果不付诸行动，就永远不会等来梦想实现的那天。

独立的意义

◇［日本］福泽谕吉

读点

内容精辟，循循善诱。
极为高妙的演讲策略与技巧。

演讲背景：

　　福泽谕吉(1835 年 1 月 10 日～1901 年 2 月 3 日)，日本近代著名启蒙思想家、教育家，庆应大学创始人。1858 年在江户(今东京)设塾讲学。1890 年初，在庆应义塾设立大学部，开设文学、理财、法律三个科系，使庆应义塾成为日本第一个私立综合大学。

　　这篇演说是福泽谕吉于 1891 年 7 月 23 日在庆应义塾毕业典礼上发表的，充分体现了他的教育思想。

　　今天各位毕业了，实在是件令人高兴的事，从今以后离开学塾，就要忙于居家处世的事物。依依送别之时谨奉告一言。我经常向义塾学生谈论经济的重要性。一说到经济，必然涉及到钱的事，学者听了不感兴趣。尤为不幸的是一旦误解其意义甚至会误入歧途，所以今天我要从议论心术开始，然后再谈经济。

批：谈经济但从心术开始。

　　大凡在人生中最重要的是掌握独立的意义。人之所以为人就在于此。荣辱的区别、君子小人的区别，归根到底也在于其人是否独立。从一个人、一个家庭到一个国家，若不独立，可以说人非为人，家非为家。这个道理大家已经知道，今天毋庸赘言。有人以为，独立之意义虽然如此重要，但身体力行之是

批："人生中最重要的是掌握独立的意义"点明本文的主要观点，从正反两方面简要阐明为什么要"掌握独立的意义"。

人生中最困难的。

　　实际上不是这样，仅就今日我们常见的人事关系，以概述其要点：第一，扩展知识见闻是重要的。人的智力有限，向他人请教求得利益是理所当然之事，而且人与人之间也有互助的义务，但是人的一生可能遇到千般万种的事情，只依赖他人，而缺乏独立的思考，就等于自身虽有而若无。唯听他人之言以决定自身的进退，这是无知者之流的所作所为，恰如家中没储存一分钱，只靠他人的惠顾而饮食的人。因此要完全掌握独立的意义，就必须具有普通的知识和见闻。诸位在本学塾已学习多年，今后走向社会对不熟悉的事情向别人请教是理所当然的，但是不可完全没有自己的独立思考，只借用他人的智慧是不行的。我深信无疑的是，你们是具备了独立要素的人。第二，对有形之物不要仰仗他们的帮助。人有贫富、幸与不幸之别。邻家富有，而我家贫穷，的确是难堪的事，但这是因为文明社会组织的不健全而产生的幸与不幸之区别，不是靠人力能医治的。况且羡慕邻人又有何用？那是根本无益的。我走我的路，自食其力，以贫居贫。如有幸而致富，则以富处富，毫不贪图意外之财，直至终生。在这个极其复杂的社会中，虽然有屈节取利之途，但屈节则意味着没有自身的价值，而依赖他人，则是将自己置于非人之地以求利。打个譬喻，如同有一块黄金和自己的身体，二者任选，你杀身而取黄金，这就等于丧失精神独立，堕落为非人地步的人，活着也无异于动物，已经丧失了人的灵魂。大家长期受本学塾的风气所培养，是掌握了独立意义的人，所以无论受何事所迫都不要屈节以谋私利，更不可过分依赖他人。简单地说，不借无偿还目的的钱，不求助于你不了解的人。虽穷而不乞怜，虽迷途而不自陷；为贪图一时快乐，又何必烦扰他人呢！对大家，我敢保证绝无屈节

批：强调掌握知识对于人的发展的重要性。

批：积累了很多知识，再加上具备独立思考的能力，才能真正地去运用知识，使自己变得强大。

批："借用"的东西毕竟是要归还的。

批：邻居富有，自家贫穷，这种难堪之事如果落到你的头上，你应该以怎样的心态去对待？不妨听听这位演讲者的话。

批：比喻通俗易懂。你是爱黄金还是自己的身体？只爱黄金而不爱身体，那是动物。

之人，我是很放心的。

虽然独立的意义非常重要，但若把它解释得简易些并不很难。诸位的身上已经具备了应有的要素。大家今后也许要步入实业社会吧。近来学者人数逐渐增多，在社会上已不足为稀，所以要谋求一个地位很难。虽然后来者出路艰难，但是从另一个方面看，社会上应做的事业还有不少，实业家常苦于无人。即使是可以预料到眼前的利益，也因为没有适当的人选而使唾手可得的利益化为泡影，我们不止一次听到这种憾言。可以说这是实业社会的一大难事。假如诸君知道人生的艰难，并且把平生所得的知识付诸实施，愉快地工作，把劲头放在他人耳目所未及之处，则取得了立身之道，力量也会绰绰有余。

古人云："阴德必有阳报。"把力量放在人所不知之处，就是阴功，必得有阳报。不同职业的种类，勿论报酬的厚薄，只要是适合本身做的工作，就坚定不移地追求进取。不顾左右，其中最重要的只有一点：无论从事什么样的低贱职业都不要忘记独立之大义，保持君子的风度，面临紧要情况而不屈节。这就是不同于一般学者士人凡俗之处，从而能够被别人尊重而易于立身的原因。我常说，现在的后来者如有立身处世之决心，其心术应该像无禄时代的武士，其工作应当如小官吏和商人。这句话的意义即在于此。在座的诸君，不要担心在世上得不到优越的地位。

（佚名/译）

批：对时事洞若观火。

批：智者的肺腑之言。

批：具有中国古人的哲学智慧。

批：也正如孟子所言："富贵不能淫，贫贱不能移，威武不能屈，此之谓大丈夫。"

高妙的演讲策略与技巧

作为日本近代著名的启蒙思想家、教育家，福泽谕吉的这篇演讲很讲究演讲的策略与技巧。

首先，作者很善于根据演讲的对象确定恰当的主题。这篇演讲的对象是他所创办的大学的首届毕业生，作为这所大学的校长，为毕业生作毕业赠言，其实并不是一件很容易的事。因为这些学生已学习多年，具备了相当丰富的文化水平，他们即将走向社会，所缺乏的是什么？并不是书本知识，缺乏的是独立思考、独立做事的能力。作为一个教育家，他对他的学生非常了解，有责任给他们指出来。他要求学生立身处世均以独立为先，要善于独立思考，自食其力，"无论从事什么样的低贱职业都不要忘记独立之大义，保持君子的风度，面临紧要情况而不屈节"。这个主题的确定无疑是十分恰当的。

　　其次，这篇演讲不尚空谈，善于用比喻、类比等手法，以身边的生活现象为例，深入浅出地阐明道理。用"恰如家中没储存一分钱，只靠他人的惠顾而饮食的人"来类比"唯听他人之言以决定自身的进退""只依赖他人，而缺乏独立的思考"的人。"打个譬喻，如同有一块黄金和自己的身体，二者任选，你杀身而取黄金，这就等于丧失精神独立，堕落为非人地步的人，活着也无异于动物，已经丧失了人的灵魂"，这个比喻则生动形象地阐明了精神独立的重要性。（孙维彬、屈平）

芳草地　　　天才招来天才

主席先生、各位先生、女士：

今天我能有这个机会，继几位大名鼎鼎的演说家之后说几句话，使我甚感荣幸。（掌声四起）

当今，我们又出现了一位对世界贡献极大的人物。虽然从前整个世界都不知道他已长期致力于所负的责任，但是现在我们再也不能不看出今晚的贵宾已证实了他自己是位大才，他已改变了世界。从前法兰西也曾从事过这项艰巨的工作，在太平洋及大西洋之间修一条运河，以沟通两洋船只的来往，但是经过数年的努力后，就放弃了，当此之际，我们的政府却挺身而出，接下这件似乎已毫无希望的任务。在这个紧要关头，那么到底又该把这样浩大的工程交由谁来负责呢？对于工程结构进行设计的布鲁克林，他是够幸运的，因为我们分享了布鲁克林所有的美好事物。

现在请诸位先生女士注意一点，天才总是会招来天才的，（掌声起）虽然不能说这些天才多得群聚在一起。（笑声起）我过去也没有发现他们有意那样做。

由于这些人的合作，那又有什么问题解决不了呢？我曾问过政治家布雷恩，他在国会那么多年，听过无数次的讲演，到底是谁讲得最吸引人。他用这样的故事回答我："是宾夕法尼亚的前任州长，他后来被选为国会会员，当时在国会里辩论一项议案，到底要用哪一笔专款来改进淡水池塘，很多议员都主张在宪法下国会是没有权力从事淡水的改造工程的，政府应该注意这点，国家的预算只限用于改造咸水。就在这时，令人惊讶的事情发生了，这位州长进入国会已有两三年了，他从来不在众议院里说一句话，现在却慢慢站了起来，全院人士都目瞪口呆了好一阵子，到底他要怎样？接着他发表了意见，简短但非常中肯：'诸位发表谈话的先生，我太不懂得宪法，但我只知道一点，就是对于在淡水中不能和在咸水中洗得一样好的宪法，我连一分钱都不想付。'"（听众大笑）

当然，整个众议院为之哄然大笑，而预算也就全体通过。宪法因此而改变，不是依法律程序，而只是受了一场大笑的影响，这真是令人惊奇的事，有时大笑也能奏效。

你们今晚的贵宾，有许多困难要他负责克服，但他总能很好解决，就像这位州长所作的，当机而起。这位州长改变了宪法，而你，今晚的贵宾都改变了整个世界，不只是你的国家，全世界所有的人都欠你一笔还不清的债。（掌声四起）祝你万岁，未来的州长，去享受世界的繁荣吧！（掌声四起）

[美国]安德鲁·卡内基/文，佚名/译

品读

安德鲁·卡内基（Andrew Carnegie，1835 年 11 月 25 日～1919 年 8 月 11 日），美国著名的企业家，有"钢铁大王"之称。

1914 年 3 月 5 日，美国纽约经济学会举行庆功会，祝贺乔达斯将军修通巴拿马运河。位于巴拿马共和国中部的这条国际运河沟通了太平洋和大西洋，使两大洋沿岸航程缩短了 10000 多公里。在几位著名演说家演说之后，卡内基发表了这篇演说。

如此巨大工程的负责人，应该受世界人民的赞扬，但是在庆功会上，在几位著名演说家演讲赞赏之后的演说，是有难度的。但卡内基的演讲，以其明快、形象、活泼和得体，加上满腔的热情，赢得多次热烈的掌声。

演讲词在交代了巴拿马运河工程的艰巨程度后，仅举亲耳听得政治家讲述的一则真实的故事作比，衬托出被赞颂者"当机而起"的伟大。

全文对乔达斯将军本人并无多少赞词，却让听众分明感到了他的超群的才气和魄力，让每个人都体会到他为自己带来了美好的事物，演讲者在末句的由衷祝福水到渠成，不由得听众以热烈的掌声去感谢这个代表自己心声的漂亮而富有诗意的结尾。

看书，还是打麻将

◇［中国］胡适

读点

演讲朴实亲切，温馨自然，气脉贯通，言简意赅。真挚的情感，令人心悦；推心置腹的劝说，使人诚服。

演讲背景：

胡适(1891年12月17日～1962年2月24日)，中国现代著名学者。著有《白话文学史》《中国哲学史大纲》《胡适文存》《实验主义》《演化论与存疑主义》《先秦名学史》等。他崇尚实验主义，主张"道德革命"，提倡文学改革，倡导"大胆假设，小心求证"的治学方法，是新文化运动的著名人物。

1930年在中国公学18年级毕业典礼上，他发表了一篇劝学演讲。演讲朴实亲切，温馨自然，气脉贯通，言简意赅。那真挚的情感，令人心悦；那推心置腹的劝说，使人诚服。显示了一位学者的高尚风范和朴实风格。

诸位毕业同学：

你们现在要离开母校了，我没有什么礼物送给你们，只好送你们一句话吧。

批：话语和蔼可亲，如在眼前。

这一句话是："不要抛弃学问。"以前的功课也许一大部分是为了这张毕业文凭，不得已而做的。从今以后，你们可以依自己的心愿去自由研究了。趁现在年富力强的时候，努力做一种专门学问。少年是一去不复返的，等到精力衰时，要做学问也来不及了。即为吃饭计，学问也决不会辜负人的。吃饭而不求学问，三年五年之后，你们都要被后进少年淘汰

批：开门见山，亮出自己的观点。

批：学习变为"自由研究"，更具有吸引力。

批：少壮不努力，老大徒伤悲。

批：学如逆水行舟，不进则退。

的。到那时再想做点学问来补救，恐怕已太晚了。

有人说："出去做事之后，生活问题亟须解决，哪有工夫去读书？即使要做学问，既没有图书馆，又没有实验室，哪能做学问？"

我要对你们说：凡是要等到有了图书馆方才读书的，有了图书馆也不肯读书。凡是要等到有了实验室方才作研究的，有了实验室也不肯作研究。你有了决心要研究一个问题，自然会撙衣节食去买书，自然会想出法子来设置仪器。

至于时间，更不成问题。达尔文一生多病，不能多做工，每天只能做一点钟的工作。你们看他的成绩！每天花一点钟看10页有用的书，每年可看3600多页书，30年读11万页书。

诸位，11万页书足可以使你成为一个学者了。可是，每天看三种小报也得费你一点钟的工夫；四圈麻将也得费你一点钟的光阴。看小报呢，还是打麻将呢，还是努力做一个学者呢？全靠你们自己的选择！

易卜生说："你的最大责任是把你这块材料铸造成器。"

学问便是铸器的工具，抛弃了学问便是毁了你自己。

再会了！你们的母校眼睁睁地要看你们10年之后成什么器。

批：苦口婆心，设身处地为学生着想。

批：运用两个设问句质疑，树立驳论的"靶子"。

批：反驳第二个设问句质疑的观点。

批：事实确凿，说服力强，反驳第一个设问句质疑的观点。日积月累，聚沙成塔。

批：联系现实，生动有趣。三种选择，何去何从，不言自明。

批：引用名言，有说服力。

批：是对学子的期待，也是对学子的希望。

以理服人，以情动人

这篇演讲以理服人，以情动人，情理相融。

"看书，还是打麻将"，是演讲的中心话题。演讲者从大处落墨，举重若轻，具有强烈的感染力量。对满座仰慕他的年轻学生，他不唱高调，不发豪言，仅仅是赠送毕业生一句"不要抛弃学问"。这句话看似平常，却有极重的分量。"吃饭而不求学问"，就会被"淘汰"；只有求学问，才能"把你这块材料铸造成器"，否则便是"毁了你自己"。胡适的这些话简而意深，语重情长，听众怎能不为之动容？

胡适凭借个人的坎坷阅历，清醒地意识到惰性是求学问的大敌，他尖锐地指出：等到有了图书馆、实验室才去读书、研究实际上就是"不肯读书""不肯作研究"，他批评喊没时间的人却有时间"看小报""打麻将"。把敌论驳得体无完肤。尤为令人警醒的是：他讲了达尔文一生多病却成绩斐然之后，用算术法作了推理——每天用一点钟看 10 页书，30 年可读 11 万页书，"足可以使你成为一个学者了"。

这篇演讲仅 600 多字，却讲明了求学问的道理和方法，并有力地反驳了消极无为的论调。胡适先生在这篇演讲中阐述的是学习与娱乐的关系问题，他的态度非常明显，他主张学生在青春年少的时候多抽些时间学习。（京涛、聂琪）

芳草地 留别北大学生的演说

今天是北京大学第 22 周年的纪念日。承校长蔡先生的好意，因为我不日就要往欧洲去了，招我来演说，使我能与诸位同学，有个谈话的机会，我很感谢。

我到本校担任教科，已有 3 年了。因为我自己限于境遇，没有能受到正确的、完备的教育，稍微有一点知识，也是不成篇段、没有系统的，所以自从到校以来，时时惭愧，时时自问有许多辜负诸位同学的地方。所以我第一句话，就要请诸位同学，承受我这很诚意的道歉。

就我三年来的观察，知道诸位同学，大都是觉醒的青年；若依着这三年来的进行率进行，我敢说，将来东亚大陆文化的发展，完全寄附在诸位身上。所以我对于诸位，不必再说什么，只希望诸位本着自己已有的觉悟，向前猛进。

如今略说我此番出去留学的趣旨，以供诸位的参考。

我们都知道人类工作的交易，是造成世界的元素；所以我们生长于世界之中，个人都应当做一份的工。这做工，就是人类的天赋的职任。

神圣的工作，是生产工作。我们因为自己的意志的选择，或别种原因，不能做生产工作，而做这非生产的工作，在良心上已有一分的抱歉，在社会中已可算得一个"寄生虫"。所以我们于这有缺憾之中，要做到无缺憾的地步，其先决问题，就是要做"益虫"，不做"害虫"。那就是说，应当作有益于生产的工作者的工，做一般生产的工作者所需要而不能兼顾的工。

而且非但要做，还要尽力去做，要把我们一生的精力完全放进去做。不然，我们若然自问——

我们有什么特权可以不耕而食？

我们有什么特权可以不织而衣？岂不要受主的裁判么？

这便叫作"职任"。

因其是职任,所以我们一切个人的野心或希冀,都应该消灭。那吴稚晖先生所说"面筋学生"一类的野心,我们诚然可以自分没有;便是希望做"学者"做"著作家"的高等野心,也尽可以不必预先存着。因为这只可以从反面说过来,若然我们的工做得好,社会就给我这一点特别酬劳;不能说,我们因为要这个特别酬劳才去做工(我们应得的酬劳,就是我们天天享用的,已经丰厚)。若然如此,我们一旦不要了,就可以不做,那叫得什么责任?

如此说,可见我此番出去留学,不过是为希望能尽职起见,为希望我的工作做得圆满起见,所取的一种相当的手续,并不把留学当作充满个人欲望的一种工具。

我愿意常常想到我自己的这一番话,所以我把它贡献于诸位。

还有一层,我也引为附带的责任的,就是我觉得本校的图书馆太不完备,打算到了欧洲,把有关文化的书籍,尽力代为采购;还有许多有关东亚古代文明的书或史料,流传到欧洲去的,也打算设法抄录或照相,随时寄回,以供诸位同学的研究。图书馆是大学的命脉,图书馆里多有一万本好书,效用亦许可以抵上三五个好教授。所以这件事,虽然不容易办,但我尽力去办。

结尾的话是,我是中国人,自然要希望中国发达,要希望我回来时,中国已不是今天这样的中国。但是我对于中国的希望,不是一般的去国者,对于"祖国"的希望,以为应当如何练兵,如何造舰,我是——

希望中国的民族,不要落到人类的水平线以下;希望世界的文化史上,不要把中国除名。

怎么样才可以做到这一步? ——还要归结到我们的职任。

[中国]刘半农/文

品 读

刘半农(1891年5月29日~1934年7月14日),近现代史上中国的著名文学家、语言学家和教育家。又名刘复。江苏江阴人。1917年到北京大学任预科教授,曾参加《新青年》杂志的编辑工作,积极投身文学革命,提出诗歌革新的主张。1920年去英国伦敦大学留学。

1920年12月17日,是北京大学校庆22周年的纪念日,为此北京大学召开了纪念会。即将赴英留学的刘半农应校长蔡元培先生之邀在大会上发表了这篇对北大学生的演说。

情真意切是这篇演讲的鲜明特色。他坦率地承认自己"没有能受到正确的、完备的教育,稍微有一点知识,也是不成篇段、没有系统的",为此,他向学生们作了"很诚意的道歉",认为自己"有许多辜负诸位同学的地方"。这种坦率的自我承认,严格的自我剖析,在一向重视面子的中国,确实是需要相当大的勇气的,也是难能可贵的。从这里,我们可以看出他的真诚的品格和对于学生的真挚的情感。作为临别赠言,他"希望诸位本着自己已有的觉悟,向前猛进"。在这里,他没有以一个师长的身份对学生指手画脚,提出不切实际的过高要求,以显示自己的高远博大,但也没有降格以求、迎合学生,因为这个希望提出的前提是"诸位同学,大都是觉醒的青年"。因此,刘半农提出这个希望是真诚的,同时也是热切的。在说明他的留学的趣旨时,他侧重了以自己的认识和体会来感染学生、引导学生,而不是对他们作强迫的灌输。这种立论的角度,充满了一种民主平等的意识,因而也是情真意切的。

特别时刻

在饯别宴会上的演说

◇[英国]狄更斯

读点

平淡自然，平易中见不凡。
推己及人，谦和中透真诚。

演讲背景：

查尔斯·约翰·赫芬姆·狄更斯(Charles John Huffam Dickens,1812 年 2 月 7 日~1870 年 6 月 9 日),19 世纪英国批判现实主义小说家,英国批判现实主义文学的奠基人。他在自己的作品中,以高超的艺术手法,描绘了包罗万象的社会图景,作品一贯表现出揭露和批判的锋芒,贯彻惩恶扬善的人道主义精神,塑造出众多令人难忘的人物形象。主要作品有《匹克威克外传》(1836)、《雾都孤儿》(1839)、《老古玩店》(1841)、《大卫·科波菲尔》(1850)、《艰难时世》(1854)、《双城记》(1859)。

本文节选自狄更斯于 1868 年 1 月 8 日在纽约市出版者协会为他举行的饯别宴会上所发表的演说。这篇演说先对主办者致谢,接着拉家常似的举了两个极普通的实例来表达英国人民对美国人民的深情厚谊,篇末以铿锵的语言表达祈求两国友谊长存的愿望。全篇以俗为雅的真诚和不加雕琢的自然,令人感动。

各位先生：

我首先要讲的,没有比套用主席先生所说的"你我之间悠久自然的友谊"更恰当的了。当我接到纽约出版者协会邀请我今天与他们共同进餐时,我由衷感激地接受了这份美意,同时想起这项一度是我的职业的工作。在精神上,我从来没有舍弃过这份忠诚的兄弟之谊。我年轻时,总是将我初步的成就归功于那些有益的报社艰苦工作的训练,以后我也

批：讲"友谊",单刀直入,亮明观点,简洁明快,不枝不蔓。

批：表达感谢并再次突出友谊,是社交场合必要的客套,但措辞比较严谨。

批：推人及己,以自己曾从事报社工作推及邀请者,给予赞美和

会对我孩子说：我始终以这得以进步的梯子为荣。所以，各位先生，无论如何，这个晚会都令我十分高兴和满意。

谈到这里，使我想到一点，自从我去年 11 月来到此地以后，我就注意到一种有时想打破的静肃沉默感。蒙你们的善意的允许，我现在要与你们谈谈这一点。这就是报道人物的出版物，时有误传或误解之处，有一两次，我发现它有关我的报道资料并不十分正确，有时我看到报道我生活现况的文章简直令我惊讶。

过去几个月来，我一直在收集资料，埋头写一本有关美国的新书，我所付出的精神和毅力实在令我自己吃惊。现在我已经计划并决定（这就是我想要透露给你们的事情），在我回英国之后，再写下今晚我已透露的有关贵国各种重大变化作为见证。同样的，我要写下我所受到的至高的礼遇、佳肴、亲切温和的款待、体贴、照顾。只要我活着，只要我的子孙拥有我的作品的合法版权，我就要把这些证言付印在我所写的两本有关美国的作品的附录上。我之所以要如此做，并不只是出于热爱和感谢，而且由于我只有这样才能表现出公道和荣誉。

依我过去所受到的礼遇，我觉得美国人在英国也应受到最热忱的尊重与款待的。我举两个例子。有一个对艺术很有修养的美国绅士，在某一个星期几，走到某一个以绘画展览闻名的英国历史性城堡墙外；根据那天城堡的严格规定，他是不准入内参观的，但是，这位观光旅游的美国绅士，却被破例允许参观了画廊和整个城堡。另外一个是在伦敦停留的女士，她极为渴望看看大英博物馆著名的阅览室，陪伴她的英国人却告诉她，很不幸，这是不可能的，因为这个场所要关闭一个星期，而她只剩下一天的停留时间了。然而当那位女士单独来到博物馆门口，

感谢。

批：态度谦和、低调，平易近人。

批：误传误解，会使人以讹传讹，造成偏见。

批："令我自己吃惊"，语言风趣。

批：推己及人，由赞美和感谢出版者协会而决定诉诸笔端，将写一本有关美国的书。

批：以小见大，以自己和出版者协会的交往推及两国关系，说明英国人对美国人的深情厚谊。

自我介绍是美国人时,那门迅速打开了,仿佛有魔术一般。我不愿再说一句"她一定很年轻,而且十分漂亮",但是据我对那博物馆守门者的最仔细的观察,此人体质肥胖,感受力并不佳。

批:"体质肥胖,感受力并不佳",风趣幽默,活跃了演讲氛围。

各位先生,我现在谈到这些小事是为了能间接地告诉你们,就像我希望的一样,那些很谦逊努力地在英国本土对美国犹如对祖国般忠诚的英国人,已无昔日的偏见作祟。在这两个大民族之间一直存在着不同的特点,现在如此,将来恐怕还是如此,但是,英国广播一直在传播英美两民族本质为一的情绪。要维护主席先生所谈到的盎格鲁撒克逊民族及其对世界所有的伟大成就,是他们二者共同的意愿。假如我了解我的同胞的话,我知道英国人的心会随着美国星条旗的飘扬而激动,就像它只会为它自己的国旗飘扬兴奋一样。

批:由小及大。英美同出一源,却有过不愉快的战争。两国关系,是个极敏感的话题。这里,狄更斯无疑成了英美友好交往的使者。

批:阐明两国长期友好下去,是共同的愿望。

批:讲话周到,用语严谨。

各位先生,最后我要就教于各位的是,我深信两国大多数正直人士内心宁愿这个世界遭地震撕裂、彗星燃烧、冰山覆盖、北极狐和熊践踏,也不愿这两大国家各行其道,我行我素,一再地显示自己,防备对方。各位先生,我十二万分地感谢贵主席及各位对我身心的照顾,以及对我贫乏言辞的注意。我以最诚挚的心感谢各位。

批:表达祈求两国友谊长存的愿望,态度坚定,字字金声玉盾。

（刘超/编译）

批:谦逊地礼节性地再次表示感谢,自始至终保持一谦谦君子形象。

恰如其分的社交演说词

在社交场合发表演说,除了与在其他场合发表演说的共同特点之外,特别需要注意的,一是氛围,二是听众的情绪。在这两个方面,狄更斯的演说都堪称恰如其分。

狄更斯首先以自己也曾从事过出版工作的经历作为开场白,继而在演说中不时提到自己将要写作两部有关美国的新书,出席饯别宴会的大多数是出版商,在出版这一点上,容易产生共同语言。如果尽说一些听众不熟悉,甚至不感兴趣的事情,那就难免令人生厌了。可见,在社交场合发表演说时,切忌东拉西扯,离题万里,听起来海阔天空,似乎十分热闹,实际上冲淡了主题,收不到预期的效果。

发表演说要求适应氛围的办法很多,寻求共同点只是其中之一,这是最容易最直接拉近与听众的心理距离的办法。其他如特意指出社交场合的易为人忽略的特点,自己或自己熟悉的某个人与社交场合大多数人的渊源关系等,也都可以根据情况考虑采用。

社交场合一般比较随便,听众的情绪也往往希望轻松自然一些,如果忽然要求大家一个个正襟危坐,聆听教诲,那也难免会使人生厌。调节情绪的有效方法之一,是适当穿插各种适合当时当地情况的"活材料"。狄更斯在这篇演说中先是向听众"透露"关于自己的最新和最正确的消息,接着又谈到了两位美国人在英国受到的礼遇等,虽说都是些"小事",但却很容易吸引听众的注意力,使听众在不知不觉中接受自己的观点。即便是需要指正的问题,也不宜态度生硬,语调严肃。在谈到关于自己现况的不正确的报道时,狄更斯也只用了"误传""误解"等词汇,至多使用"令我惊讶"这样的说法,不仅同样达到了指正的目的,而且避免了听众中有的人难堪。(子夜霜、解立肖)

芳草地　　新英格兰的天气

先生们:

本人虔诚地相信,造物主创造了我们大家,创造了新英格兰的一切——就是没有创造出天气。(笑声)我不知道创造新英格兰天气的是何许人,但我想,这些人一定是风伯雨师工场里的新学徒。他们为衣食而在新英格兰做实验和学习,然后,被提拔去专为需要优质服务的地区研制天气,如果达不到目的,他们就把当地的生意拉走。(笑声)

新英格兰的天气种类繁多,令外乡人不胜感叹——和遗憾。(笑声)天气总是忙个不停;总是专心致志于自己的业务;总是拿起新时装,试着往人们的身上套,看看反应如何。(笑声)春季的业务最忙,据我统计,24小时内共有136种不同式样的天气。(笑声)在庆祝美国独立一百周年的博览会上,某人展出了他奇迹般地收藏的各种天气,令外国人惊叹不已,但是,使此君出名和发财的是我。他原打算周游世界,采集各种天气的标本。我对他说:"别那样干!找一个晴朗的春日到新英格兰来吧。"我告诉他我们能做些什么,从天气的风格,到天气的种类,再到天气的数量。(笑声)他果然来了,而且只花了四天,就完成了收藏工作。(笑声)关于种类——啊,他承认有好几百种天气是他前所未闻的。至于数量——呃,在挑选并剔除了所有被污损的部分之后,他不仅数量充足,而且还有盈余,可供外借、出售、储存、投资和接济穷人。(笑声、鼓掌)

新英格兰主人虽有忍耐和克制的天性,但对有些事情却偏偏不能忍受。年复一年,他们都要扼杀许多讴歌"美丽的春天"的诗人。（笑声）一般来说,这些诗人都是漫不经心的游客,他们从异国他乡带来了春天的概念,自然也就无法知道当地人的感受。因此,他们所知道的第一件事情就是:他们永远失去了了解新英格兰人的感受的机会。（笑声）

古老的概率论因其准确的预测而声名卓著,它完全应该享有这份荣誉。你拿起报纸,就能注意到它多么干脆和自信地核对未来的天气并一一打钩——从太平洋沿岸,到南方各地,从中部各州,再到威斯康星地区;它对自己的能力沾沾自喜,顾盼自雄,直到抵达新英格兰,它才变得垂头丧气。（笑声）它不知道新英格兰未来的天气如何。它讲不出来,就像讲不出合众国明年将有多少个总统。（掌声）经过反复考虑,它终于得出了以下大致结果:可能是东北风,时而偏南、偏西、偏东或哪儿都不偏;气压或高或低,而且因地而异;某些地区可能有雨、有雪、有冰雹或出现干旱,之后或之前有地震,还伴有电闪雷鸣。（哄堂大笑和喝彩声）为防不测,它又从纷繁的思绪中,草草整理出一段补充说明:"但十分可能的是全部预报内容也会随时改变。"（大笑）

是的,新英格兰的天气有一个最引人注目的特点,那就是令人眼花缭乱的不确定性。只有一点可以确定——你可以肯定天气将变幻无穷。（笑声）这真是一个总结性的意见。然而,你却永远无法知道变化的顺序。你为迎接干旱作了安排,你把雨伞束之高阁,并拿起喷水壶冲出门外,但十有八九,你会被洪水淹没。（喝彩声）你断定快要发生地震了,于是,你抓牢某样东西稳住自己,但到头来你却遭到了雷击。（笑声）这些都非常叫人失望,但又有什么办法呢?（笑声）那儿的闪电也很奇特,它专打有罪之徒。它击中某人,并不留下足够多的残骸供你们辨认——嗯,你们会以为被击中的人一定很有价值,其实是一位国会议员。（哄堂大笑和喝彩声）

再说说打雷。雷公开始调试乐器了,他拨拨这件,拉拉那件,上紧琴弦,准备演出。这时外乡人会说:"怎么搞的,你们这儿的雷声太糟糕!"但是,当雷公举起指挥棒,真正的音乐会开始后,你们就会发现那个外乡人躲进了地窖,还把头伸进了垃圾桶。（笑声）

至于新英格兰天气的规格——我指的是长度——它与这块小地方根本不成比例。（笑声）当新英格兰最大限度地布满了某种天气以后,你们有一半时间会发现,这种天气会撑破边界,向邻近各州延伸数百英里。（笑声）新英格兰甚至无法容纳自己的天气的十分之一。各位到处都可以见到裂缝,那是它在极力容纳时留下的伤痕。（笑声）

我虽可大谈特谈新英格兰天气的不近人情,但只想举一个典型例子。本人喜欢聆听雨水落在铁皮房顶上发出的声音,所以就在房顶上盖了一块铁皮,期待着能尽情享受一番。唉,先生们,各位以为雨下在铁皮上了吗? 错啦,先生们,每次都正好错过了铁皮!（笑声）

各位请注意,我的演说仅仅是想对新英格兰的天气表示敬意。任何语言都难以公正地对它评判。（笑声）但是,新英格兰天气中至少有一两样东西,（如果各位愿意,也可以说是它的产品）我们作为居民是不想放弃的。（笑声）我们的秋天尽管没有令人陶醉的落叶,我们还是该赞赏它,因为它有自己的特色,而且这个特色弥补了它的反复无常。这就是冰暴。当寸叶不挂的大树从树梢到树根都披上一层水晶般澄纯净的冰,当每根枝条挂满水珠和冰凌,她就犹如波斯国王闪射着银色寒光的钻石羽毛。（掌声）然后，风儿轻摇树枝，太阳出来了，成千上万颗冰珠变成了棱镜，闪烁着五彩缤纷的火花，从青到红，从红到绿，从绿到黄，瞬息万变。她成了一道闪光的喷泉，一串令人眼花缭乱的珍珠。她亭亭玉立，表现出极其完美的艺术或天性，令人着迷，令人心醉，令人无法抗御！我们无论用怎样的词句来描述也不为过分！（经久不息的掌声）

月复一月，我心中积满了对新英格兰天气的怨恨。但是，当冰暴终于来临，我说："好吧，我现在饶恕你了；咱们的账清了；你不欠我一个子儿；走吧，再去作孽吧；你那些小毛小病算不了什么；你是世界上最迷人的天气！"（掌声、笑声）

[美国]马克·吐温/文，王建华/译

品读

马克·吐温（Mark Twain，1835 年 11 月 30 日～1910 年 4 月 21 日），原名萨缪尔·兰亨·克莱门斯，美国的幽默大师、小说家、作家、演说家。创作了十多部长篇小说、几十部短篇小说及其他体裁的大量作品，其中著名的有短篇小说《竞选州长》《哥尔斯密的朋友再度出洋》《百万英镑》等，长篇小说《镀金时代》《汤姆·索亚历险记》《王子与贫儿》等。《哈克贝利·费恩历险记》是他的最优秀的作品，曾被美国小说家海明威誉为是"第一部"真正的"美国文学"。

《新英格兰的天气》是马克·吐温 1876 年 12 月 22 日出席纽约新英格兰学会第 71 届年会年宴上的演讲，也是他最具代表性的幽默演讲之一。

就学会演讲的主题而论，这当是一篇正儿八经的演说词。但幽默大师马克·吐温并没有大发宏论，而是运用多种幽默技巧把"正儿八经"说得滑稽可笑，使听众在笑声中领悟出演讲者的灵魂。在演讲中，能使人乐、使人知就是一种难得的演说技巧。比如，演讲一开始，马克·吐温就巧妙地将新英格兰多变的天气比作是初出茅庐、学艺不精的学徒的实验作品，直接将听众带入对新英格兰天气的无限遐想中，主导了听众的思维方向。整个演说，一直延续了比喻、拟人的风格，讲述一个外乡人和新英格兰天气之间的复杂情感联系，把当地的气候特点描绘得淋漓尽致，通篇妙趣横生，栩栩如生，令人捧腹。

在听取判决前的演说

◇ [美国] 尤金·维克托·德布斯

读点

坦荡无私的法庭辩护，传达正义的自由的呼声。
多用排比、比喻等手法，使演讲有气势且形象生
动。

演讲背景：

　　尤金·维克托·德布斯(Eugene Victor Debs,1855 年 11 月 5 日~1926 年 10 月 20 日)，美国社会主义者和左翼劳工领袖。1875 年参加"机车司炉工兄弟会"；1893 年组织美国铁路工会；1898 年创建美国社会民主党；1901 年组成美国社会党。先后五次以社会党候选人资格参加总统竞选。

　　1917 年美国卷入第一次世界大战。1918 年 6 月 16 日，德布斯在俄亥俄州发表演讲，反对伍德罗·威尔逊政府当局和战争，6 月 30 日德布斯被捕，被控以"阻挠征兵"罪。9 月 14 日，德布斯在法庭判决前作最后的辩护，发表了这篇著名演讲。

　　1918 年 11 月 18 日，德布斯被判 10 年徒刑。就在他服刑期的 1920 年，他参加了总统竞选，得票达 92 万张。他在美国人民中具有很高的威信，迫使美国政府不得不于 1921 年提前释放了他。

法官先生：

　　多年以前，我认识到我同所有的人都有亲密的关系，同时我下定决心，我要同地球上最下层的人同甘共苦。当时我曾说过，现在我也这样说：只要有下层阶级，我就是它的一员；只要有一个罪人，那就是我；只要有一个人被监禁，我就没有自由。

　　如果判决我的法律是一种好的法律，那就没有理由不对我宣判。我听到法庭上所说的一切都支持这种法律，都证明这种法律有理，但是我的思想始终

批：演说开篇便出现了颇有气势的排比句式，其语气之坚决，态度之鲜明，令人肃然起敬，为全文奠定了一个悲壮的基调。

没有改变。我把它看作是专制暴君的法令，它公然同民主原则及自由制度精神相对立。

    法官先生，我已经在这个法庭上声明过，我反对现存的政府体制。我反对我们生活在其中的社会制度。我坚信这种政府体制和社会制度必须改变——但要用完全和平的和有条不紊的方式。

    法官先生，我和所有社会主义者共同相信，国家应该拥有并控制它的产业。如同一切社会主义者所相信的那样，我相信，像产业和生活的基础等为人们共同需要和共同利用的一切事物都应该为人们所共有，它不应成为极少数人用来发财致富的私有财产，而应成为全体人民的共同财产，并按照全体人民的利益进行民主管理。

    法官先生，我被指控为士兵的敌人。我希望，当我说我相信士兵们不会有比我更加同情他们的朋友，我绝不是往自己脸上贴金。要是我能够实现自己的道路，士兵也不会存在了。但是，法官先生，我认识到，他们正在作出牺牲。我想念他们，我同情他们，我关心他们。这就是为什么我用极其微薄的力量一直在进行工作的理由之一。这种工作就是要在我国造成一种能够同士兵们在过去和现在所做的牺牲完全相称的状况。

    法官先生，我想对我的辩护律师表示感谢。他们不仅用卓越的法律才能，而且用他们个人的感情和忠诚为我辩护。对此我深有感受，并且永远不会忘怀。

    法官先生，我不请求宽恕，我也不要求赦免。我认为正义最终必将胜利。我从未像现在这样更清楚地认识到，以贪婪的权势为一方，以正在崛起的自由人民为另一方，正在进行伟大的斗争。

    我能够看到人类更加美好的时代的曙光。人民正在觉醒。到了适当时候，他们一定会得到应该属

批：抨击现行法律为"专制暴君的法令"，驳斥当局强加的罪名。

批：用两个"反对"和一个"坚信"，表达对现行政府体制和社会制度鲜明的观点。

批："应该……应该……""不应……而应……"的运用，光明磊落地宣传社会主义者的政治主张，表现出对事业的执着和美好未来的深情。

批：为对自己的不公正指控辩护，而从真正关心战士的角度入手，更有说服力，也鲜明地表明了自己的态度。

批：对帮助过自己的人心怀感激。

批：表现出坦荡的胸襟和宏大气魄，以及对正义必胜的信心。

批：充满对美好未来的期待并坚信这一切一定会到来。

特别时刻　**219**

于他们的一切。

　　航行在热带海洋上的水手为了摆脱单调枯燥的天文钟而寻找安慰,便把目光转向在颠簸飘摇的大洋上空红光熠熠的南十字星座。当午夜降临,南十字星开始下沉,于是各种旋转的天体都改变了自己的方位。全能的上帝用星星作为指针在宇宙大钟的钟面上标志着时间的转换。尽管没有钟声传报喜讯,但瞭望员却知道午夜正在消逝——欣慰和安宁就在眼前。

批:以正在消失的南十字星座寓示反动的社会制度,以蓬勃的黎明昭示理想的未来世界,形象地鼓舞人们为了迎接曙光的到来而努力斗争,再一次显示出社会主义者坚定的信念和乐观主义精神。

　　愿世界各地的人民都鼓起勇气和希望,因为南十字星座正在下沉,午夜正在消逝,欢乐也正在伴随黎明同时降临。

批:以美好的前景鼓励人民起来斗争。

　　法官先生,我感谢您,我感谢法庭上所有给予我礼遇和好意的人,对此我将永远不会忘却。

　　我准备接受您的判决。

批:心胸坦荡。

（佚名/译）

情感激荡,义正辞严

　　德布斯演讲的宗旨并不是要孤注一掷为自己所谓的"罪行"进行辩护,相反它要向人们展示一名社会主义者的强烈自豪,展示未来世界的美好幸福,唤起人民的觉醒。

　　全文义正辞严、爱憎分明,时而激扬奋发,时而深情娓娓,演说节奏抑扬顿挫、张弛有道,淋漓地展现了德布斯此时内心情感的波澜。在结构布局上,演讲人每每以"法官先生"这一称呼性的插入语领起下文,反复出现,增强了演说的整体严谨性,同时也凝聚了听者的注意力。另外,结尾之处运用了比喻和象征修辞手法,增添了演说词的艺术魅力。以正在消失的南十字星座寓示反动的社会制度,以蓬勃的黎明昭示理想的未来世界,形象地鼓舞人们为了迎接曙光的到来而努力斗争,再一次显示出社会主义者坚定的信念和乐观主义精神。

　　该演讲词篇幅虽然简短,但其内蕴的凛然正气令反对派畏惧恐慌,其丰富的情感让人民深受感染。"我不请求宽恕,我也不要求赦免。我认为正义最终必将胜利。"闻听此言,有谁不会为其坦荡的胸襟和宏大气魄所感动呢?(殷传聚、京涛)

微笑本身就含有曙光

　　100 年前他死了,但他的灵魂却是不朽的。他离开人世,满载着世间的成就及最光荣、最艰巨的责任,使人类的心灵得以充实、向善。他死时,被过去的人诅咒,为未来的人所祝福,然而这也是荣耀的两种最高表现,一方面为当代人及子孙歌功颂德,另一方面却也免不了因生前的追逐名利而招致憎恶。他不只是一个人,而是代表一个时代,由于他得以完成时代的使命,无疑地,借着上帝的意志,在命运及自然的法则下完成了他该做的工作。

　　他共活了 84 岁,期间刚好是从专制政体的巅峰到革命的萌芽阶段。他出生时,路易十四在位,死时,路易十六已登基,因此,他的摇篮看见一个伟大的王朝的余晖,而他的棺木则目睹另一个朝代的曙光。

　　法国大革命前,社会的结构是:人民在最下层,人民之上是以牧师为代表的宗教;与宗教平行的是公理,由官吏们代表。而那时的人类社会,人又算什么呢? 都是一些无知之辈。宗教呢? 无法令人忍受。正义在哪里? 或许是我扯得太远了!

　　让我举两件事实说说吧,它们很具有代表性。

　　1761 年 10 月 13 日,在法国南部的图卢兹城,有位青年被发现在一栋房屋的底楼上吊了,群众从四面八方涌集过来,牧师在一旁怒骂,法官在做调查。事实上这只不过是一件自杀案,理由何在?为了宗教! 谁是凶手呢? 死者的父亲。因为他是法国新教徒,想阻止他儿子成为天主教徒,这是道德上所不允许的罪行,因此,是这位父亲害死了他的儿子,按照正义是这样定结果的。接着在 1762 年的 3 月间,一个白发老翁,全身赤裸,四肢摊开,被绑在一个轮子上,头发在空中。绞台上有 3 个人,一个叫大卫的是执行这场处决的法官,一个是手握十字架的牧师,还有拿着铁刀的刽子手,犯人眼光失神而恐慌地看着刽子手。刽子手一刀砍掉了他一条手臂,犯人呻吟着昏过去,法官上前让犯人呼吸氨水,让他清醒过来,然后又是一刀,犯人再度昏过去,然后又被弄醒。就这样,四肢被砍了 8 刀,受了 8 次折磨,牧师才拿十字架让他吻别,最后,刽子手用刀末厚柄将他压死。

　　他死后,青年自杀的证据十足,但是另一个凶杀已构成,所有的裁判都是凶手。

　　另一事实发生在 4 年后,即 1765 年。在一个暴风雨夜后的第二天,人们在桥面上发现一个被虫蛀过的木头十字架,那是 300 年来一直钉在桥边栏杆上的。到底是谁做了这件亵渎神圣的事,把十字架摔在地上? 谁也不知道,或许是路人,或许是风。但是主教却发布了一道命令,他说他知道这事是有人蓄意做出来的坏事,肇事者是两个男人,在当天晚上经过桥时,喝醉了酒,口中唱着歌,把十字架扔在地上。

　　审判团组成后,就下令逮捕这两个人,其中一人逃了,另一人被捉,他否认曾路过那座桥,不过唱歌倒是真的,但还是被判刑。审判团开始加刑于他,并要他供出同犯,受刑中,他的一个膝盖断了，逼他口供的人听到他的骨头断了的声音还昏了过去。隔天，他被送往刑场，双手被砍掉，舌头也被刺穿，最后，头被砍下掷入火中。就这样，才 19 岁的青年就被处死了。

伏尔泰啊！对这种判决，是你发出了惊吓的叫声，那就是你永久的光荣啊！

你反抗专制、暴政，反抗骇人的裁判，你成功了！一代的伟人啊！你将永远为人所祝福！

上面我所提的事，发生在巴黎上流社会里，人们来来往往，生活非常愉快，眼睛既不朝上看，也不往下看，每个人的冷漠变成一种快乐。诗人写他们的优雅的诗句，宫廷充满了喜庆，才子辈出，人们根本就不管发生了什么事，但却因宗教的严苛，使一个老人死于车轮上，另一个年轻人却因唱了一首歌就被刺穿舌头。

值此虚浮而又黑暗的社会，伏尔泰却能独自给予这些权势、宫廷、贵族等致命的一击。还有那些盲目的群众，对下苛刻、对上谦卑、压榨人民、谄媚皇帝的官吏，以及虚伪的牧师，伏尔泰能独立对这群社会的邪恶挑战。他的武器是什么呢？那便是轻巧如风，却有雷霆般力量的笔。

他用笔去奋战，也因为他的笔而获胜。

让我们来赞颂他的伟大事迹吧！

伏尔泰在从事一种最辉煌的战争：一人对众人，思想对事实，理智对偏见，公平对不公平之战，被压迫者对抗压迫者之战，是为了美、为了善而战。他有女人的温柔，也有英雄的愤怒，他的心智伟大，心胸宽广。

他战胜了旧信条，征服了封建王公、天主教法官及罗马教牧师。他提高民众的自尊，他教导、安抚人民，并使他们渐趋文明；他为那些受冤者而战，无视一切胁迫、愤怒、诽谤、迫害及放逐，他不屈不挠。他用微笑来征服暴力，用嘲讽来战胜暴政，用反讽来克制权威，用坚毅打败顽固，用真理击倒无知。

刚刚我提到"微笑"这个词，是的，它是伏尔泰惯用的。他的另一个伟大之处就是他能抚慰一切事情，本来他在生气，最后愤怒总会消失，开始时激动，也终归平静，然后在他深沉的眼睛中，就露出微笑。

微笑代表智慧，微笑也就是伏尔泰，有时会变成大笑，但总被哲学的哀思平息下来。趋向强者就成嘲笑，趋向弱者变成安慰。它使压榨百姓的人不安，反使被压迫者有信心。它对在上者是嘲弄，对在下者则是同情。啊！让我们因那个微笑而感动吧！微笑本身就含有曙光，照亮了真理、正义、善良及一切有益之物，它使迷信一扫而光，那些丑陋的事情应该去看看他现出的微笑啊！它不但明亮，而且深具其功用，因为在新的社会里，人人平等，本着博爱、互相容忍、互助互惠的精神，人人都有权利及理智，消除偏见，维持社会和谐安宁等，这些都出自于那伟大的微笑。

我也确信，不久终有这么一天，当智慧与仁慈两者被视为一体，当在位者宣布大赦时，在天上的伏尔泰也将再度微笑。

耶稣基督与伏尔泰相隔了 1800 年，但在人道主义上，两人却不谋而合。

这就是伏尔泰的所作所为，也是伟大的举动。

以上我说了伏尔泰本人的事,下面我将谈到他所处的时代。

通常伟人是很少独个儿出现的。在当时,伏尔泰的四周也聚集着有识之士,18 世纪的顶尖人物,孟德斯鸠、布丰、博马舍及在他之后的卢梭和狄德罗。这些思想家教导人们去运用理智,好的思考能导致好的行动,理智的公正能使心胸公正。虽然这些具有震撼性的作家都死了,但他们的灵魂永在,那就是革命。不错,法国大革命就是他们的灵魂,就是他们辉煌的成就,在这个结束过去、开启未来的伟大事件中,我们到处都可找到他们。

在历史中,以人名来称呼年代的,大概只有希腊、意大利和法兰西 3 个民族,例如伯里克利时代、奥古斯都时代、利奥十世时代、路易十四时代、伏尔泰时代,这些称呼具有重大的意义,也是文明的最高标志。除了伏尔泰之外,其他都是一国之长,但伏尔泰却高于一国之长,而是理想的领袖,新世纪因他而始,从此将走入民主世界,以前文明即暴力,但以后将变成理念、王权及武力都为真理之光所取代,这就是由专制变成自由。此后,人权和个人的良知就是最高的法律,人们一面享受权利,一面也尽其义务。

这就是伏尔泰时代的意义,也是神圣的法国大革命的意义。

让我们转向伏尔泰吧! 让我们在他的墓前鞠躬吧! 让我们记取他的忠告吧! 虽然他在 100 年前已死,但他的成就是不朽的。也让我们记取其他伟大的思想家的忠告吧! 让我们停止流血事件吧! 够了! 够了! 专制政治! 野蛮主义早该消灭,让文明兴起吧! 让 18 世纪来拯救 19 世纪! 那些哲学家们都是真理的门徒,在独裁者欲发动战争之前,让他们宣布人类生命权及良知的自由权,还有理性的崇高、劳力的神圣、和平的祝福。既然王权表示黑夜,就让光明从那些死者的坟墓中射出来吧!

[法国]维克多·雨果/文,佚名/译

品 读

维克多·马里·雨果(Victor Marie Hugo,1802 年 2 月 26 日~1885 年 5 月 22 日),法国浪漫主义作家的代表人物,是 19 世纪前期积极浪漫主义文学运动的领袖,法国文学史上卓越的作家。一生创作了众多诗歌、小说、剧本、各种散文和文艺评论及政论文章。代表作有小说《巴黎圣母院》(1831)、《悲惨世界》(1862)、《海上劳工》(1866)、《九三年》(1874)等。

伏尔泰(Voltaire,1694 年 11 月 21 日~1778 年 5 月 30 日),法国启蒙思想家、文学家、哲学家、历史学家、政治家。他是 18 世纪法国资产阶级启蒙运动的先驱者、思想解放的倡导者,被誉为"法兰西思想之王""法兰西最优秀的诗人""欧洲的良心"。他曾两次被捕入狱,主张开明的民主制度,强调自由与平等。尽管在他所处的时代审查制度十分严厉,伏尔泰仍然公开支持社会改革。他的论说以讽刺见长,常常抨击基督教会的教条和当时的法国教育制度。

1778 年 5 月 30 日晚上 11 时,伏尔泰与世长辞。反动教会对这位亵渎宗教的宿敌恨之入骨,下令连夜将他的尸体运出巴黎,弃之荒冢。但是,伏尔泰在法国 18 世纪启蒙运动中的功绩是抹杀不了的。他的思想和学说教育了好几代人,为反封建斗争奠定了理论基础,为即将到来的资产阶级大革命武装了法国人民的头脑。1791 年,法国大革命爆发,他的遗体被迁葬在巴黎先贤祠,并补行国葬。

1878 年 5 月 30 日,雨果在伏尔泰百年祭日悼念会上发表了《微笑本身就含有曙光》这篇演讲,深刻揭露宗教势力对人们的残害,热情歌颂了伏尔泰的伟大功绩。

本篇演讲词,口语性较强,给人以真切的现场感、交流感,有强烈的鼓动性和感染力,体现了雨果充满激情的、富于浪漫主义色彩的演讲语言风格。在语言的背后是雨果对黑暗现实和不合理制度的尖锐抨击,对人道主义的热切呼唤。这种诗化的语言主要有下面几个特点:

一、鲜明的对比。演讲一开头就用"被过去的人诅咒""为未来的人所祝福",恰好反衬出伏尔泰与黑暗势力的势不两立,对世人的启蒙硕勋。

二、生动的比喻。"他的摇篮看见一个伟大的王朝的余晖,而他的棺木则目睹另一个朝代的曙光。""摇篮""余晖""棺木""曙光"这些词语极其生动地概括了法国 18 世纪的历史特点。

三、渲染夸张。"既然王权表示黑夜,就让光明从那些死者的坟墓中射出来吧!"这富有激情的生动呼告,表现了雨果与黑暗专制势不两立、斗争到底的决心和信念。

这篇演说,是对人类先贤的崇高礼赞,对思想与人格力量的热情颂扬,也是对人类社会永远需要的正义的呐喊、对良知的呼唤。

让我们前进吧

◇[法国]拿破仑·波拿巴

读点

慷慨激昂,语言富有震撼力。

充满信心,志气昂扬,先声夺人。

唤醒忠诚感和荣誉感,振奋士气。

演讲背景:

拿破仑·波拿巴(Napoléon Bonaparte,1769年8月15日~1821年5月5日),法国军事家与政治家。1796年3月2日,26岁的拿破仑被任命为法国意大利方面军总司令。在意大利拿破仑展现他非凡的军事才华,他带兵越过阿尔卑斯山,攻下米兰。取得意大利之役的胜利后,拿破仑的威信越来越高,他成为法国人的新英雄。

1796年5月15日,法军攻占意大利王国首都米兰,并迫使帕尔马公爵、摩德纳公爵和教皇庇护六世签署了停战协定。拿破仑为了勉励全军将士保持恒久的战斗士气,以争取最后的胜利,便向法军士兵发表了这篇演讲。

士兵们,你们像山洪一样从亚平宁高原上迅速地猛冲下来。你们战胜并消灭了一切阻挡你们前进的敌人。

从奥地利暴政下解放出来的皮埃蒙特,表现了与法国和平友好相处的天然感情。

米兰是你们的,在全伦巴迪亚上空,到处都飘扬着共和国的旗帜。

帕尔马公爵和摩德纳公爵能够保留政治生命,完全归功于你们的宽宏大量。

号称能够威胁你们的敌军,再也找不到更多的

批:用"山洪一样""迅速地猛冲"等形容士兵们的英勇和势如破竹的气势,提振士气。

批:"你们"的称谓有深意,表明拿破仑将功劳记在将士头上,这样更易激起将士们的荣誉感和使命感。

批:无论是人力还是自然,法军无

障碍物,可以凭借它们来抵挡你们的勇气了。波河、提契诺河和阿达河不再阻挡你们前进了。意大利这些所谓了不起的堡垒看来都是不经一击的,你们像征服亚平宁山脉一样迅速地征服了它们。

你们取得这样多的胜利使祖国充满喜悦。你们的代表们规定了节日,以示庆祝你们的胜利,共和国所有的公社都在庆祝这个节日。你们的父亲、母亲、妻子、姊妹以及你们所有心爱的人都为你们的胜利而欢欣鼓舞,他们都以自己是你们的亲人而感到自豪。

批:第三次以国家荣誉和后方亲人为胜利而欢欣鼓舞来激励士气。经此三激,将士深感无上的荣光和无比的自豪。

是的,士兵们!你们做了许多事情……可是,这是不是说你们再没有什么事可做了呢?……人们在谈到我们时会不会说,我们善于取得胜利,却不善于利用胜利呢?后代会不会责备我们,说我们在伦巴迪亚碰上了卡普亚呢?不过我已经看见你们在拿起武器,懦夫般的休养生活已经使你们烦恼啦!你们为荣誉而花去的时光,也就是为自己的幸福而花去的时光。总而言之,让我们前进吧!目前我们还需要急行军,我们必须战胜残敌,我们要给自己戴上桂冠,对敌人给我们的侮辱必须给以报复!

批:"可是"使气氛急转直下。随后的"三问"与此前的"三激"形成鲜明的反差,让将士脱离盲目的狂热,冷静地思考前路。

批:排比句式以不容置疑的语气指明当下使命,掷地有声!是对"三问"的有力回答。

让那些准备在法国挑起内战的人等着吧!让那些卑鄙地杀死我们的驻外使节和烧毁我们土伦的军舰的人等着吧!复仇的时刻到了!

批:毫不掩饰战斗是为了复仇。既指明战斗对象,又警告敌对者,一石二鸟。

但是,要叫老百姓放心。我们是一切老百姓的朋友,特别是布鲁图家族、西庇阿家族和一切我们奉为典范的大人物的后裔的忠实朋友。恢复卡皮托利小山上的古迹,在那儿恭敬地竖起一些能使古迹驰名的英雄雕像;唤醒罗马人,使他们摆脱几百年的奴役造成的昏沉欲睡的状态。这些将是你们的胜利果实,这些果实将在历史上创造一个新的时代。不朽的荣誉将归于你们,因为你们改变了欧洲这一最美丽部分的面貌。

批:"但是"来得及时,强调法军是正义之师,绝不滥杀无辜。

批:预想正义之师的三大胜利果实:做意大利人民的朋友、保护文化和解放罗马人,以此表明正义之师非为征服,乃是为创造和平。

所不摧,而意大利也是"不经一击"的,进一步激发军心,为发出"前进"的号令蓄势。

自由的、受全世界尊敬的法国人民正在给全欧洲带来光荣的和平,这种和平将补偿它在六年中所忍受的一切牺牲。那时你们回到自己的家乡,你们的同胞就会指着你们说:他是在意大利方面军服过役的!

（佚名/译）

伟人视野,英雄胸襟

这篇演说充分凸现了拿破仑那伟人视野和英雄胸襟。

拿破仑首先把胜利归功于为之作出了牺牲和奉献的英勇的士兵。他赞扬士兵勇猛无畏,历数了他们所取得的赫赫战功,使士兵深感无上的荣光和无比的自豪,并由此产生这样的信念:在拿破仑指挥的军队面前,任何困难与阻挠都是不堪一击的。

对于日后注定要叱咤风云、大展宏图的伟大人物来说,眼前的胜利不足喜。从长远看,最可怕的是丧失斗志,随遇而安。因此,拿破仑告诫自己的士兵,不仅要善于取得胜利,还要善于利用胜利。

拿破仑始终认为,他所率领的是一支正义之师;他进军意大利的目的不是征服,而是将"在历史上创造一个新的时代"。拿破仑告诫士兵,不要以征服者的面貌出现,一定要叫老百姓放心。出征的目的,是唤醒意大利人民,摆脱几百年的奴役造成的昏沉欲睡的状态。战胜者的不朽荣誉,在于"改变了欧洲这一最美丽部分的面貌",在于"自由的、受全世界尊敬的法国人民正在给全欧洲带来光荣的和平"。

最后,拿破仑诉诸法国同胞的道义权威,再度强调他的士兵跟随他出征意大利而获得的荣誉,以此激发士兵特有的忠诚。

拿破仑戎马倥偬,留给后人的不仅仅是显赫的战功,更有特立的思想。（张大勇、子夜霜）

智慧树　　追击拿破仑军队时的战斗号令

勇敢的战士们:

我们在这些天里,在到处都取得辉煌胜利之后,剩下的任务就是迅速地追击敌人。只有这样,才能使敌人在梦寐以求的俄国土地成为埋葬他们尸骨的巨大坟场。因此,我们要穷追不舍,毫不懈怠。冬天,暴风雪和严寒就要来临。但是你们,北方之子,难道还怕这些吗? 我们的钢铁胸膛无所畏惧,无论是严酷的天气,还是凶残的敌人,都吓不倒它;它是祖国的铜墙铁壁,它将使一切敢于来犯之敌碰得粉身碎骨。你们要经受住暂时的困难,如果困难还有的话。真正的士兵应该具有坚韧不拔的气质。老军人要成为年轻军人的榜样。让我们记住苏沃洛夫的话,他教导说,为了胜利和俄国人民的荣誉,要能忍受严寒与饥饿。

[俄国]库图佐夫/文,佚名/译

品读

米哈伊尔·库图佐夫(1745 年 9 月 16 日~1813 年 4 月 28 日),俄国元帅、著名将领,军事家。1812 年曾率领俄国军队击退拿破仑的大军,取得俄法战争的胜利。

库图佐夫曾在苏沃洛夫将军麾下服役 6 年。1784 年晋升少将。1805 年参加反拿破仑的奥斯特利茨战役,因惨败而被免去统帅职务。1812 年 6 月拿破仑军队进攻俄国。8 月 9 日库图佐夫被任命为俄国所有军队的总司令。9 月 7 日与法军在波罗底诺打了一场大仗,两军虽未分胜负,但库图佐夫部队撤走让法军进入了莫斯科。10 月,拿破仑不愿在莫斯科过冬又撤离了该城。10 月 24 日库图佐夫发动战役迫使法军撤出俄国。当拿破仑渡过别列齐纳河以后,他挥师追击,结果直达波兰和普鲁士。他在普鲁士逝世。

这篇战斗号令就是 1812 年冬季,库图佐夫在追击拿破仑的撤退部队时,向冒着严寒追击法军的士兵发出的。这是一篇不同于一般刻板、生硬的军事命令的战斗号令,因而作为特殊意义上的演讲,它比一般的战斗命令要充满浓烈的号召和鼓舞士气的特点,而也正是成功地鼓舞士气这一点使他这篇演讲成为杰作。

后　记

　　读书,不仅是读读而已,而是关乎读什么、怎么读的问题;读书,不仅是对我们的人生观、价值观、世界观的洗礼,也是对心灵的一种抚慰;读书,不仅可以汲取思想精神方面的营养,也能获得一种审美的享受,并使审美能力得以提升。

　　读什么呢? 读古今中外最经典的作品。

　　怎么读呢? 欣赏性、评价性地品读。

　　做到这两点,自然能达到读书的目的。

　　读经典作品,读者尤其是学生读者往往觉其美,但美在何处,却说不出来。

　　"品读经典"系列不仅是要把经典作品遴选出来,而且在怎么读经典上为读者作些努力,这些经典作品都有旁批及针对整篇的专题性赏析,同时,比较阅读的作品也都有品读文字。为了更好地服务读者,在"品读经典"系列出版后,我们将在"未来之星"博客上刊发"品读经典"系列各类文体作品的品读要点、品读方法、作品评析的文章。这里我们也期待热心下一代健康成长的教师,能提供有评析文字的欣赏文章,我们适时将在"未来之星"博客刊发。

　　推崇经典、拒绝平庸,是我们一贯的主张,我们历时六载编写了"品读经典"这一系列,根本的目的就是要把最经典的最具阅读价值的作品奉献给我们民族的未来一代——广大青少年读者。当下图书可谓琳琅满目,但是,有品位的太少太少,真正适合青少年读者阅读的更是少之又少。基于此,"品读经典"系列是以世界眼光来审视古今中外作品的,把最经典的择选出来,呈现给青少年读者。

　　"品读经典"系列,学生、老师、学者等前后推荐经典性作品35670余篇,经过数次大浪淘沙式的遴选,推荐的作品最终入选的仅有3%。因此,入选"品读经典"系列的这些作品,可以说,篇篇皆是书山文海里最为璀璨的颗颗珍珠,是经典中的经典。浏览它,如雨后睹绚烂彩虹;欣赏它,如江岸沐温馨春风;品读它,如清晨饮清爽香茗。

历尽千百周折和万千艰辛，"品读经典"系列终于将与读者见面了，然而我们仍觉得有些遗憾。

遗憾之一："品读经典"所选作品的读点、旁批、专题赏析、品读等皆是全国一百多位老师、学者苦心孤诣研究的结晶，虽然经过数个环节的斟酌、修改，再斟酌、再修改，努力使其臻于完美，但是，仍感觉似有不足之处，加之品评作品本来就是仁者见仁，智者见智，也难免会有失当之处。因此，我们恳望专家学者及广大读者批评指正，我们表示真诚的感谢。

遗憾之二：为了开阔读者视野，入选的国内经典作品较少，外国经典作品相对较多，然而这些外国经典作品有的还缺少译者，尽管我们努力查寻，有所弥补，但仍然有的作品的译者难以查到。为了帮助读者理解作品，需要作者的一些资料，但有的作者资料仍然未能得以完善。由于所选作品涉及面广、稿件来源复杂及时间地域等因素，出版前我们仍难以与所有作者(包括译者)一一取得联系。本着扩大作品的影响力和为读者打造最具阅读价值的一流读物的原则，冒昧将其转载，在此谨致以最深切最诚挚的歉意，恳请作者谅解！

为了弥补遗憾，出版后我们仍将继续联系作者，同时，也恳请作者或熟知作者情况的读者见到本书后能与我们联系，以便重印时弥补缺憾和按国家有关规定支付作者稿酬。

我们真诚希望所有作者都能联系上，也希望更多的优秀作者和专家学者能支持并参与"让下一代能读到真正有价值的书"的活动，为推动民族文化事业的健康发展贡献一份力量。

未来之星博客:http://blog. sina. com. cn/axbk2009
作者联系信箱:zhbk365@126.com
读者建议信箱:meilizhiku@126.com

本书编写者

图书在版编目（CIP）数据

激荡寰宇的呐喊：演讲卷／子夜霜，京涛，屈平主
编 . — 郑州：文心出版社，2014.6
（品读经典）
ISBN 978 – 7 – 5510 – 0467 – 1

Ⅰ.①激… Ⅱ.①子… ②京… ③屈… Ⅲ.①演讲 –
世界 – 现代 – 选集 Ⅳ.①I16

中国版本图书馆 CIP 数据核字（2013）第 089893 号

激荡寰宇的呐喊 ：演讲卷

出 版 社 : 文心出版社
　　　　（地址 : 郑州市经五路 66 号　邮政编码 : 450002）
发行单位 : 全国新华书店
承印单位 : 郑州市毛庄印刷厂
书　　号 : ISBN 978 – 7 – 5510 – 0467 – 1
开　　本 : 720 毫米 × 1000 毫米　　　　1/16
印　　张 : 15
字　　数 : 330 千字
版　　次 : 2014 年 6 月第 1 版
印　　次 : 2014 年 6 月第 1 次印刷
定　　价 : 28.00 元